WILFRIED

Christian Waluszek

WILFRIED

Thienemann

Auf in den Urwald

1

Wilfried war gerade dabei, sich den Schlafanzug anzuziehen, als seine Stirn plötzlich nachdenkliche Falten bekam. Er erhob sich von seinem Bett und öffnete den Schrank. Im obersten Fach lagen nebeneinander geordnet die Zahnbürste in einem durchsichtigen Behälter, die Zahnpastatube mit dem aufgerollten Ende, der elektrische Rasierapparat, die Dose Niveacreme und die grüne Flasche mit dem Shampoo. Der gelbe Plastikbehälter mit der Seife fehlte. Er hatte ihn unten, im Keller, in der Dusche vergessen, nur weil jemand die ganze Zeit wie eine Katze miaut hatte. Wenn jemand Geräusche nachmachte, mußte Wilfried immer lachen und vergaß alles um sich herum.

Ohne den Seifenbehälter im Schrank konnte Wilfried nicht einschlafen. Der Gedanke, der Seifenbehälter liege tief unten im Keller, und er, Wilfried, hoch oben in der zweiten Etage, machte ihn ganz unruhig.

»Ich gehe jetzt in den Keller und hole den Seifenbehälter«, sagte Wilfried zu seinem Zimmernachbarn, der in dem anderen Bett lag. »Wenn er wieder neben dem Shampoo liegt, ist alles in Ordnung, und ich kann ruhig einschlafen!«

Der andere sagte nichts. Er starrte die Decke an und bewegte den Kopf langsam hin und her. Wilfrieds Seifenbehälter war ihm anscheinend völlig egal.

Wilfried schloß den Schrank wieder zu und verließ das Zimmer. Jetzt, da überall Nachtruhe herrschte, war es im Haus ziemlich still. Nur manchmal hörte man von einem der Zimmer ein Stöhnen oder einen langgezogenen Wehlaut. Als Wilfried den Korridor entlangging, sah er, daß das Zimmer von Herrn Polzig leer war. Auf dem Tisch stand benutztes Geschirr, und in der Ecke lief der Fernsehapparat. Das war gut so, denn Herr Polzig wäre bestimmt darüber verärgert gewesen, daß Wilfried die Dose vergessen hatte.

Wilfried stieg die Treppe hinunter und war bald im Keller. Hier mußte er sich erst einmal gewaltig ducken, denn mit seinen 2,10 Metern paßte er aufrecht nicht unter die Kellerdecke. Am Anfang hatte er sich auf dem Gang zur Dusche immer wieder schmerzhaft den Kopf gestoßen und einmal sogar die Kopfhaut an einem Heizungsrohr aufgerissen. Die mußte dann geklammert werden.

Gleich um die Ecke waren die Duschen. Wilfried bog zielstrebig linksherum, als ihn plötzlich ein seltsames Gefühl überkam. Er drehte sich um. Die schwere, mit eisernen Beschlägen gesicherte Kellertür stand weit offen, und er konnte die vier Stufen der Außentreppe und den grünen Rasen des Gartens sehen. Eine Zeitlang starrte Wilfried die Tür erstaunt an, dann erstrahlte sein Gesicht. Bevor er die Seifendose holte, wollte er erst noch einmal den Garten besuchen. Daß irgend jemand in diesem Haus eine Tür offengelassen hatte, grenzte an ein wahres Wunder. Wilfried hatte es jedenfalls noch nie erlebt, und er wohnte hier schon ziemlich lange.

Als Wilfried den Garten betrat, schlug sein Herz vor Freude heftig auf, und er mußte erst einmal tief durchatmen. In diesem Teil des Gartens war er noch nie gewesen. Der Rasen war nicht zertreten wie auf der anderen Seite des Hauses, und hinten an der Mauer blühten Stauden über Stauden. Wilfried hatte eine solche Blütenpracht schon lange nicht mehr gesehen. Er ging auf die Knie und betrachtete die Grashalme aufmerksam aus der Nähe.

»*Festuca rubra*«, sagte er und strich mit seinen großen, wulstigen Fingern zärtlich über einen der Grashalme. »Und hier *agrostis canina montana*«, wandte er sich einem anderen Grashalm zu und lächelte zufrieden, daß ihm der Name sofort eingefallen war. Dann kroch er auf allen vieren zu den Stauden an der Mauer und roch an den Blüten. Die weißblühende *anemone japanica* duftete besonders stark, dagegen ließ hier die blaublühende *liriope graminifolia* ihre Knospen noch geschlossen. Wilfried steckte den Kopf zwischen die Stauden und schaute sich um. Es war wie in einem kleinen Urwald. Unten, auf dem Boden, wanderten fleißig die Ameisen, und auf den Stengeln liefen Schildläuse und Blindwanzen herum.

Wilfried stutzte. Der Urwald! Er hatte ihn vollkommen vergessen. Und Onkel Ludwig, der war ihm auch ganz aus dem Sinn geraten! Am Anfang hatte Wilfried jeden Tag Herrn Polzig vom Urwald und von Onkel Ludwig erzählt, der auf ihn wartete. Aber dann war Herr Polzig eines Morgens mit ein paar Tabletten gekommen, und Wilfried hatte sie einnehmen müssen, damit es ihm wieder bessergehe, wie Herr Polzig meinte. Jeden Morgen gab Herr Polzig Wilfried nun die Tabletten, und irgendwann hatte er aufgehört, sich zu erinnern.

Wilfried betrachtete gedankenverloren die Ameisen und Käfer. Dann erhellte sich sein Gesicht. Er hatte plötzlich keine Lust mehr, auf der anderen Seite des Hauses im Kreis herum über den Rasen zu laufen oder den Tischtennisball unter dem Tisch zu suchen oder seinen Zimmernachbarn zu beobachten, der immer nur den Kopf hin und her warf. »Wilfried geht jetzt wieder zurück in den Urwald«, sagte Wilfried. »Dort gibt es viele schöne Pflanzen mit schönen Namen. Und Onkel Ludwig wird sich freuen, wenn er zusammen mit Wilfried spielen oder auf Reisen gehen kann!«

Wilfried stand entschlossen auf und säuberte sorgfältig seine Hose von den Laubresten. Er war ein ordnungsliebender Mensch.

Und deshalb war es auch klar, daß er zunächst die Seifendose aus dem Keller holen mußte, um sie in den Schrank neben die Shampoo-Flasche zu legen. Erst dann konnte er in den Urwald aufbrechen.

Wenig später hatte Wilfried die Seifendose neben die Shampoo-Flasche gelegt und alle Vorbereitungen zum Marsch in den Urwald abgeschlossen. Zunächst hatte er das dicke, in silbernes Blech geschmiedete und mit einem silbernen Verschluß versehene Tagebuch – ein Geschenk von Onkel Ludwig – auf den Tisch gelegt und rasch die Notiz eingetragen: *»Freitag. Offene Kellertür, Wilfrieds große Urwaldgier.«* Wilfried schrieb möglichst kurz und nur in Reimen. Kurz, weil er kein Freund von vielen Worten war, und in Reimen, weil es besser klang. Außerdem schrieb er die erste Hälfte in normalen Buchstaben, die zweite dagegen in Spiegelschrift. Weil es so schöner aussah. Dann hatte er die Jacke angezogen – eine Spezialanfertigung mit zeltähnlichen Ausmaßen – und das Tagebuch wie immer griffbereit in die Brusttasche gesteckt. Schließlich hatte er außer dem Rasierapparat seinen Schal in eine Plastiktüte gepackt, denn im Urwald war es oft nachts kalt, dazu noch die Zahnbürste, nicht aber die Zahnpasta, deren Duft bekanntlich nur die roten Riesenameisen anlockte.

Den einzigen Fünfzigmarkschein, den er besaß, steckte er einfach in die Hosentasche. Dafür konnte man natürlich nicht mit dem Flugzeug in den Urwald fliegen. Wilfried wußte das, denn er hatte es schon zweimal versucht. Beide Male hatte er *sie* vom Flughafen angerufen, und beide Male hatte sie ihn abholen lassen. Versprochen hatte sie ihm, daß er zu Onkel Ludwig fliegen darf, und niemals ihr Versprechen gehalten. Sie war eine Lügnerin, und den Fehler durfte Wilfried nicht noch einmal machen. Er mußte sich das Geld irgendwo anders besorgen. Vielleicht konnte er bei anderen Leuten die Gärten pflegen. Er hatte es schon einmal eine ganze

Zeitlang getan, bevor sie ihn überredete, in eines dieser scheußlichen Häuser zu gehen.

Ansonsten war Wilfried Geld ziemlich egal, und er machte sich keine weiteren Gedanken darüber. Viel wichtiger war, daß ihm noch etwas anderes einfiel: das Foto von Onkel Ludwig. Man hatte es ihm sofort am ersten Tag weggenommen, unten, in dem Zimmer mit den vielen Ordnern und Hängemappen. Das Foto mußte Wilfried unbedingt wiederhaben, damit er im Urwald besser nach Onkel Ludwig suchen konnte.

Nun aber war es Zeit zu gehen. »Auf Wiedersehen!« sagte Wilfried zu seinem Zimmernachbarn. Dieser schnaufte einmal durch die Nase, sagte aber wie üblich nichts und warf nur seinen Kopf hin und her.

Wilfried verließ das Zimmer. Herr Polzig war immer noch nicht zurück, und auf der Treppe begegnete er auch keiner Menschenseele. Als er im Erdgeschoß an die Tür klopfte, hinter der sich die vielen Aktenordner und Hängemappen befanden, antwortete ihm keiner. Wilfried drückte die Türklinke, aber die Tür war verschlossen. Herrn Polzig brauchte er gar nicht erst zu fragen, der würde ihm das Foto bestimmt nicht geben. Und die anderen, die im Haus aufpaßten, auch nicht. Wilfried tat es nicht gerne, aber es ging nicht anders: Er bückte sich und stemmte seine breite Schulter gegen die Tür. Sie gab nach, als sei sie aus Pappe.

Der Rest war eine Frage von wenigen Sekunden. Wilfried wußte auf Anhieb, wo sich die Mappe mit Onkel Ludwigs Foto befand. Solche Dinge merkte er sich für alle Ewigkeit und ohne daß er es wollte. Er holte sie aus dem Regal und verstaute sie mitsamt ihrem Inhalt in der Plastiktüte. Dann drückte er mit seinem riesenhaften Daumen das verbogene Schloß wieder zurecht – Wilfried mochte es ganz und gar nicht, wenn er etwas zerstörte – und zog die Tür hinter sich zu.

Im Keller angekommen, stellte Wilfried zufrieden fest, daß die

Tür immer noch sperrangelweit offenstand. Er stieg die vier Stufen hoch, überquerte den Rasen, wandte sich nach links und entdeckte bald in der Mauer ein kleines Eisentor. Es war zwar verschlossen, konnte aber seinen prankenartigen Händen nicht sehr lange standhalten. Die Torangeln ächzten in den Scharnieren, Kalk rieselte aus den Steinen, dann war der Weg frei.

Wilfried duckte sich und verließ den Garten. Das Törchen paßte leider nicht mehr in die abgebrochenen Angeln, also lehnte er es so gegen die Mauer, daß es wenigstens halbwegs die Öffnung verdeckte. Dann schaute Wilfried sich um und lächelte zufrieden. Auf der anderen Seite der Mauer verlief eine Straße, und er konnte jetzt endlich losgehen.

Nach einer Weile – es dämmerte schon – kam Wilfried an eine Kreuzung. Er schaute nach rechts, und er schaute nach links. Dort ging die Straße leicht bergab, und eine dröhnende, seltsame Musik war zu hören. So ähnlich wie früher im Urwald... Wilfrieds Stirn bekam für einen Augenblick Falten, wie immer, wenn er angestrengt nachdachte. Dann hatte er sich entschieden. »Wilfried geht nach links!« sagte er zu sich und marschierte freudig los.

2

»Also, Schneider, Sie sollten sich die Sache noch einmal gut überlegen.« Jeschke, ein untersetzter, breitschultriger Mann mit einer klobigen, zerfurchten Nase, wulstigen Lippen und einem breiten Kinn, klappte das silberne Zigarrenetui, eine Sonderanfertigung mit einem kleinen Brillanten, zusammen und stand auf.

»Ich schaue mal gelegentlich vorbei, sagen wir am Sonntag, bevor hier alles abgebaut wird. Es drängt jetzt ein bißchen, ich hab's Ihnen ja erklärt.« Jeschke ließ das Etui in die Innentasche seines Jacketts gleiten. »Im Grunde wird es dann für alle besser. Für Sie« – ein Lächeln zuckte um seine Mundwinkel – »und für mich auch, versteht sich.«

Jeschke zog an der Zigarre, blies den Rauch in Richtung des Tisches, an dem Schneider saß, und schaute sich noch einmal in dem Wohnwagen um. »Gemütlich haben Sie es hier, Schneider. Und grüßen Sie mir Ihre Kleine! Hab sie vorne an der Kasse gesehen. Ist ein hübsches Ding geworden. Ihrer Frau wie aus dem Gesicht geschnitten.« Jeschke wurde ernst. »Gott hab sie selig, ist ja bald ein Jahr her oder so ...«

Er räusperte sich, da der Angesprochene ihn nur schweigend anschaute. Schon die ganze Zeit.

»Also dann ...« Jeschke hob noch einmal die Hand zum Gruß, öffnete die Tür des Wohnwagens und ging.

Richard Schneider, ein hagerer Mann mit schütterem Haar und eingefallenen Wangen, saß noch eine Weile regungslos da. Dann erhob er sich von seinem Stuhl und ging zum Kühlschrank.

»Ja, es wird so besser sein«, sagte er verbittert zu sich, als er sich wieder mit einer Flasche Schnaps in der Hand an den Tisch gesetzt hatte. Er griff hinter sich in den Schrank, holte dort ein großes Glas heraus und schüttete es voll. Mit einem einzigen Zug trank er es leer.

Ein kalter Windstoß fuhr in den Wagen. Jeschke hatte die Tür nicht richtig geschlossen, und sie war wegen der leichten Neigung des Wagens von allein aufgegangen. Durch das Halbrund der Türöffnung konnte man hoch oben auf der Geisterbahn die riesige, von Scheinwerfern angestrahlte Gestalt des Monster-Affen sehen. Er hob drohend seine Arme und brüllte. Aus dem Inneren der Geisterbahn drangen – verstärkt durch Lautsprecher – dumpfe Schreie nach draußen und vermischten sich mit dem nervenzerreißenden Heulen von Alarmsirenen. Laute Musik dröhnte von überall her, Lichterketten rasten und blitzten. Es war Freitag abend, und die Kirmes auf dem Frühlingsfest in München ging auf ihren Höhepunkt zu.

Schneider trank noch ein Glas Schnaps. »Am Sonntag ist es vorbei«, sagte er zu sich. »Jeschke soll die Geisterbahn haben, es ist eh nicht zu schaffen...« Das Brüllen des Monster-Affen und das Dröhnen der Musik schienen ihm jetzt unerträglich laut. Früher hatte ihm der Lärm nichts ausgemacht. Wenn es darauf ankam, hatte er sogar dabei schlafen können. Nur seit dem letzten Jahr war alles anders.

Richard Schneider stand auf und schloß die Tür. Aber der Lärm drang immer noch durch die dünnen Wände des Wohnwagens auf ihn ein. Da half es auch nicht, daß er seine Fäuste gegen die Ohren stemmte. Es war, als lärmte die Kirmes mitten in seinem Kopf.

»Dreimal, bitte.«

»Fünfzehn Mark!«

Der Fahrgast, ein Vater, der mit seinen beiden Kindern gekommen war, kramte umständlich in der Geldbörse und zahlte mit kleinen Münzen. »Ist dieses Jahr auf der Kirmes aber ganz schön teuer geworden!«

Mirja lächelte und zuckte bedauernd mit den Schultern. Das hatte sie schon öfter gehört. Was sollte sie dazu sagen? Es war eben alles zu Beginn der Saison teurer geworden. Kein großes Fahrgeschäft verkaufte unter fünf Mark. Die Leute hatten keine Vorstellung, was so eine Anlage an Kosten verschlang. Die Standgelder waren erhöht worden, die Stromkosten auch. Die Mitfahrenden, die die Anlage auf- und abbauten und in Betrieb hielten, verlangten auch mehr Geld.

Nebenan, im Autoskootergeschäft, hämmerte durch die riesigen Lautsprecher ein neuer Musiktitel los. *Hard day, hard life, but we wanna fly. Hard day, hard life, but we wanna fly ...* Mirjas Beine wippten zum Takt. So etwas ging ihr unter die Haut. Sie hätte auf der Stelle lostanzen können. *Hard day, hard life, but we wanna fly . . .* Zum Glück hatte die Saison vor einer Woche angefangen. Noch nie in ihrem Leben hatte Mirja die Kirmes so herbeigesehnt wie in diesem Winter. Die endlosen, stillen Abende, der schweigende Vater, der immer mehr trank, und dann das Schlimmste: die ersten Weihnachten ohne Mutter . . . Hätte sich Mirja im Januar nicht selbst um die Anmeldungen zu den Kirmesveranstaltungen gekümmert, wären sie womöglich gar nicht auf Reisen gegangen.

Hard day, hard life, but we wanna fly . . .

Berthold, der dürre Typ mit den kunstvoll zerrissenen Jeans, dem langen, blondgesträhnten Haar und dem ausgeschlagenen Vorderzahn, der vorne die Chips kassierte und die Wagen fahren ließ, kam zum Kassenhäuschen. Er steckte seine Hand durch die kleine runde Öffnung in der Scheibe und ließ die eingesammelten Chips einfach in die Kasse fallen.

»Mann! Was soll der Quatsch?!«

»Entschuldigung, Chefin!« Berthold grinste unschuldig. »Steife Hände. Kalt hier draußen!«

Er hauchte in die Hände, steckte sie in die Taschen seiner Jeansjacke, zog die Schultern hoch und ging betont langsam wieder zurück. Mirja schaute ihm wütend hinterher. Den ganzen Nachmittag war auf der Geisterbahn nicht sehr viel los gewesen, aber nun kamen immer mehr Leute. Vorne, an dem von bluttriefenden Zähnen umrahmten Tor, stauten sich schon vier Wagen. Die Fahrgäste wurden ungeduldig und schauten sich um, wo die Bedienung blieb.

Mit Berthold gab es Probleme. Mirja ließ ihn nicht mehr oben am »Toten Mann« mit dem »Eiskalten Händchen« arbeiten. Nur noch Max. Dafür hatte sie gute Gründe – über Berthold hatten sich schon Fahrgäste beschwert. Anstatt in den Nacken, wie es sein sollte, hatte er mit dem »Eiskalten Händchen« einigen Mädchen vorne in den Ausschnitt gefaßt. Das war eine Schweinerei, und wenn sich so etwas auf der Kirmes herumsprach, konnte es Schwierigkeiten mit dem Ordnungsamt geben. Mirja hatte Berthold zur Rede gestellt und ihm gesagt, daß er fliegen werde, wenn sich das noch mal wiederholte. Anstatt zu antworten, hatte Berthold nur blöde gegrinst, auf ihr T-Shirt gestarrt und gefragt: »Gehen wir heute nacht in die Disco, Kleine?« – »Paß mal auf«, hatte ihm Mirja darauf geantwortet, »ich bin nicht deine Kleine, ich bin deine Chefin, merk's dir!« Der Typ sollte bloß aufpassen! Mirja arbeitete nicht erst seit gestern in dem Geschäft. Und nur weil ihr Vater nicht mehr nach dem Rechten schaute, sollte das nicht heißen, daß es hier keinen Chef mehr gab. Ganz im Gegenteil!

Hard day, hard life, but we wanna fly. Hard day, hard life, but we wanna fly . . .

Berthold bediente die Fahrgäste mit einer Miene, als seien sie ihm alle lästig. Und jetzt fing er auch noch mit vier angetrunkenen Halbwüchsigen, die alle in einen Wagen steigen wollten, Streit an. Er packte einen von ihnen an der Jacke und zerrte ihn heraus. Verdammt, das hatte gerade noch gefehlt! Eine Prügelei vor der Geisterbahn.

Mirja klappte wütend die Kasse zu. Das würde sie nicht zulassen. Doch plötzlich summte es neben ihr im elektrischen Schaltkasten, etwas knackte, und die Wagen stockten. Schon wieder ein Ausfall! Gerade jetzt!

Mirja warf den Schalthebel der Starkstromanlage auf »Null« und griff zum Mikrofon.

»Meine Damen und Herren!« Sie versuchte, ihrer Stimme einen besonders angenehmen, melodiösen Klang zu geben. »Die Geisterbahn macht eine kleine Pause! Bleiben Sie in Ihren Wagen! Es geht sofort weiter, und Sie dürfen auf unsere Kosten noch einmal fahren! Eine Fahrt durch die Welt der Geister, für Sie heute einmal kostenlos!«

Mirja stürzte aus dem Kassenhäuschen zu Berthold. »Los, hol Edek, aber schnell!«

Die Halbwüchsigen schwenkten ihre halbleeren Bierflaschen und beschwerten sich, sie wollten fahren, und zwar sofort.

»Paßt mal auf!« sagte Mirja ganz ruhig. »Mit Alkohol kommt ihr hier nicht rein. Stellt die Bierflaschen weg, dann geht das in Ordnung! Oder ich hole die Polizei! Ihr seid doch noch keine fünfzehn, oder?«

Das wirkte. Grölend und dumme Kommentare abgebend, stiegen sie aus dem Wagen und verschwanden in der Menschenmenge, die an der Geisterbahn vorbeizog.

Mirja atmete auf. Früher hatte es solche Situationen nicht so oft gegeben. Oder sie hatte sie nicht mitbekommen. Aber darüber nachzudenken, hatte sie jetzt keine Zeit. Berthold hatte sich nämlich immer noch nicht von der Stelle gerührt.

»Mann! Ich hab gesagt, du sollst Edek holen! Beeil dich endlich!«

Aber Berthold mußte sich gar nicht mehr beeilen. Edek war schon da. Wie immer, wenn man ihn brauchte. »Schaltkasten?« fragte er.

Mirja nickte.

»Wildes Pferd in der Geisterbahn, Gringo!« mischte Berthold sich ein und grinste schadenfroh. Mit »Gringo« und »wildes Pferd« zog er Edek immer wieder auf, seitdem dieser erzählt hatte, wie er auf der Ranch seines reichen Onkels in Texas wilde Pferde zugeritten hatte.

Edek war nicht auf den Mund gefallen. Mit Blick auf Bertholds Zahnlücke meinte er: »Wenn du auf Ranch von meine Onkel lachst, kommt Kuh vorbei und denkt, ist Tor offen von Stall!« Dabei rollte er mit seinem unverkennbaren Akzent das R vorne auf der Zunge, sprach die Os ganz hart und so manche Endung falsch und brachte auch sonst einiges durcheinander.

Das saß. Berthold war so verdutzt, daß er erst noch nach einer passenden Antwort suchen mußte. Aber Edek war schon weg. Er hatte im Kassenhäuschen den Sicherungsautomaten in Augenschein genommen und sofort erkannt, was Sache war.

»Wagen aus Führung rausgesprungen«, sagte er zu Mirja. Aus der Innentasche seiner Lederjacke – Edek trug immer schwarze Ledersachen, ein rotes Tuch um den Hals und Cowboystiefel mit hohen Absätzen, damit er größer wirkte – holte er einen Schraubenschlüssel heraus und verschwand in der Geisterbahn. Wenig später war er schon wieder im Kassenhäuschen zurück und warf den Schalter auf »Eins«. Die Elektromotoren zogen an, und die Wagen rollten los.

»Scheiß Führung ist schon wieder kaputt«, regte Edek sich auf. »Immer springt Wagen oben bei ›Affen-Frau‹ raus. Deine Vater muß neue kaufen. Führung klemmt, Motoren werden heiß, Sicherung springt raus, jeden Tag dreimal!«

»Ich weiß«, sagte Mirja. »Am Anfang klemmt immer irgend etwas. Aber ich werde morgen mit Vater sprechen. Was meinst du, was das kostet?«

»Dreihundert? Vierhundert? Weiß nicht.«

»Und die alte läßt sich nicht wieder reparieren?«

»Vielleicht. Muß aber ausgebaut werden, muß in die Werkstatt, müssen neue Bolzen gedreht werden. Alles muß neu sein, die ganze Geisterbahn ist nur großes Haufen Schrott!« übertrieb Edek wie so oft.

»Wir machen doch übermorgen hier Schluß«, meinte Mirja, »und dann haben wir drei Tage Pause. Erst Mittwoch geht es in Augsburg weiter. Meinst du nicht, daß du es in dieser Zeit schaffst?«

Edek fuhr sich mit der Hand über das schmale schwarze Lippenbärtchen, das er jeden Morgen sorgfältig nachrasierte, und tat so, als müsse er es sich erst noch überlegen.

»Normalerweise schafft Edek alles. Edek hier, Edek da...«, meinte er schließlich.

»Na also!« Mirja legte ihre Hand auf Edeks Schulter und lächelte.

Edeks Ohren fingen an zu brennen. Immer, wenn ihm Mirja zu nahe kam, geschah das. Natürlich hatte er sich soweit unter Kontrolle, daß es nicht auffiel. Und Gott sei Dank mußte es an der Kasse weitergehen, die Leute warteten. Während Mirja dafür sorgte, daß sich die Schlange auflöste, prüfte Edek noch einmal den Sicherungskasten. »Ich mach jetzt Kontrollfahrt«, sagte er.

»Ja, bis später dann!«

I love your life, I love my life. I love your life, I love my life ... tönte es von nebenan.

Mit Edek würde Mirja gern in eine Disco gehen. Aber Edek wollte nicht. »Ist für kleine Kinder«, hatte er letztens gesagt, als sie ihn gefragt hatte. Ausgerechnet er mußte so etwas sagen. Erstens wurde Mirja im September siebzehn, und zweitens benahm Edek sich manchmal so albern, als sei er nicht 21 sondern 12 Jahre alt! Sicher traute er sich nicht. Auf dem oberschlesischen Dorf in Polen, wo er aufgewachsen war, gab es bestimmt keine Disco, nur Kühe und Pferde...

Edek hatte sich Mitte Januar auf ein Zeitungsinserat gemeldet, das Mirja aufgegeben hatte. Die Geisterbahn mußte überholt und für die TÜV-Abnahme fertig gemacht werden, außerdem mußte der Betreffende bereit sein, mit auf Reisen zu gehen.

Edek kam, schaute sich die Geisterbahn an, die zusammengelegt auf einem Tieflader in der Scheune eines Bauern stand, ließ sich dies und jenes erklären und meinte schließlich, das alles sei für ihn kein Problem. Er habe bei seinem Onkel in Texas vom kleinen Rasenmäher bis zu großen Erntemaschinen alles repariert, einmal sogar einen Hubschrauber. Auf Reisen ginge er auch, die Arbeit auf dem Autoschrottplatz, wo er gerade aushelfe, sei ihm sowieso zu langweilig. Seinetwegen könne er sofort anfangen.

Das war Mirja sehr recht gewesen. Normalerweise blieb mindestens einer der Mitfahrenden über den Winter bei ihnen und half bei den ziemlich aufwendigen Reparaturarbeiten. Aber in diesem Jahr war alles schiefgelaufen, eben deshalb, weil Vater sich um nichts gekümmert hatte.

Es zeigte sich schnell, daß Edek – er hieß eigentlich Eduard Ostermann, mochte aber bei seinem vollen Vornamen nicht genannt werden – ein wirklicher Glücksgriff war. Er bastelte an der Geisterbahn von früh bis abends, man mußte ihn beinahe davon abhalten, daß er noch nachts weitermachte. Und er erzählte. Er erzählte von seinen Abenteuern, die er überall in der Welt erlebt hatte. Über die tschechische Grenze hatte er nach Polen Gold geschmuggelt, wurde verhaftet und konnte fliehen. Bei seinem Onkel auf der Ranch war er nur ganz knapp einem Flugzeugabsturz entkommen, indem er selber zum Steuerknüppel gegriffen hatte. Auf einer Landstraße in Texas hatte er sich mit Polizisten ein heißes Wagenrennen geliefert, denn Edeks Traum war, Rallyefahrer zu werden, und er ließ sich grundsätzlich von niemandem überholen.

Was Mirja von all den Geschichten halten sollte, wußte sie nicht so recht. Fest stand nur, daß Edeks ziemlich alte Eltern erst vor anderthalb Jahren ihren Bauernhof in einem ehemals oberschlesischen Dorf in Polen verlassen hatten und nach Deutschland übergesiedelt waren. Und fest stand auch, daß Edek 16 000 Mark Schulden bei einer Bank hatte, die ihm nach und nach vom Lohn gepfändet wurden. Er hatte sich vor gut einem Jahr einen schnellen Wagen gekauft und ihn schon zwei Wochen später zu Schrott gefahren.

Und da war er auch schon wieder von seiner Kontrollfahrt zurück.

»Alles in Ordnung?« wollte Mirja wissen.

»Muß in Ordnung sein«, sagte Edek so locker, wie nur er es konnte.

»Gut, dann mach du eine Weile die Kasse, ich muß mal eben dringend.«

Sie wechselten die Plätze. Edek konnte man vertrauen, an die Kasse ging er nicht ran. Mirja lief rasch hinter die Geisterbahn zum Wohnwagen, riß die Tür auf und blieb wie angewurzelt stehen. Ihr Vater lag auf dem Tisch, neben sich die leere Schnapsflasche. Im Wagen roch es nach Alkohol und kaltem Zigarrenrauch.

»Das darf doch nicht wahr sein!« sagte Mirja wütend. Sie ging zum Tisch und versuchte, ihren Vater wachzurütteln. Vergeblich, er war zu betrunken und lallte nur, sie solle ihn in Ruhe lassen.

Jeschke war wieder dagewesen. Jeschke, dieser eklige Kerl, der Mirja einmal am Kinn angefaßt und gesagt hatte: »Schönes Kind!« Und der Vater letztes Jahr Geld geliehen hatte. Als Freund und Geschäftsnachbar von der Kirmes. »Weil einem ja sonst keiner hilft.«

3

Wilfried war schon seit gut zwei Stunden auf der Kirmes. Er war die Straße einfach entlanggegangen und auf der Theresienwiese angekommen, wo das Frühlingsfest stattfand. Auf einer Kirmes war Wilfried noch nie gewesen. Als Kind hatte er sich meistens bei seinem Vater im Labor aufgehalten und Pflanzen gezüchtet. Oder er hatte in dicken Büchern geblättert und schöne, fremd klingende Pflanzennamen gelesen. Die hatte er sich fast alle gemerkt, das konnte er einfach so. Aber daß es so etwas wie eine Kirmes gab, hatte ihm nie jemand erzählt. Wie schade ...

Deshalb hatte sich Wilfried viel Zeit genommen. Er hatte vor jeder Vergnügung und jeder Bude lange gestanden, sie ausgiebig bestaunt und oft vor Verwunderung den Kopf geschüttelt. Jetzt aber war er vor einem Spaß angekommen, der ihn vollends gefangengenommen hatte. Auf einem großen Stand – »Geisterbahn« leuchtete es in schönen flirrenden und tanzenden Buchstaben von einer Tafel – gab es nämlich oben einen riesigen Affen zu sehen, der laut brüllte und dessen Augen blinkten. Wilfried hatte schon viele Affen gesehen, aber noch nie einen mit so schönen Augen. Unten geschahen auch verwunderliche Sachen: In einen aufgerissenen Riesenmund mit großen Zähnen fuhren dauernd kleine Wagen hinein, die dann später auf der anderen Seite wieder herauskamen.

Einen ähnlichen Mund hatte Wilfried schon einmal in einem Dorf am Amazonas gesehen. Er befand sich in einer mannshohen Maske, die um ein Feuer einen Kriegstanz ausführte und vor der sich alle Leute fürchteten. Als die Maske bei Wilfried angekommen war und ihn erschrecken wollte, hatte er sie einfach hochgehoben und geschüttelt, bis der Yanomami-Indio, der dahinter steckte, rausgefallen war. Das hatte Wilfried sehr leid getan, denn der Indio war auf einen spitzen Stein gefallen, hatte sich am Fuß verletzt und mußte von Wilfrieds Vater verarztet werden.

Wilfried schaute. Die Geisterbahn war geheimnisvoll mit rot und grün ausfließenden Buchstaben beschriftet. Hier stand: »Gefährliche Affen-Frau!«, dort: »Eiskaltes Händchen!«, weiter oben: »Toter Mann!« Und die Leute, die aus der Geisterbahn kamen, machten erfreute Gesichter. Sicher war es da drinnen wie im Urwald. Jedenfalls hörte man ganz seltsame, dumpfe Schreie. Ob er es auch einmal versuchen sollte?

Wilfried kaufte an der Kasse einen Chip und setzte sich in einen freien Wagen. Er war ziemlich klein, so klein, daß Wilfrieds Knie ihm bis unters Kinn gingen. Er wußte auch nicht, wo er mit der Plastiktüte hin sollte. Er versuchte es seitlich, neben den Beinen.

»Ein bißchen eng, was, Kleiner?« sagte ein dünner Mann mit einem ausgeschlagenen Zahn und kassierte den Chip.

Wilfried lächelte.

Der Dünne grinste. »Und da vorne schön bücken!« sagte er und zeigte auf das Riesenmaul in der Einfahrt. »Sonst gibt's gleich 'ne Macke im Kopf!«

»Danke!« sagte Wilfried. Vor lauter Aufregung hätte er bestimmt nicht an die langen Zähne gedacht.

Und schon ging es los! Das Riesenmaul kam auf Wilfried zu, er zog den Kopf ein, dann verschlang ihn die Dunkelheit. Der Wagen polterte und schaukelte über die Schienen. Ein schwaches Licht glimmte auf. Weiter vor sich entdeckte Wilfried einen anderen Wagen. Die Leute darin schrien auf, und Wilfried sah schattenhaft, wie sie mit den Armen um sich schlugen. Gleich danach war auch er dran: Aus dem Dunkel über seinem Kopf fielen plötzlich Schnüre auf ihn herab. Sie fühlten sich an wie kleine, dünne Lianen im Urwald. Sie kitzelten Wilfried gewaltig an den Ohren und am Hals, und er mußte lauthals lachen.

Zum Glück waren die Lianen bald wieder verschwunden, denn Wilfried hatte sich vor lauter Lachen verschluckt und hustete. Nun ging es nach oben. Ein immer lauter werdendes Stöhnen war zu hören, dann, als der Wagen oben angekommen war, sah Wilfried in einer rot ausgeleuchteten Nische einen weiß gekleideten Mann mit einer Axt. Er stürzte auf Wilfried zu und bewegte die Axt hin und her. Kurz vor Wilfried fiel dem Mann die Kapuze herunter, und Wilfried erblickte einen ausgemergelten Kopf, der mit den Zähnen klapperte. Ein grausliches Heulen ertönte, und der Mann riß sich mit einer einzigen Handbewegung den Kopf ab.

Wilfried schaute sich bedauernd um. Das kannte er. Er war am Rio Negro in den Minen Goldsuchern begegnet, die auch so ausgesehen und mit den Zähnen geklappert hatten – so hatte sie das Malariafieber geschüttelt. Schlimm nur, daß sich der Mann aus

Verzweiflung den Kopf abgerissen hatte. Das hätte nicht sein müssen.

Vor lauter Nachdenken über den Mann mit der Axt hatte Wilfried gar nicht mitbekommen, wie neben ihm schreckliche Fratzen aufgetaucht, sich geschüttelt hatten und wieder verschwunden waren. Aber jetzt sah er in einem plötzlich aufflammenden, grellen Licht eine vergitterte Zelle, hinter der eine Frau erschien. Sie war an die Gitter gekettet und schrie. Doch da veränderte sich schlagartig ihre Gestalt, und ein großer, behaarter Affe war an das Gitter gekettet. Er rüttelte so fest an den Stäben, daß sie auseinanderbrachen. Der Affe stürzte nach draußen, kam aber nicht an Wilfried heran, weil sein Wagen schon weitergefahren war.

Wilfried schüttelte den Kopf. Wo war denn bloß die Frau geblieben? Er hatte gar nicht gemerkt, wie sie verschwunden war, so schnell war der Affe aufgetaucht. Er mußte es sich beim nächsten Mal genauer anschauen. Ja, Affen konnten blitzschnell sein. Eher würde es Wilfried mit einem Krokodil aufnehmen – dem konnte man wenigstens das Maul zudrücken – als mit einem Affen, der im Kampf plötzlich zehn Arme hatte.

Nach der Begegnung mit dem Affen war es Wilfried richtig heiß geworden, und der Schweiß rann ihm nur so von der Stirn.

Der Wagen rumpelte ein Stück geradeaus, dann schoß er mit einem Male in die Tiefe. Ein Licht flackerte auf, und Wilfried entdeckte einen Wagen, der ihm entgegenkam. Wilfried biß die Zähne zusammen. Hui, das würde ein paar ganz schöne Beulen geben!

Immer schneller raste der Wagen auf Wilfried zu, und ... kurz vor dem Zusammenstoß bogen beide Wagen ab. Wilfried wischte sich den Schweiß von der Stirn. Der Zusammenstoß hätte ins Auge gehen können, denn der Mann in dem anderen Wagen war genauso groß wie Wilfried gewesen und ...

Moment mal.

Wilfrieds Stirn wurde faltig. Ein Spiegel, es war ein Spiegel gewesen, auf den er selber zugefahren war! Wilfried gluckste freudig. Hier war es wirklich spaßig!

Es ging weiter geradeaus, dann nach rechts. Wieder leuchtete ein Licht auf, diesmal grün, und Wilfried sah einen golden glänzenden Sarg auf sich zukommen. Als er kurz davor war, rollte der Sarg nach vorne, sein Deckel sprang auf, und ein Mann mit einem grünen Gesicht und grünen Haaren fuhr in die Höhe. Der Sargdeckel war aber nicht weit genug aufgegangen, und der Mann knallte mit dem Kopf dagegen. Gleichzeitig kam von der Seite ein großer, weißer Handschuh und faßte Wilfried in den Nacken. Er war eiskalt, und genau das brauchte Wilfried jetzt, wo ihm so warm geworden war.

»Danke!« rief Wilfried. »Vielen Dank!« Dann wollte er noch dem grünen Mann sagen, daß er auf seinen Kopf aufpassen solle, aber da war schon alles vorbei. Der Wagen rollte nach unten, bog um die Ecke, und Wilfried war wieder draußen.

»Ich sage ihm gleich Bescheid«, sagte Wilfried zu sich beim Aussteigen, »ich muß erst noch einen Chip kaufen.«

Doch bevor er das tat, holte er rasch sein Tagebuch aus der Jackentasche, setzte sich auf eine der Holzstufen, die zur Geisterbahn führten, und notierte:

»Freitag, der gleiche. Geisterbahn – Wilfrieds spaßigfreud'ges Fahr'n!«

Wilfried klappte das Tagebuch zusammen und nickte zufrieden. Selten hatte er an einem einzigen Tag so viel geschrieben. Na ja – er hatte ja auch selten an einem Tag so viel erlebt! Wenn er das alles Onkel Ludwig erzählte, der würde nicht schlecht staunen ...

4

Mirja stellte die schweren Tüten auf dem Tisch ab und warf einen Blick auf die Uhr: Viertel nach elf, sie hatte in der Stadt beim Einkaufen ein bißchen zu lange vor den Schaufenstern getrödelt. Jetzt mußte sie sich beeilen, denn am Samstag wurde das Geschäft schon um eins geöffnet. Als erstes drückte sie alle Fenster auf, im Wagen stank es noch immer nach Schnaps und kaltem Zigarrenrauch. Dann machte sie sich an der Spüle zu schaffen. Nach einer Weile merkte sie an einer leichten Schaukelbewegung des Wagens, daß ihr Vater aufgestanden war. Die schmale Tür zum Schlafabteil ging auf, und er kam herein.

Er sah sichtlich mitgenommen aus. Sein Gesicht war blaß, und unter den Augen hatte er dunkle Tränensäcke. Eine Weile stand er unentschlossen da, dann setzte er sich hinter den Tisch.

»Eine ganze Flasche war's gestern wieder, Papa«, sagte Mirja vorwurfsvoll. »Wenn du so weitermachst, trinkst du dich noch zu . . .« Sie beendete den Satz nicht und biß sich auf die Lippen.

»Ja, sag's ruhig: Ich trink mich noch zu Tode«, sagte Mirjas Vater seltsam tonlos.

Mirja trocknete das Geschirr ab und stellte es in die Schränke. »So hab ich es nicht gemeint, Papa«, sagte sie. »Aber seit wir unterwegs sind, warst du noch nie an der Kasse. Man sieht dich überhaupt nicht mehr. Du könntest auch mal nach draußen kommen und helfen. Manchmal könnte ich gut eine Pause gebrauchen, Edek ist immer in der Geisterbahn unterwegs. Wir müssen übrigens oben eine neue Führung kaufen, die Wagen springen immer raus . . .«

Mirja unterbrach sich, denn sie merkte, daß ihr Vater gar nicht zuhörte. »Ist was, Papa?«

»Jeschke war gestern hier.«

»Ja, ich weiß. Ich hab's an der Zigarre gerochen.«

»Er kommt morgen wieder.«

»Ja? Und?«

»Wir ...« – Mirjas Vater überlegte, als müsse er erst die richtigen Worte finden – »wir ... das Geschäft ist nicht mehr zu halten, wir müssen verkaufen.«

»An Jeschke? Unser Geschäft an Jeschke?« Mirjas Stimme war plötzlich schrill geworden, sie merkte es am Gesichtsausdruck ihres Vaters.

»Es geht nicht anders. Jeschke will seine Schulden zurückhaben. Möglichst schnell, hat er gesagt. Er braucht das Geld.«

»Die paar tausend Mark! Auf die kann er doch noch ein bißchen warten! Die Saison hat doch gerade erst angefangen!«

»Es sind nicht ein paar tausend, es sind 63 000 ...«

Mirja mußte sich erst einmal setzen. »63 000 Mark!« wiederholte sie fassungslos. »Wofür so viel Geld, Papa?«

»Erst war es nicht so viel, nur 22 000. Als Mama immer im Krankenhaus lag, gingen die Geschäfte schlecht. Wir mußten oft eine Kirmes ausfallen lassen, du weißt ... Ja, und dann, als Mama damals aus dem Krankenhaus entlassen wurde, weil die Ärzte nichts mehr machen konnten, da hab ich in einer Zeitschrift von dieser Spezialklinik gelesen.«

»Dort, wo Mama zuletzt gewesen ist, in Konstanz, meinst du?«

»Ja, in Konstanz. In der Zeitung stand, daß der Professor, dem die Klinik gehört, viele Krebskranke mit Naturheilmitteln geheilt hat. Ich hab Mama dann überredet, in die Klinik zu gehen ... Na ja, geholfen hat es leider nichts ...« Mirjas Vater schwieg, es fiel ihm sichtlich schwer, darüber zu reden.

»Und dann, Papa?« fragte Mirja leise.

»Dann ist die Rechnung von dem Professor gekommen. Knapp 40 000 Mark, für drei Monate Pflege und Medikamente und alles andere ...«

»40 000?!«

»40 000, ja. Ich bin damit zur Krankenkasse gegangen, aber die haben gesagt: ›Ne, Herr Schneider, das können wir nicht bezahlen. Diese Naturheilmethode ist nicht anerkannt, da hätten sie uns vorher fragen müssen.‹«

»Warum hast du mir nichts davon erzählt?«

»Ich weiß nicht ... Ich wußte selbst nicht, was ich machen sollte ...«

»Und dann bist du zu Jeschke gegangen.«

»Nicht direkt. Jeschke ist immer wieder vorbeikommen. Hat gefragt, hat geguckt.«

»Aber warum hast du es nicht bei der Bank versucht?«

»Bei der Bank versucht ...«, wiederholte Mirjas Vater. »Ja, ich hab zur Bank gehen wollen, aber Jeschke meinte, die Banken wollten Sicherheiten und Zinsen, 15 Prozent oder mehr. Er würde es mir für die Hälfte geben, und Sicherheiten bräuchte er keine, das Geschäft wäre ja gut am Laufen, ich könnte es bald wieder zurückzahlen ... Ich hab doch nicht daran gedacht, daß er es so schnell zurückhaben will.«

»Was hat er gestern zu dir gesagt?«

»Die Zeiten wären schlecht und so, die Geschäfte liefen nicht mehr so gut. Er bräuchte das Geld für eine andere Sache, in die er investieren will ...«

»Klar, Jeschke kauft alle großen Geschäfte auf. Weißt du noch, wie er das Riesenrad vom Scholl gekauft hat, dann noch die Achterbahn vom Rensmeier und den Riesen-Wellenreiter und das Space-Lab, das später abgebrannt ist? Ich glaub, dem gehören bald alle großen Geschäfte auf der Kirmes. Und jetzt noch unsere Geisterbahn ...« Mirja war verbittert, beinahe kamen ihr die Tränen.

»Na ja, sicher, er weiß eben, wie man Geschäfte macht ...«

»Was heißt, er weiß, wie man Geschäfte macht? Er nimmt die Leute aus, genau wie uns!«

»Sicher. Aber er hat mir gesagt, daß er uns 400 000 für das

Geschäft gibt. Wenn wir die Schulden und die Zinsen abziehen, so bleibt noch jede Menge für uns übrig. Bar zahlt er mir das ganze Geld auf die Hand aus. Und wir können hier weiter arbeiten. Sogar mit Umsatzbeteiligung. Oder wir machen ein ganz anderes Geschäft auf, kleiner ...«

»400 000? Papa! Das Geschäft ist mindestens anderthalb Millionen wert!«

»Ja, schon. Aber nur auf dem Papier. Hier ist doch alles veraltet. Der Edek flickt überall. Wir müßten mindestens 150 000, sogar 160 000 reinstecken, hat der Jeschke gesagt. Die Leute wollen heute was anderes sehen. Er will die Geisterbahn umbauen. Kameras sollen rein, hat er mir erzählt, und Laser, und schneller soll sie auch werden, da braucht man ganz neue Schienen und Motoren. Das Geschäft wird dann viel besser laufen ...«

»Papa, hast du schon unterschrieben?« Mirjas Stimme wurde plötzlich hart.

»Nein, aber Jeschke kommt morgen vorbei, hat er gesagt ...« Mirjas Vater starrte irgendeinen Punkt auf dem Tisch an.

»Und dann willst du das Geschäft aufgeben, das du mit Mama aufgebaut hast?«

»Was heißt aufgeben. Wir bleiben ja hier ...«

»Aber es wird nicht mehr unser eigenes Geschäft sein!«

»Wir können hier im Wohnwagen bleiben, und arbeiten können wir ...«

»Nein!« unterbrach Mirja ihren Vater mit tränenerstickter Stimme. »Der Jeschke kriegt das Geschäft nicht! Ich hab Mama versprochen, daß sie sich keine Sorgen machen muß. Schon ihr Vater hat von so einem großen Geschäft geträumt, und ihr habt es dann geschafft ... Ach was!«

Sie sprang auf und rannte aus dem Wohnwagen. Sie war enttäuscht und wütend zugleich. Das hatte Jeschke, dieses Schwein, schön eingefädelt. Sich als Helfer aufgespielt. Und der Vater ist darauf reingefallen. Mirja blieb an der Geisterbahn stehen und wischte sich die Tränen aus den Augen. So sollte sie keiner sehen. Sie mußte jetzt etwas unternehmen, aber was? In der Geisterbahn hörte sie ein Hämmern.

Mirja kroch unter die Plane, die die Rohrkonstruktion der Geisterbahn bedeckte. Das Hämmern kam von oben. Geschickt kletterte sie die Rohre und Gestänge hoch und ging dann auf den Schienen entlang nach oben, zum »Toten Mann«. Edek lag unter dem Sarg und schlug mit dem Hammer auf irgendein Rohr ein.

»Alles verbogen«, schimpfte er, als er Mirja kommen hörte. »Deckel von Sarg geht nicht richtig auf, und Kopf von ›Tote Mann‹ stoßt immer dagegen. Ich hab Max gesagt, er soll nicht mit sein fettes Hintern auf Sarg sitzen, wenn keine Wagen kommt! Und jetzt alles ist verbogen!«

»Paß mal auf«, sagte Mirja, als Edek mit Hämmern fertig war. »Du kennst doch den Jeschke?«

»Jeschke? Was für Jeschke?«

»Dem gehört das Riesenrad und die Achterbahn, und was weiß ich noch alles.«

»Ach, der Mann mit Zigarre?« Edek sammelte unter dem Sarg das Werkzeug zusammen.

»Genau der.«

»War gestern bei deine Vater, hab ich gesehen.«

»Eben, darum geht's. Paß mal auf – wenn du ihn morgen kommen siehst, sagst du mir sofort Bescheid, klar?«

»Klar. Und warum?«

Mirja erzählte Edek, was sie gerade von ihrem Vater erfahren hatte, und fügte dann noch hinzu, daß Jeschke auf keinen Fall allein mit ihrem Vater sprechen dürfe.

»Jeschke ist großes Bandit«, meinte Edek, den die Geschichte ziemlich aufgeregt hatte. »Einfach mit Hammer auf Kopf draufhauen, und schon ist Ruhe!« Zur Bekräftigung seiner Worte hob er den Hammer und schlug auf eines der Rohre ein. Im gleichen Augenblick sprang der Deckel des Sarges auf, und der »Tote Mann« flog mit einem lauten Knall in die Höhe.

Edek erschrak so, daß er den Hammer fallen ließ. Dieser polterte nun zwischen den vielen Rohrgestängen nach unten, bis er auf irgendeinem Brett dumpf aufschlug.

»Blöder Mann«, schimpfte Edek, stopfte den »Toten Mann« wieder in den Sarg und schloß den Deckel. Dann meinte er, als sei nichts geschehen: »Jeschke soll nur kommen! Dem brech ich alle Knochen!«

»Ne, Edek, laß mal, kein Knochenbrechen ... Jeschke ist kein Schläger. Dem muß man anders beikommen. Irgendwo werden wir schon das Geld auftreiben, das wir ihm schulden. Ich muß nur dafür sorgen, daß Papa nicht unterschreibt. Das Geschäft bekommt Jeschke auf keinen Fall. Ich hab Mama versprochen, daß ich aufpasse ...« Mirjas Stimme wurde weich, und sie fuhr sich mit der Hand über die Augen.

Edek räusperte sich unsicher. Dann löste er sein rotes Tuch vom Hals und gab es Mirja. »Hier, für Augen«, meinte er.

»Ach, laß nur«, sagte Mirja, nahm aber das Tuch. »Ich muß immer gleich heulen. Das hab ich von Mama geerbt. Die mußte auch immer in den unpassendsten Momenten heulen ...« Sie trocknete die Tränen und gab das Tuch wieder zurück.

Edek betrachtete die dunklen Tränenflecken auf dem Tuch. »Ist echt aus Texas. Kriegen nur beste Cowboys auf Ranch, wenn sie auf wilde Pferde geritten haben. Hab ich dort getragen, wenn wir die Kühe getrieben haben. War viel Staub. Von Kühen und von Hubschraubern.«

»Von Hubschraubern?«

»Klar. Unten hundert Mann auf Pferden und oben zehn Hubschrauber. Das ging schneller. Fünftausend Kühe, manchmal zehntausend ...« Edek fuhr sich nachdenklich über sein Bärtchen und schaute in die Ferne, als säße er auf einem Pferd und sähe die Menge von Kühen vor sich.

»Ich muß jetzt wieder runter«, sagte Mirja. »Mittagessen kochen. Um eins machen wir auf.«

»Alles klar.«

Edek sammelte das Werkzeug zusammen. Er war bester Laune. Beinahe hätte er Mirja das Tuch geschenkt. Aber dann war ihm eingefallen, daß er es vielleicht doch lieber mit dem Parfüm versuchen sollte. Er hatte schon letztes Mal die schöne Kristallflasche mit dem goldenen Verschluß kaufen wollen, es dann aber doch nicht getan. Nicht, weil er fürchtete, Mirja würde es mißverstehen, nein. Er hatte nur nicht genug Geld dabei, und außerdem wollte er noch warten, ob ihm nicht etwas Besseres einfiel ...

Mirja war inzwischen nach unten geklettert und ging dann die Schienen entlang zum Ausgang. Als sie die Geisterbahn durch das Tor mit den bluttriefenden Zähnen verließ, sah sie ihn an der Kasse stehen. Den komischen Riesen von gestern abend, der kaum in die Wagen paßte und der, wenn er nicht durch die Geisterbahn fuhr, stundenlang den Monster-Affen anstarrte.

»Einen Chip bitte«, sagte der Riese, als Mirja an der Kasse angekommen war. Er lächelte über das ganze Gesicht, und seine blauen Augen strahlten vor Freude.

»Die Kasse ist noch zu«, sagte Mirja. »Wir machen erst in einer Stunde auf.«

»In einer Stunde?« Die Stirn des Riesen bekam nachdenkliche Falten.

»Ja, um ein Uhr.«

Der Riese schaute auf seine Armbanduhr. »Dann kann Wilfried noch ein bißchen schlafen«, stellte er fest und gähnte.

»Ja, dann gute Nacht«, sagte Mirja schlagfertig und ging.

Als sie eine halbe Stunde später den Tisch im Wohnwagen deckte, kam Edek hereingeplatzt.

»Äh, an Kasse steht Riesenmensch von gestern abend«, meinte er verwundert.

»Ja, weiß ich. Er wollte jetzt schon fahren.«

»Er steht da und schläft!«

»Wie – er schläft?«

»Einfach so...« Edek stellte sich kerzengerade, schloß die Augen und schnarchte leise.

Und wirklich! Wilfried stand vor der Kasse, die Plastiktüte zwischen den Beinen, und schlief. Die Nacht auf der Kirmes war nämlich entschieden zu lang und die Bank am Ufer der Isar entschieden zu kurz gewesen. Wenn Wilfried so richtig müde war, dann konnte er fast augenblicklich im Stehen einschlafen. Schon von klein auf. »Wie ein Pferd!« hatte Onkel Ludwig einmal gesagt. »Besser als ein Pferd!« hatte Wilfried darauf erwidert. »Ein Pferd braucht dazu vier Beine, Wilfried nur zwei!«

5

Jeschke kam am Sonntag abend, als das Geschäft auf Hochtouren lief. Edek hatte Mirja gar nicht warnen müssen, denn Jeschke tauchte plötzlich im Kassenhäuschen auf. Er blies den Rauch der Zigarre aus der Nase, lächelte und fragte Mirja, wie die Geschäfte so liefen.

»Gut«, antwortete Mirja, so ruhig sie nur konnte. Sie hatte den ganzen Tag auf diese Begegnung gewartet und merkte jetzt, wie ihr das Herz vor Aufregung bis zum Hals schlug.

Jeschke nickte, zog an der Zigarre, betrachtete das Geld in der Kasse, schließlich gingen seine Blicke zu Mirjas Beinen. In einer ersten Bewegung wollte Mirja den Rock längerzupfen, dann aber schlug sie demonstrativ ein Bein über das andere. Jeschke sollte nicht glauben, daß sie sich etwas aus ihm machte.

Nach einer Weile, die Mirja endlos vorkam, streifte Jeschke die Zigarrenasche am Türrahmen ab, sagte: »Dann wünsche ich noch einen schönen Abend« und ging.

Mirja sprang auf und schaute, ob Edek irgendwo zu sehen war. Keine Spur von ihm. Sie überlegte kurz. Das Geschäft war jetzt egal, sie mußte Schlimmeres verhindern. Sie warf den Deckel der Kasse zu, erklärte dem Fahrgast, der gerade bezahlen wollte, sie sei sofort wieder zurück, und rannte nach draußen. Als sie um die Ecke bog, stieß sie beinahe mit Edek zusammen.

»Jeschke ist da!«

»Weiß ich«, sagte Mirja, »mach du jetzt die Kasse!«

Sie lief los und erreichte Jeschke kurz vor dem Wohnwagen.

»Mein Vater ist nicht da!« Mirja schob sich vor Jeschke und versperrte ihm den Weg.

»Was?« Jeschke hatte wegen des Lärms nichts verstanden.

»Mein Vater ist nicht da!« wiederholte Mirja lauter.

»So?« sagte Jeschke. »Dann muß ich wohl auf ihn warten.«

»Das geht nicht! Er will Sie nicht sehen!«

»Wer sagt das?«

»Ich.«

»Ach, wirklich?« versuchte es Jeschke mit Ironie.

»Wir verkaufen nicht!«

Jeschke ließ die Zigarre fallen und trat sie mit der Spitze des Schuhs aus. »Gut, und jetzt laß mich vorbei. Ich glaube, du wirst an der Kasse verlangt.«

»Nein. Wir zahlen die Schulden zurück. Die Geisterbahn kriegen Sie nicht!«

Jeschke zog ein Gesicht, als würde ihm das Ganze zu lästig. »Mit dir hab ich nichts zu besprechen. Das ist was für Erwachsene«, sagte er.

»Nein. Mein Vater hat mir gestern alles erzählt, ich weiß Bescheid! Er will Sie nicht sehen, und wir verkaufen nicht! An niemanden!«

Jeschke machte einen Schritt vorwärts, aber Mirja wich nicht zurück.

»Soll ich um Hilfe schreien?« fragte sie wütend.

Jeschke zögerte einen Augenblick. Dann breitete sich ein Lächeln über sein Gesicht aus. Er trat wieder zurück, holte aus dem silbernen Etui eine neue Zigarre, biß das Endstück ab und zündete sie an.

»Aber, aber. Wer wird denn gleich um Hilfe schreien?« meinte er, während er den Rauch in die Luft blies. »Alles ein Mißverständnis. Mehr nicht. Natürlich zahlt ihr die Schulden zurück. Ist doch überhaupt kein Problem. Ich hab's ja nur gut gemeint. Und schöne Grüße an den Vater. Er soll Bescheid sagen, wenn er das Geld hat!« Er lächelte noch einmal, drehte sich um und ging.

Mirja atmete tief durch und wartete, bis er weit genug entfernt war. Dann ging sie rasch zur Kasse zurück.

Edek war schon ganz unruhig. »Und?« wollte er wissen.

»Er ist weg.«

»Was hat er gesagt?«

»Daß alles klar ist.«

»Wie, klar?«

»Das weiß ich eben nicht. Er war plötzlich ganz anders und hat gemeint, das Ganze wäre nur ein Mißverständnis, wir könnten die Schulden zurückzahlen.«

Edek ließ Mirja wieder hinter die Kasse. »Und wenn er kommt zurück?«

»Das macht nichts. Ich werde Vater sagen, er soll die Tür abschließen und keinem aufmachen.«

»Ich guck trotzdem immer nach deine Vater«, sagte Edek. »Und Jeschke soll bloß aufpassen, sonst ...«

»Was sonst?«

Edek strich sich vielsagend über sein Schnauzbärtchen und lehnte sich dann so gegen die vordere Wand des Kassenhäuschens, daß ihn keiner von außen sehen konnte. »Sonst ganz einfach«, meinte er, indem er mit der Rechten an seine Lederjacke faßte. »Bei meine Onkel in Texas ist Leben von Bandit kurzes Leben!«

Mirja verkaufte ein paar Chips und kassierte das Geld. »Wie meinst du das?«

»Ganz einfach ...« Edek öffnete für einen Moment die Jacke und zeigte ihr, was er in der Brusttasche versteckt hielt.

Mirja bekam große Augen. »Du bist doch wohl nicht bei Trost!« sagte sie entsetzt, sprach dann aber nicht weiter, weil einige der Fahrgäste schon neugierig schauten.

Als das Geschäft nachts um elf zumachte, stellte sie Edek dafür desto entschiedener zur Rede. »Was soll der Quatsch mit dem Revolver?« wollte sie wissen.

»Bei meine Onkel in Texas muß jeder Mann Revolver haben. Zu viele Banditen beim Pokern ...«

»Mensch, Edek! Wir sind hier nicht bei deinem Onkel! Wenn dich die Polizei damit erwischt! Ist der geladen?«

»Nur heute abend«, sagte Edek. »Sonst ohne Kugeln wie ein Spielzeug. Aber nichts für Kinder, man muß aufpassen ...«

»Hör mal, Edek«, sagte Mirja, »den Revolver wirfst du weg. Klar? Das tust du für mich. Ich will hier keinen mit Revolver.«

»Und wenn Jeschke ...«

»Nein«, unterbrach ihn Mirja. »Nicht so! Los, wir gehen jetzt runter zur Isar. Ich will sehen, wie du das Ding wegwirfst!«

Edek verzog das Gesicht. »Ich muß noch auf Geisterbahn ...«

»Keine Ausreden! Ich will, daß das Ding sofort wegkommt. Warte, ich sage eben Vater Bescheid!«

Sie ging in den Wohnwagen, kam aber gleich wieder zurück.

»Er schläft schon«, sagte sie. »Hat wieder getrunken. Dabei hab ich extra darauf geachtet, daß kein Schnaps da war.«

»Deine Vater ist heute nachmittag weggegangen und mit Tüte zurückgekommen. Waren Flaschen drin«, meinte Edek.

»Ich muß noch besser auf ihn aufpassen. Gerade jetzt, wo die Geschichte mit Jeschke läuft. Ich traue dem Typen nicht, da ist bestimmt noch etwas im Busch.«

»Vielleicht Revolver doch besser«, meinte Edek.

»Nein, fang nicht wieder damit an. Komm jetzt!« Mirja ging entschlossen los. Edek zuckte mit den Schultern, als könne er die ganze Aufregung nicht verstehen, dann folgte er ihr.

Die Kirmes hatte sich bereits geleert, die Lichter waren erloschen. Nur ab und zu sah man noch Betrunkene, die nicht einsehen wollten, daß Schluß war, an den heruntergelassenen Läden der Bierstände. Mirja und Edek verließen den Platz, folgten der ziemlich stark befahrenen Hauptstraße und erreichten nach einer Viertelstunde die Isar.

»Wir gehen weiter auf die Brücke!« entschied Mirja. Als sie in ihrer Mitte angekommen waren, blieb sie stehen. »Also, hier wirfst du den Revolver weg!«

»Hier nicht«, sagte Edek.

»Warum nicht?«

»Wenn Polizei sucht Revolver, dann immer zuerst unter Brücke.«

»Ist doch egal.«

»Nicht egal. Überall sind Abdrücke von meine Finger.«

»Aber du hast doch damit keinen umgebracht, oder?«

»Äh, nicht richtig.«

»Was heißt, nicht richtig?«

»In eine Bar in Laredo, an mexikanische Grenze, fängt eine Bandit an, mit mir zu schimpfen. Ich sage: ›Ruhe, Gringo, du bist zu laut heute!‹ Bandit sagt nichts und zieht gleich Revolver. Ich zieh aber schneller und schieß auf Bierglas von Bandit, ein Bierglas mit Deckel. Deckel fliegt runter und schneidet Bandit die Pulsader an Hand auf!«

»Nein! War der Mann tot?«

»Weiß nicht. Ich hab nicht lange gewartet. Schnell aus Fenster gesprungen, ab in Auto und weg. Waren fünfzig Banditen in Bar, und ich war ganz allein!«

Mirja schüttelte den Kopf. Sollte sie Edek diese Geschichte glauben? Andrerseits war es gar nicht so wichtig. Sie hörte ihm gerne zu, wenn er von solchen Abenteuern erzählte, ob sie nun stimmten oder nicht. »Komm, wir gehen weiter.«

Mirja und Edek verließen die Brücke und gingen ein Stück an der Isar entlang. Der Fluß rauschte und gurgelte leise, die Lichter der Uferstraßen spiegelten sich in ihm wie zittrige Kerzenlichter.

Edek blieb stehen. »Hier ist weit genug«, sagte er. Er griff in die Jackentasche, holte den Revolver hervor und warf ihn, so weit er konnte. Man hörte ein dumpfes Plumpsen.

»Endlich!« sagte Mirja.

Edek stand da und schaute auf den Fluß.

Mirja stand da und schaute auch auf den Fluß.

»Gehen wir noch ein Stück?« schlug sie vor. »Ich will noch nicht zurück, es ist so schön hier. Weiter vorne bin ich mal als Kind Boot gefahren.«

Sie gingen los.

»Bei uns zu Hause«, erzählte Edek, »ist ganz großer See ...«

»Du meinst, in deinem Dorf, in Oberschlesien?«

»Ja. Ist nachts ganz gefährlich, an Ufer spazierenzugehen. Kommt plötzlich ein Moor, dann kommt tote Hand und zieht dich rein. Am besten, man betet laut und macht Kreuzzeichen. Aber noch besser ...«

»Kalt hier am Fluß«, unterbrach Mirja Edek und hakte sich bei ihm unter.

»Aber noch besser«, wiederholte Edek, »noch besser ist, wenn man, äh, wenn man . . .«

Er hatte soeben vergessen, was er sagen wollte! Er erzählte irgend etwas, er wußte gar nicht so recht, was. Er spürte nur, wie er seine Schritte anpassen mußte und wie nah ihm Mirja gekommen war. Die Jacke, die sie trug, war jedenfalls ganz schön dünn. So dünn, daß er bei jedem Schritt etwas wunderschön Rundes und Weiches an seinem Arm fühlte. Das machte ihm zwar nichts aus, denn er hatte da schon ganz andere Sachen erlebt, aber . . .

Plötzlich blieben beide stehen. In der Dunkelheit vor ihnen hatte jemand laut gestöhnt.

»Was war das?« flüsterte Mirja erschrocken.

Edek schluckte. An der Isar gab es kein Moor und keine toten Hände, oder?

Sie warteten eine Weile, aber man hörte nur den Fluß leise rauschen.

»War ein Tier oder so . . .«, sagte Edek.

»Komm, wir gehen wieder zurück«, meinte Mirja. »Das ist mir hier zu unheimlich.«

»Wenn du willst«, sagte Edek.

Sie machten kehrt. Jetzt drückte sich Mirja erst recht an Edek. Und ihm fiel gar nichts mehr ein, was er erzählen konnte. Es war irgendwie alles weg.

»Es war ein Stöhnen, ich hab's deutlich gehört«, sagte Mirja, als sie ein Stück gegangen waren. »Vielleicht wurde gerade jemand überfallen?«

»Ich hab nichts gehört«, sagte Edek. »Und wenn ein Überfall, dann auch kein Problem.«

Gut, daß Mirja nicht weiter nachfragte. Edek hatte nämlich gar nicht den Revolver in den Fluß geworfen, sondern einen Stein. Den hatte er auf der Kirmes schnell in die Tasche gesteckt, als Mirja zum Wohnwagen gegangen war. Sie mußte schließlich nicht wissen, daß es nur ein nachgemachter Revolver mit harmlosen Platzpatronen war. Aber wenn sie jetzt jemand überfallen hätte, dann hätte ihn Edek damit kaltgestellt. Und anschließend hätte er ihn zu Brei verarbeitet, das war sicher. Was Mirja wohl dann gesagt hätte? Nun aber waren beide an der sicheren Brücke angekommen. Hier gab es keine Überfälle, nur jede Menge Autos und Lärm. Und leider war auch der Weg zurück sehr kurz, auf dem Hinweg war er Edek jedenfalls zehnmal länger vorgekommen.

»Gute Nacht«, sagte Mirja, als sie vor dem Wohnwagen angekommen waren.

»Gute Nacht«, sagte Edek.

Mirja stand da und schaute Edek in die Augen.

Edek stand da und schaute Mirja in die Augen.

»Morgen früh bau ich die Führung aus«, sagte Edek.

»Ja«, sagte Mirja. »Und jetzt schlaf gut ...«

Sie lächelte ihm zu und ging.

Edek blieb noch eine Weile stehen. Zugegeben – das mit der Führung war nicht gerade passend gewesen. Aber wenn er sie geküßt und an sich gedrückt hätte, hätte sie womöglich noch den Revolver entdeckt. Man mußte sich eben unter Kontrolle haben, ganz einfach. Andrerseits hatte sie ihm so tief in die Augen geschaut. Vielleicht hätte er es doch versuchen sollen ...?

Während Edek sich solche und andere Gedanken durch den Kopf gehen ließ, hörte man unten am Fluß wieder ein lautes Stöhnen. Es war Wilfried, der hinter einem kleinen Gebüsch auf einer Bank schlief. Er hatte unglaublich wilde Träume. Der Affe mit den leuchtenden Augen hatte doch tatsächlich seine Plastiktasche geklaut und wollte ihm das Foto von Onkel Ludwig nicht zurückgeben. Wilfried hetzte ihm zwischen den Bäumen hinterher. Von allen Viechern waren Affen die hinterhältigsten. Das hatte er schon immer gewußt. Na warte, wenn er den erwischte, dann zog er ihm gewaltig das Fell über die frechen Ohren!

6

Dr. Vanessa Jagenberg, Ärztin und Inhaberin der exklusiven Schönheitsklinik auf dem Bonner Venusberg, beendete ihre letzte Morgenvisite. Sie gab dem begleitenden Arzt die Anweisung, der Patientin, einer knapp fünfzigjährigen Frau eines Industriellen, noch etwas mehr Beruhigungsmittel zu verabreichen. Das Glätten der Hautfalten durch mehrfache Injektionen des rein pflanzlichen Mittels »Juventin« ersparte zwar den Betroffenen eine Operation, hatte aber oft den Nachteil von unerwünschten Nebenwirkungen. Sie äußerten sich gewöhnlich in gesteigerter Reizbarkeit. Es waren aber auch schon Fälle aufgetreten, in denen die Patientinnen unter regelrechten Wahnvorstellungen litten.

Nach Beendigung der Visite begab sich Vanessa Jagenberg sofort in ihr Büro.

»Gab es schon einen Anruf aus München?« fragte sie besorgt.

Die Sekretärin schüttelte bedauernd den Kopf.

»Dann versuchen Sie bitte anzurufen. Ich finde es unerträglich, daß man mich hier so im Ungewissen läßt!«

»Ich stelle die Verbindung gleich her, Frau Doktor.« Die Sekretärin griff zum Hörer.

Vanessa Jagenberg ging in ihr Zimmer. Dort legte sie das Stethoskop und den weißen Kittel ab und warf einen kurzen Blick in den Spiegel. Es war einfach fantastisch, welche Wirkungen das »Juventin« zeigte. Schon mehrfach in letzter Zeit hatte Vanessa Jagenberg das Mittel an sich selbst angewandt und immer mit bestem Erfolg. Auch die Kur, die sie seit etwa zwei Wochen machte, zeigte gute Ergebnisse: Die Fältchen um die Augen herum waren bereits völlig verschwunden, und die leicht durchhängenden Wangen waren gerade dabei, sich aufzurichten. Das Allerwichtigste jedoch war, daß die Operationsnarben in der Nähe des Haaransatzes wieder ein Stückchen nach hinten gerückt waren. Dort konnte sie sie durch ein geschicktes Make-up und eine gute Frisur dann vollständig unsichtbar machen.

Der Apparat summte.

Vanessa Jagenberg ging raschen Schrittes zum Schreibtisch und griff zum Hörer.

»Gibt es endlich konkrete Ergebnisse?« fragte sie. Eine Weile hörte sie gespannt zu. »Aber er muß doch irgendwo aufzufinden sein!« sagte sie dann. »Sie wissen, daß Wilfried eigentlich unzurechnungsfähig ist. Ein großes Kind, er ist völlig hilflos!«

Sie hörte mit zusammengekniffenen Lippen wieder zu. »Haben Sie es auch auf den Bahnhöfen versucht? Ja ... Nein! Die Polizei auf keinen Fall einschalten! Sie wissen doch, das Renommee meiner Klinik steht auf dem Spiel, eine undenkbare Situation, in die Sie mich da bringen würden! Es fehlt nur noch, daß die Presse Wind von der Geschichte bekommt, das müssen wir auf jeden Fall vermeiden!«

Eine längere Pause folgte, in der Vanessa Jagenberg zuhörte.

»Versuchen Sie bitte alles«, meinte sie schließlich. »Dem Jungen darf nichts passieren. Wir müssen ihn gesund wieder zurückhaben! Über die andere Geschichte wird dann noch zu reden sein. Ein Herr Polzig interessiert mich nicht. Nein ... Nein ... Ich glaube nicht, daß das zu entschuldigen ist. Sie haben schließlich Ihre Aufsichtspflicht verletzt, von einer psychiatrischen Klinik erwarte ich einen verantwortungsvollen Umgang mit den Patienten! Keinesfalls ... keinesfalls. Sie werden auf jeden Fall die Konsequenzen aus diesem unverzeihlichen Fehler tragen müssen. Ich höre von Ihnen spätestens heute mittag wieder! Guten Tag.«

Vanessa Jagenberg legte verärgert den Telefonhörer auf. Dann drückte sie auf den Knopf der Sprechanlage und verlangte nach einer Tasse Kaffee.

»Gibt es irgendwelche Nachrichten von ihrem Sohn, Frau Doktor?« fragte die Sekretärin, als sie das Zimmer betrat und die Tasse mit dem heißen Kaffee auf den Schreibtisch stellte.

»Nichts. Rein gar nichts«, sagte Vanessa Jagenberg mit besorgtem Ton in der Stimme. »Sie lassen den Jungen einfach laufen, vergessen, die Türen im Haus zu schließen, es ist einfach unglaublich! Ein Skandal!«

»Er wird bestimmt wieder hierher kommen«, beruhigte sie die Sekretärin. »Er hat es bis jetzt immer wieder geschafft!«

»Das wollen wir hoffen«, sagte Vanessa Jagenberg. »Vielleicht meldet er sich wie letztes Mal vom Flughafen. Ich will auf jeden Fall sofort benachrichtigt werden, egal, wo ich mich gerade befinde, und zu jeder Zeit! Und jetzt lassen Sie mich bitte allein!«

»Selbstverständlich, Frau Doktor«, sagte die Sekretärin, ging und zog leise die Tür hinter sich zu.

Vanessa Jagenberg ließ sich erschöpft in den Sessel fallen und schloß die Augen. So blieb sie eine ganze Weile zurückgelehnt sitzen. Dann richtete sie sich auf, nahm die Tasse in die Hände und trank etwas von dem Kaffee. Das süße Getränk tat ihr gut. Was sie jetzt brauchte, waren ruhige Nerven und einen glasklaren Verstand.

Sie stand auf und drehte die in einen schweren Lederrahmen gefaßte Fotografie von Gernot Jagenberg, dem Gründer und Erbauer der Klinik, um. Sie mochte das Gefühl nicht, von seinen braunen, sanften Augen angeschaut zu werden, während sie überlegte, was zu tun war.

Vanessa Jagenberg setzte sich wieder und trank noch etwas von dem Kaffee.

Endlich war es soweit: Wilfried hatte ihr den Gefallen getan und war aus der Klinik geflohen. Sogar seine komplette Akte hatte er diesmal mitgenommen. Ein Mosaiksteinchen fügte sich so auf wunderbare Weise zum anderen. Drei, vier Tage gab sie ihm noch, dann würde er sich von irgendeinem Bahnhof oder einem Flughafen aus melden und sie um Hilfe bitten.

Diesmal würde sie nicht mehr mit Engelszungen auf ihn einreden müssen, damit er sich in eine der privaten psychiatrischen Kliniken einweisen ließ. Jetzt waren all diese Schachzüge nicht mehr nötig. Jetzt konnte sie sich endgültig von der Furcht befreien, jemand würde Wilfrieds Behauptungen, sie sei eine Lügnerin, Glauben schenken. Vor dem Gesetz galt Wilfried nämlich als völlig normal. In all den Jahren hatte Vanessa Jagenberg nicht gewagt, ihn von einem Gericht für unzurechnungsfähig erklären zu lassen. Sie hatte Angst, ihm würde man die Wahrheit eher glauben als ihr, eben weil er geistig behindert und zu keiner Lüge fähig war. Das Versteckspiel hatte ein Ende: Diesmal würde sie ihm seinen sehnlichsten Wunsch erfüllen und mit ihm nach Brasilien fliegen, um dort seinen geliebten Onkel Ludwig zu suchen. Den großen Abenteurer, das Vorbild, den Vaterersatz. Würde sie nicht damit vor der ganzen Welt den Beweis erbringen, wie ernst sie die Wünsche ihres Sohnes nahm und welch treusorgende Mutter sie im Endeffekt war? Ein schiefes Lächeln huschte über Vanessa Jagenbergs Gesicht. Dann fiel ihr etwas anderes ein. Sie drückte auf den Knopf der Gegensprechanlage und fragte ihre Sekretärin, ob die »Augsburger Allgemeine« schon da sei.

Einen Augenblick später lag die Zeitung, die der Hausmeister der Klinik jeden Vormittag in der Bahnhofsbuchhandlung kaufte, auf ihrem Schreibtisch. Als die Sekretärin den Raum wieder verlassen hatte, begann Vanessa Jagenberg in der Zeitung zu blättern. Allgemeine Nachrichten aus Deutschland und der Welt, Kommentare, Wetterbericht, dann die Lokalnachrichten. Vanessa Jagenberg überflog die Schlagzeilen und Überschriften. Nichts, seit jener kurzen Meldung vor drei Monaten nichts mehr. Man hatte den Fall wohl zu den Akten gelegt, wie sie es vorausgesehen hatte. Im Grunde brauchte sie die Zeitung nicht mehr.

Vanessa Jagenberg zog wieder ihren weißen Kittel an und

hängte sich das Stethoskop um den Hals. Es war Zeit, mit den Vorbereitungen für die nächsten Behandlungen zu beginnen.

»Bestellen Sie bitte Herrn Meier, daß er die ›Augsburger Allgemeine‹ nicht mehr zu kaufen braucht«, sagte sie, schon in der Tür, zu ihrer Sekretärin.

»Ab sofort, Frau Doktor?«

»Ja, ab sofort. Das Grundstück, das ich unbedingt haben wollte, ist nicht mehr im Angebot. Der Fall ist für mich abgeschlossen. Endgültig.«

7

»Sie sind weg!« Edek platzte so heftig in den Wohnwagen herein, daß er regelrecht ins Schwanken geriet.

»Wer ist weg?« Mirja spülte gerade das Geschirr vom Frühstück.

»Berthold und Max. Ich hab überall gesucht. Wir müssen anfangen, die Geisterbahn abbauen. Wo sind sie?«

»Im Mannschaftswagen?«

»Da war ich gerade. Sind beide weg!«

»Einen Augenblick«, sagte Mirja und ließ die Spülbürste in das Wasser gleiten.

»Ist dir nicht auch aufgefallen, daß die beiden sich heute beim Frühstück ständig so blöd angegrinst haben?«

»Nein, die grinsen immer blöd!«

»Aber heute ganz besonders. Laß uns mal eben nachschauen!« Mirja wischte sich die Hände an einem Spültuch trocken, dann verließen beide den Wohnwagen.

Im Mannschaftswagen war auf den ersten Blick alles wie immer. In dem Teil, in dem Berthold und Max schliefen, waren die Betten nicht gemacht, und überall standen leere Bierdosen und volle Aschenbecher herum.

Mirja schaute sich um. Dann fiel ihr Blick auf die Einbauschränke, die sich über den Betten der beiden befanden. Sie öffnete den ersten. Er war leer. Auch die anderen Schränke waren ausgeräumt.

»Alles weg«, sagte Edek erstaunt.

»Genau das hab ich mir gedacht. Berthold und Max sind abgehauen, und ich kann mir schon denken, wer dahintersteckt!«

»Jeschke, was?«

»Das werden wir gleich sehen«, sagte Mirja entschlossen. »Komm mit, Edek, für den Fall des Falles.«

»Soll ich ...?« wollte Edek fragen, biß sich aber auf die Zunge. Der Revolver lag auf dem Grund der Isar, das hätte er beinahe vergessen.

»Was sollst du?«

»Nichts, schon gut ...«

Mirja und Edek gingen los. An dem Autoskooter-Geschäft vorbei, dann quer über den ganzen Kirmesplatz bis an das andere Ende, dort, wo die Achterbahn stand.

Sie wurde bereits abgebaut. Überall hörte man metallisches Hämmern und Schrauben. In der Mitte der Aufbauten legten gerade ein paar Leute mit einem kleinen Kran eines der Gestelle auf einen Tieflader. Auf seiner Ladefläche stand Berthold und half kräftig mit.

Mirja schob sich zwischen den kreuz und quer verlaufenden Metallrohren hindurch.

»Was soll das?« rief sie nach oben.

»Was soll was?« fragte Berthold zurück und spuckte verächtlich durch seine Zahnlücke.

»Was suchst du hier? Und wo ist Max?«

»Max arbeitet jetzt beim Riesenrad, und ich arbeite hier. Hier ist es besser. Jeschke zahlt mehr.«

»Du hast einen Vertrag bei mir unterschrieben«, sagte Mirja.

»Kann sein«, meinte Berthold.

»Wenn du und Max nicht in einer Viertelstunde wieder zurück seid, dann ...«

»Dann was?« unterbrach sie Berthold grinsend.

Mirja wollte erst darauf antworten, ließ es dann aber. Es hatte keinen Zweck, mit Berthold brauchte sie gar nicht weiter zu reden. Sie schaute sich um. Rechts neben der Achterbahn stand der Wohnwagen von Jeschke.

»Der kann von mir was zu hören kriegen!« sagte Mirja wütend zu Edek.

Als Mirja und Edek den Wagen betraten, saß Jeschke zigarrerauchend hinter dem Tisch und telefonierte. Beim Anblick der beiden zuckte ein Lächeln um seinen Mund, dann erklärte er seinem Gesprächspartner am anderen Ende der Leitung, er habe überraschend Besuch bekommen und werde später zurückrufen.

»Sehr erfreut, sehr erfreut«, sagte er, als er das Funktelefon auf die Station zurückgelegt hatte. »Dachte nicht, daß wir uns so schnell wiedersehen!«

»Das ist eine Unverschämtheit«, platzte Mirja ohne Umschweife heraus.

»Was ist eine Unverschämtheit?« fragte Jeschke mit einer unschuldigen Miene.

»Sie wissen genau, was ich meine.«

»Nein, ich weiß nicht, was du meinst, aber schön, daß du mich mal besuchst!«

»Lassen Sie das!« Mirja wurde immer wütender. »Berthold und Max haben einen Vertrag mit uns. Nicht mit Ihnen. In einer Viertelstunde fangen die beiden wieder bei uns an.«

»Ach, die«, sagte Jeschke. »An die hab ich gar nicht gedacht. Die beiden sind heute früh hier vorbeigekommen und haben nach Arbeit gefragt. Du weißt, daß ich ein gutes Herz habe. Ich konnte schlecht nein sagen. Sind übrigens tüchtige Burschen, schade für euch. Ich hab ihnen gesagt, daß . . .«

»Sie haben einen Vertrag mit uns«, unterbrach ihn Mirja.

»Ja, die Verträge. Eine verzwickte Sache, sagt mein Rechtsanwalt auch immer.«

»Was Ihr Rechtsanwalt sagt, ist mir egal! Vertrag ist Vertrag.«

»Hab ich auch gedacht, als ich so jung war wie du.« Jeschke warf einen vieldeutigen Blick auf Mirja, ohne sich um Edek zu scheren, der vor Wut rot anlief. »Aber Geschäft ist Geschäft . . .«

»Was heißt das?«

»Nun«, Jeschke betrachtete die Spitze der Zigarre und streifte sie in einem schweren Kristallaschenbecher ab, »das heißt viel. Ihr könntet versuchen, meinen Vertrag anzufechten. Das wäre eine sehr gute Idee. Aber« – Jeschke hatte es nicht eilig und zog erst einmal genüßlich an der Zigarre – »aber so etwas dauert. Bis der Rechtsanwalt einen Brief geschrieben hat, bis der beim Gericht angekommen ist, bis dann mein Rechtsanwalt geantwortet hat. Eh man sich umgesehen hat, ist die Saison vorbei, und der Winter ist da. Ich hab da einen viel besseren Vorschlag. Warum sollen Berthold und Max nicht für uns beide arbeiten? Erst bauen wir mein Geschäft ab, dann eures. Und dann reden wir noch einmal über die Schulden. Von Mensch zu Mensch, wie es unter Geschäftsleuten üblich ist.«

Mirja nickte und lächelte bitter. »Das haben Sie sich aber fein ausgedacht.«

»Man macht sich so seine Gedanken, nicht wahr.«

»Gut, dann will ich Ihnen etwas sagen: Unser Geschäft kriegen Sie nicht, egal, was Sie machen! Komm, Edek.«

Sie stand auf.

»Schade, schade«, sagte Jeschke mit gespieltem Bedauern. »Und ich dachte, wir könnten uns vernünftig einigen. Na ja, wir werden . . .«

Mirja hörte ihm nicht mehr zu. Sie und Edek verließen den Wagen, wobei Mirja voller Wut die Tür hinter sich zuschlug.

»Dieses Schwein! Ich hab doch gestern abend schon geahnt, daß da noch etwas kommt!«

Sie rannte los, Edek hinterher. Erst vor der Geisterbahn blieb Mirja stehen, und jetzt konnte Edek sehen, daß in ihren Augen Tränen standen.

»Äh«, Edek überlegte, wie er sie trösten könnte, aber es fiel ihm nichts ein. »Äh, dieser Jeschke ...«

»Dieses Schwein!« sagte Mirja wutentbrannt. »Dieser gemeine, dieser, dieser ...«

»Dieser Bandit!«

»Ja, Bandit!«

»Ich könnte ihn ...« Edek ballte drohend seine Fäuste.

»Ja, du könntest ihn!« Mirja wischte sich mit dem Ärmel die Tränen aus dem Gesicht, aber es nützte nichts. Sie stand da und weinte.

Edek schaute verunsichert nach rechts und nach links. Er mußte jetzt etwas tun, und zwar schnell. »Äh ... komm her!« sagte er, nahm Mirja in die Arme und drückte sie fest an sich. »Ist schon gut. Du mußt nicht weinen. Wir brauchen keine Berthold und keine Max. Ich bau Geisterbahn ganz allein ab. Ich kann alles. Ist kein Problem.«

Nach und nach beruhigte sich Mirja. Dann schaute sie Edek in die Augen, ohne ihn loszulassen. »Du hast recht. Wir werden es auch allein schaffen. Wir sagen jetzt Papa Bescheid, und dann fangen wir an. Mittwoch geht es auf jeden Fall in Augsburg weiter.«

»Klar«, sagte Edek, der sie endlos so hätte festhalten können. »Bei meine Onkel in Texas ...«

»... hast du auch eine Geisterbahn ganz allein abgebaut, was?« Mirjas Augen glitzerten noch voller Tränen, aber um ihren Mund lag bereits ein Lächeln.

»Nein«, wehrte sich Edek. »Bei meine Onkel gibt keine Geisterbahn. Aber einmal geht in großes Silo für Getreide die Klappe nicht mehr auf, ist verklemmt. Von oben drücken fünf oder zehn Tonnen Getreide. Onkel schimpft. Silo entladen kostet viel Zeit, viel Geld und ist gefährlich, weil kann alles explodieren. Ich gucke und sage: ›Kein Problem. Ich repariere Klappe allein.‹ Onkel sagt: ›Ist nicht möglich.‹ Ich sage: ›Ist immer möglich!‹«

»Und?« fragte Mirja, weil Edek hier eine kunstvolle Pause einlegte.

»Die Klappe ist ein bißchen offen, so viel, wie zwei Hände breit. Edek nimmt Wasserschlauch und läßt Wasser in Klappe laufen. Das Getreide, was auf Klappe drückt, wird rausgespült. Das Wasser geht aber weiter nach oben, wie in Löschblatt, und macht Getreide darüber wie Brei. Die Körner werden größer und größer und drücken an Wand von Silo. Bald ist Getreide wie Korken in Flasche und kann nicht mehr rutschen von oben nach unten. Die Klappe hat keinen Druck mehr, und ich kann Klappe reparieren. Wie Klappe ist los und geht wieder auf, ich schiebe lange Stange rein, und ratsch – ganzes nasse Getreide kommt raus. Fertig. Getreide trocknet wieder in Sonne, Silo ist repariert.«

»Toll«, sagte Mirja.

Edek drückte sie noch einmal fest an sich und meinte dann entschlossen: »So, und jetzt fange ich an. Wir schaffen es schon!«

»Ja, wir beide schaffen es«, sagte Mirja.

»Also«, sagte Edek und ließ Mirja los.

»Nein«, sagte Mirja. Sie zog Edek zu sich zurück und gab ihm einen Kuß auf die Wange.

Edek sagte nichts. Er fand nur, daß es verdammt heiß geworden war unter seiner Lederjacke. Die Frühlingssonne brannte wie selten, und es wehte nicht das geringste Lüftchen über der Kirmes.

»Äh, also ich fange jetzt an«, sagte er mit trockener Kehle. »Heute abend ist Geisterbahn verladen. Garantiert.«

8

Gegen halb eins merkte Edek, daß ihm die Zeit davonrannte. Das lag nicht an ihm. Er hatte bereits alle Attraktionen, die mit Druckluft betrieben wurden, von den Anschlüssen abgeklemmt, das hatte er auch bisher allein und schnell gemacht. Aber Mirja, und vor allem ihr Vater, kamen mit dem Abbauen nicht nach. Zwar befand sich die Grundkonstruktion der Geisterbahn auf einem Tieflader, sie mußte nur noch entsprechend zusammengeklappt werden, aber Teile der oberen Aufbauten, die Figuren und all die anderen Sachen, die bewegt wurden, mußten vorher entfernt worden sein. Dabei durfte man sie nicht einfach irgendwo hinstellen, sondern mußte sie nach einem ausgeklügelten Plan auf einem zweiten Tieflader unterbringen.

Doch schon bei der ersten Attraktion, dem »Toten Mann«, gab es Probleme. Der Sarg, der die ganze Federkonstruktion in sich barg, die den Sargdeckel öffnete und den »Toten Mann« nach oben schnellen ließ, war sehr schwer. So schwer, daß Mirja, die Edek beim Tragen half, ihn schon nach kurzer Zeit wieder abstellen mußte.

»Es hat keinen Zweck«, sagte sie resigniert. »Allein schaffen wir es nicht. Für mich sind die Sachen zu schwer, und Vater brauchen wir erst gar nicht zu fragen. Ich besorge jetzt etwas zum Mittagessen, dann müssen wir sehen, wie es weitergeht.«

Edek wischte sich den Schweiß von der Stirn. »Vielleicht hilft jemand von anderes Geschäft?« dachte er laut nach.

»Von den anderen Geschäften? Nein. Da hilft uns keiner. Auf der Kirmes kämpft jeder für sich. Es gibt eh zuwenig Leute, damit brauchen wir erst gar nicht anzufangen. Manchmal hat man Glück beim Arbeitsamt. Ich rufe nach dem Essen mal da an.«

Mirja machte sich auf den Weg nach unten und verließ die Geisterbahn durch das Einfahrtstor.

Da sah sie ihn wieder. Den Riesenmenschen von gestern. Er stand am Kassenhäuschen, die Plastiktasche in der Hand, schaute zu dem Affen hoch und lächelte verträumt.

»Ich weiß«, sagte er, als er Mirja entdeckte, »die Geisterbahn öffnet erst um ein Uhr!«

Mirja schüttelte den Kopf. Hatte der Mensch denn überhaupt nicht mitbekommen, daß auf der Kirmes alles vorbei war?

»Es gibt heute keine Fahrten mehr«, sagte sie. »Die Geisterbahn wird abgebaut. Die Kirmes ist zu Ende.«

»Oh«, sagte der Riese sichtlich enttäuscht.

»Im nächsten Jahr sind wir wieder hier. Vielleicht...«, meinte Mirja, der der Riese irgendwie leid tat. Dann ging sie weiter.

»Auf Wiedersehen...« rief ihr der Riese hinterher. Er klang wirklich sehr traurig.

Mirja blieb stehen.

Die Plastiktüte! Immer stand der Riese mit seiner Plastiktüte da, und seine Sachen sahen reichlich zerknittert aus. Womöglich kam er gerade aus dem Gefängnis oder sonst woher...

Sie machte wieder kehrt.

»Die Geisterbahn wird abgebaut«, sagte sie, »aber wir suchen jemanden, der uns hilft.«

Der Riese lächelte erfreut. Mirja wußte nur noch nicht, warum. Weil er helfen wollte oder einfach, weil sie zurückgekommen war.

»Wir suchen einen Arbeiter, der gut zupacken kann«, sagte sie. »Suchen Sie Arbeit?«

Die Augen des Riesen weiteten sich. »Ja!«

»Und wie heißen Sie?«

»Ich heiße Wilfried Jagenberg«, sagte der Riese höflich.

»Und wo wohnen Sie?«

Wilfried überlegte. »Ich wohne nirgendwo. Ich habe am Fluß geschlafen. Auf einer Bank.«

»Also ohne festen Wohnsitz.«

Wilfried schaute sie erstaunt an.

»Ich meine, Sie sind von zu Hause weg, oder?«

Das stimmte nun, und Wilfried nickte heftig.

»Dann kannst du ja mit uns kommen«, wechselte Mirja zum Du. Irgendwie hatte sie das Gefühl, dem Riesen mache es nichts aus, sofort geduzt zu werden. Außerdem duzten sich sowieso alle, die in einem Geschäft arbeiteten. »Ich heiße Mirja Schneider, aber du kannst einfach Mirja zu mir sagen.« Sie reichte ihm die Hand und lächelte ihm zu.

Wilfried ergriff vorsichtig die Hand und sagte: »Einfach Mirja.«

»Genau. Wir zahlen übrigens 800 Mark im Monat, dazu Essen und Schlafen frei.«

800 Mark! Wilfried überlegte. Es mußte viel Geld sein, denn er konnte es sich gar nicht vorstellen. Für so viel Geld konnte er bestimmt mit dem Flugzeug zu Onkel Ludwig fliegen.

Sein Gesicht erstrahlte. »Ich will arbeiten«, sagte er entschlossen.

»Gut. Hast du schon etwas gegessen?«

»Nein.«

»Dann komm mit, ich zeig dir den Mannschaftswagen.«

Mirja ging los, Wilfried hinterher, mit kleinen, beinahe tänzelnden Schritten, damit er sie nicht überholte.

»So, hier kannst du wohnen«, sagte Mirja, als sie im Mannschaftswagen angekommen waren. »Deine Sachen verstaust du oben in den Schränken.« Sie warf einen Blick auf die Plastiktüte. »Viel hast du ja nicht dabei.«

»Ich habe meinen Schal, meine Zahnbürste und meinen Rasierapparat eingepackt. Und mein Tagebuch mitgenommen.«

»Tagebuch?« staunte Mirja.

»Wenn Wilfried etwas Schönes einfällt, dann schreibt er es in sein Tagebuch. Damit er sich immer erinnern kann.«

Mirja lächelte. Der Mensch war ziemlich seltsam. Einen tagebuchschreibenden Mitfahrenden hatte es auf der Geisterbahn jedenfalls bis jetzt noch nicht gegeben. Aber er war irgendwie sympathisch. So anders. So als könnte er trotz seiner beeindruckenden Größe keiner Fliege etwas zuleide tun.

»Und wie ist es mit Kleidung: Hemden, Unterwäsche, Hose?« fragte sie.

Wilfried schüttelte den Kopf.

»Dann werden wir dir später etwas besorgen.« Sie betrachtete ihn noch einmal von oben bis unten. Das würde bei dieser Größe bestimmt nicht einfach werden. Aber sie würde schon etwas finden. Mirjas Mutter hatte stets für die Sachen der Mitfahrenden gesorgt, das war einfach so üblich auf der Kirmes. Die meisten, letztens zum Beispiel auch Berthold, kamen gerade aus dem Gefängnis oder hatten ihr ganzes Hab und Gut verloren.

»Warst du im Knast?« fragte Mirja mehr nebenbei.

»Wo bitte?« fragte Wilfried verunsichert zurück.

»Ich meine, im Gefängnis.«

Wilfried schüttelte heftig den Kopf und schaute Mirja mit großen Augen an.

»Ist in Ordnung. Vergiß es, Wilfried. War nur eine Frage. Hast du noch genug Geld?«

Wilfried suchte seine Hosentasche ab und fingerte ein Fünfmarkstück heraus.

»Das ist nicht gerade viel. Heute abend machen wir den Vertrag, da kriegst du auch einen Vorschuß. Dort steht unser Wohnwagen. In einer halben Stunde gibt es Mittagessen. Dann müssen wir sofort weitermachen. Wir sind nämlich schon arg verspätet. Bis gleich!« Mirja sprang aus dem Mannschaftswagen und lief zum Wohnwagen.

Wilfried schaute ihr nach, dann sah er sich in dem Wagen um. Hier war es sehr unordentlich, das mochte Wilfried nicht. Er würde gleich erst einmal aufräumen. Aber vorher mußte er noch etwas in sein Tagebuch eintragen, denn heute war ein wirklich glücklicher Tag. Den ganzen Vormittag hatte Wilfried mit sich gerungen, ob er für die letzten fünf Mark etwas zu essen kaufen oder lieber noch einmal Geisterbahn fahren sollte. Wie gut, daß er sich für die Geisterbahn entschieden hatte! Er hatte eine Arbeit, würde viel Geld bekommen, und er hatte jetzt auch ein richtiges Bett, das zwar nicht viel länger war als die Parkbank, dafür aber weicher.

Wilfried setzte sich hinter den Tisch, was bei seiner Größe nicht ganz einfach war, holte das Tagebuch aus der Jackentasche, überlegte kurz und schrieb dann: »*Montag. Arbeit und viel Geld, so es Wilfried toll gefällt!*«

Edek staunte nicht schlecht, als ihm Mirja beim Mittagessen den Riesen als neuen Mitfahrenden vorstellte. Ausgerechnet diese Schlafmütze, der sogar im Stehen die Augen zufielen! Edek musterte Wilfried, während er den Bohneneintopf wie immer schnell und laut schlürfend in sich hineinlöffelte. Der Riese saß kerzengerade am Tisch, hielt den Suppenlöffel in seinen prankenartigen Händen wie ein feiner Herr einen Kaffeelöffel hält, nämlich mit abgespreiztem kleinen Finger, aß langsam und bedächtig, schlürfte nicht, und wenn sich seine und Edeks Blicke trafen, lächelte er freundlich.

Unwillkürlich richtete Edek sich auf. Schluß mit dem Versteckspielen! Am besten, er machte gleich klar, wer hier das Sagen hatte.

»Hast du schon mal auf Geisterbahn gearbeitet?« fragte er.

Wilfried lächelte. »Nein, Wilfried ist immer nur in der Geisterbahn gefahren. Das war lustig!«

Edek schob ein paar Löffel in sich hinein. Lustig fand der Mensch das, unglaublich.

»In Geisterbahn fahren ist anders, als in Geisterbahn arbeiten. Das ist gar nicht lustig«, rückte Edek die Dinge zurecht.

Wilfried lächelte verunsichert. »Nein, arbeiten ist gar nicht lustig«, wiederholte er.

»Es muß alles schnell gehen. Und ordentlich!«

»Ja, schnell und ordentlich«, stimmte Wilfried zu.

Edek nickte zufrieden. So war es recht. Er löffelte den Eintopf rasch zu Ende, stand dann auf und sagte: »Okay, wir fangen jetzt an!«

Wilfried schaute auf seinen Teller. Er hatte gerade erst die Hälfte geschafft, und sein Magen knurrte immer noch gewaltig. Aber Edek war schon aus der Tür.

Wilfried betrachtete den Teller, schaute Edek hinterher und betrachtete wieder den Teller. Seine Stirn legte sich in Falten. Dann faßte er einen Entschluß. Er leckte den Löffel ab, stand auf, steckte ihn in die Hosentasche und nahm den Teller in die Hand.

»Wo willst du denn damit hin?« fragte Mirja erstaunt.

»Ich nehme den Teller mit zur Arbeit«, sagte Wilfried.

»Laß nur, iß erst einmal in Ruhe, danach wird gearbeitet«, sagte Mirja.

Wilfried setzte sich wieder und aß zu Ende. Dann bedankte er sich, es habe ihm sehr gut geschmeckt, und fragte, wo er arbeiten solle.

»Geh zu Edek, er wird es dir schon zeigen«, sagte Mirja.

Wilfried ging.

»Vielleicht haben wir mit ihm Glück«, wandte sich Mirja an ihren Vater, der die ganze Zeit schweigend dagesessen und so gut wie gar nichts von dem Eintopf gegessen hatte. »Ich hab so was im Gefühl. Obwohl, ein bißchen komisch ist der schon ...« Mirja schaute ihren Vater gespannt an.

Der sagte aber nur ziemlich gleichgültig: »Vielleicht ...«

»Ach, es wird schon klappen!« meinte Mirja schließlich. »Zupacken kann der bestimmt. Hast du seine Hände gesehen?«

»Wie Schaufeln«, sagte der Vater. Es klang aber so, als sei er mit seinen Gedanken ganz woanders.

»Was ist, Papa?« fragte Mirja. »Worüber denkst du nach?«

Der Vater schwieg.

»Über Jeschke?«

Er nickte. »Der wird nicht lockerlassen. Da kann uns auch kein Wilfried helfen.«

»Papa!« Mirja ergriff seine Hand und drückte sie. »Laß doch nicht immer gleich den Kopf hängen. Wir werden es schon schaffen. Mit der Methode kriegt uns der Jeschke nicht. Und in Augsburg gehen wir zu einer Bank und versuchen, einen Kredit zu bekommen. Wenn wir die Schulden abbezahlt haben, kann uns der Jeschke mal!«

»Die Banken werden uns kein Geld geben.«

»Hast du es schon einmal versucht?«

»Nein.«

»Also versuchen wir es erst mal. Jedenfalls wirst du mitkommen. Versprichst du es mir?«

Mirjas Vater nickte wortlos. Dann schaute er an Mirja vorbei zum Fenster und meinte: »Wenn euch der Neue jetzt hilft, dann kann ich ja eben noch einmal kurz weg...«

»Zum Einkaufen?«

Mirjas Vater schwieg.

»Brauchst du wieder was zum Trinken? Papa, du hast es mir doch versprochen!«

»Wenn wir in Augsburg sind, dann hör ich auf.«

»Das hast du mir aber schon für München versprochen!«

»Ja...« Mirjas Vater zog seine Hand zurück. »Du sollst mich nicht wie ein Kind behandeln. Du bist schon ganz wie deine Mutter. Ich weiß, was ich tue...« Er schob den Teller weg, stand auf, nahm Geld aus einer Schublade und ging.

Mirja stapelte die leeren Teller aufeinander und sammelte das

Besteck zusammen. Sie stellte es in die Spüle und drehte das Wasser auf. Doch plötzlich drehte sie es wieder ab. Nein, spülen konnte sie jetzt nicht. Sie mußte hier raus, ganz schnell raus. Am liebsten rennen, weit weg rennen, ans Ende der Welt und noch weiter.

9

Als Wilfried bei Edek ankam, war dieser zunächst ziemlich ratlos, welche Arbeit er ihm zuteilen sollte. Am sinnvollsten wäre gewesen, wenn Wilfried schon mal die Wagen verladen hätte. Die kamen nämlich immer zuerst auf den Tieflader. Aber die Leute vom Autoskooter-Geschäft beluden gerade ihre Lastwagen und blockierten den Weg, so daß Edek mit dem Tieflader nicht vorfahren konnte. Irgendwelche Feinarbeiten traute er Wilfried nicht zu. Abgesehen davon, daß man alle Mitfahrenden erst ein paar Tage anlernen mußte, fürchtete Edek, Wilfried würde mit seinen schaufelartigen Händen alles mögliche verbiegen oder gar in Stücke brechen, statt es ordentlich abzubauen.

Wilfried stand da und wartete geduldig.

Edek überlegte. Es blieb ihm nichts anderes übrig, als Wilfried doch schon mal mit dem Verladen der Wagen anfangen zu lassen, auch wenn er sie ein ganzes Stück hinter die Geisterbahn über den Platz schieben mußte.

»Siehst du hier Wagen?« fragte Edek.

Wilfried nickte.

»Gut, dann komm mit.« Edek ging hinter die Geisterbahn, Wilfried folgte ihm. »Alle Wagen müssen hier rauf, dort hinten in Ecke«, erklärte Edek, als sie an dem Tieflader angekommen waren.

»Zuerst hängst du die Rampe hier hinten ein.« Er zeigte Wilfried die eisernen Ösen, in die die Rampe, die jetzt noch auf dem Tieflader lag, eingehängt werden mußte.

»Die Rampe wird hinten eingehängt«, wiederholte Wilfried und berührte die Ösen.

»Dann holst du Wagen vorne ab. Einen nach dem anderen, nicht alle auf einmal.« Edek schaute aus dem Augenwinkel nach oben, ob Wilfried den Scherz verstanden hatte, aber Wilfried wiederholte nur aufmerksam: »Nicht alle Wagen auf einmal.«

»Okay, dann schiebst du Wagen auf Tieflader. Komm mit!«

Edek sprang auf den Wagen, Wilfried stieg einfach drauf.

»Du stellst erst vier Wagen mit Nase nach vorne«, erklärte Edek weiter. »Dann kommt hier das Gestell drüber. Dann tust du die kleine Rampe auf das Gestell. Dann diese Eisenplattform drauf. Dann wieder vier Wagen. Dann eine Plattform. Dann holst du letzte vier Wagen drauf. Du machst hinten Rampe von Tieflader ab, die paßt genau auf Plattform, und schiebst die Wagen drauf. Und dann rufst du mich. Ich schraub das alles zusammen, damit es nicht runterfällt. Klar?«

Wilfrieds Stirn kräuselte sich. »Vier Wagen, dann Plattform ...«

»Nein«, unterbrach ihn Edek, »erst Gestell!«

»Ja, das Gestell. Dann wieder vier Wagen, dann Plattform, nein, erst das Gestell. Dann rufe ich dich.«

»Du hast Rampe vergessen, Wilfried. Die Rampe!«

»Ja, die Rampe hat Wilfried vergessen.«

»Du kannst auch arbeiten ohne Rampe«, schlug Edek spaßeshalber vor.

»Wilfried kann auch ohne die Rampe arbeiten«, sagte Wilfried ernst.

Edek schaute noch einmal zu Wilfried hoch, der ihm, so aus der Nähe betrachtet, wie ein riesiger Turm vorkam, und sagte: »Wenn Leute von Autoskooter-Geschäft weg sind, fahr ich Tieflader nach vorne. Dann geht alles schneller. So, und jetzt beeil dich, es gibt noch viel Arbeit!«

»Ja, ich beeil mich!«

Wilfried stieg von dem Tieflader, der dadurch ein wenig ins Schwanken geriet, und ging los. Bei jedem Schritt, den er machte, hatte Edek das Gefühl, Wilfried habe das Laufen gerade erst gelernt. Jedenfalls sah es so aus, als wolle er mit seinen riesigen Schritten den Boden unter sich zum Einstürzen bringen und habe gleichzeitig Mühe, das Gleichgewicht zu halten. Edek schüttelte den Kopf. Irgend etwas stimmte mit dem Kerl nicht. Irgendwie hatte der nicht alle Schrauben beisammen, so etwas merkte Edek auf den ersten Blick, ihm konnte da keiner etwas vormachen ...

Er schaute auf die Uhr. Schon Viertel nach zwei. Er mußte jetzt anfangen, sonst waren sie bis morgen früh noch nicht fertig. Wenn alles klar ging, würden sie eh nicht vor zwölf, ein Uhr nachts mit dem Abbau fertig sein, und morgen früh gegen sechs mußte der erste Tieflader nach Augsburg gefahren werden.

Edek verschwand in der Geisterbahn, kletterte nach oben und fing an, die Scheinwerfer abzuschrauben. Etwas später kam Mirja. Ohne ein Wort zu sagen, sammelte sie die Scheinwerfer ein und legte sie in besonders ausgepolsterte Alukoffer, wo sie gegen Erschütterungen geschützt waren.

»Bist du böse?« fragte Edek nach einer Weile, erstaunt darüber, daß Mirja gar nichts sagte.

Mirja zuckte mit den Schultern. »Vater ist wieder weg, in die Stadt. Jetzt, wo wir jeden gebrauchen könnten, läßt er uns einfach hängen und geht.«

»Wir schaffen alles auch ohne deine Vater ...«, meinte Edek. »Und vielleicht er kommt gleich zurück.«

»Ja, betrunken ...«

Mirja nahm den Koffer und schleppte ihn nach unten. Als sie wieder zurück war, sagte Edek, um sie abzulenken: »Der Neue, der Wilfried, der ist in Kopf nicht ganz richtig.« Er malte mit dem Zeigefinger ein paar Kreise auf seiner Stirn.

»Warum?«

»Weil ist nicht normal, sieht jeder...«

»Ja und? Er ist ein bißchen komisch. Aber er arbeitet besser als alle anderen. So etwas hab ich noch nicht gesehen. Und er ist freundlich. Sein Kopf ist mir ganz egal.«

»Na, wenn du meinst...«

Mirja hatte eindeutig schlechte Laune. Wenn Frauen schlechte Laune hatten, dann gab man ihnen recht und wartete ab. Edek kannte das von seiner Mutter, wenn sie sich mit seinem Vater stritt, und von seiner älteren Schwester auch.

Mirja packte die nächsten Scheinwerfer zusammen und brachte den Koffer nach unten.

Edek pfiff ein Liedchen. Er war in allerbester Stimmung, und nichts auf der Welt konnte sie ihm verderben. Geküßt hatte sie ihn heute vormittag. Er spürte jetzt noch ihren weichen Mund auf seiner Wange. Vielleicht konnten sie heute noch einen Spaziergang machen. Wenn hier alles fertig war und wenn sie wieder bessere Laune hatte... Am besten wieder zum Fluß. Dort, wo es richtig gefährlich war und wo sie sich unterhakte. Wenn sie ein Stück am Ufer entlangspaziert waren, würde er vorschlagen, auf einer Bank eine kleine Pause zu machen. Und dann würde er seinen Arm um sie legen. Ganz einfach so. Er machte das ja schließlich nicht zum ersten Mal, und jetzt, nach dem Kuß, war das überhaupt kein Problem mehr. Und wenn er den Arm um sie gelegt hatte, dann würde er sie erst einmal richtig küssen.

Das Aufheulen der schweren Dieselmotoren riß Edek aus seinen schönen Gedanken. Die Leute vom Autoskooter-Geschäft fuhren ihre Lastwagen weg und machten den Weg frei für den Tieflader.

Edek hangelte sich an den Rohren nach unten und sprang nach

draußen. Da erblickte er ein paar Schritte vor sich Wilfried und blieb stehen, als habe ihn der Blitz getroffen.

Wilfried schob den Wagen nicht über den Platz, nein, er trug ihn. Er trug ihn vor seinem Bauch, so, wie man eine leere Pappschachtel trägt. Dabei wog jeder der Wagen wegen der schweren Elektromotoren und der Aufbauten mindestens 75 Kilogramm, wenn nicht sogar mehr! Mit seinen riesenhaften Stampfschritten eilte Wilfried zu dem Tieflader, stieg einfach drauf und stellte den Wagen auf die Plattform wie ein Spielzeug. Es war – Edek konnte es kaum fassen – schon der zehnte! Und das ohne die Rampe, die hatte Wilfried nämlich erst gar nicht angebracht. Edek schluckte. So etwas hatte er noch nie erlebt, nicht einmal bei seinem Onkel in Texas, und dort gab es Kerle wie Bäume!

Wilfried sprang wieder vom Tieflader und eilte zurück. Als er Edek entdeckte, blieb er stehen. »Vier Wagen, mit der Nase nach vorne, dann Plattform, dann wieder vier Wagen, dann wieder Plattform. Jetzt braucht Wilfried nur noch« – er drehte sich um und zählte, mit dem Finger auf die Wagen zeigend – »jetzt braucht Wilfried nur noch zwei Wagen holen!« Er überlegte. Da war doch noch etwas gewesen, was ihm Edek aufgetragen hatte. Ach ja, es fiel ihm wieder ein: »Und Wilfried hat ganz ohne Rampe gearbeitet!«

Edek verschlug es glatt die Sprache. Wenigstens für eine kleine Weile. Er schaute Wilfried an, der ein bißchen auf der Stirn schwitzte, er schaute die Wagen an und wieder Wilfried und wieder die Wagen. Seitdem Wilfried angefangen hatte, war höchstens eine halbe Stunde vergangen. So schnell hatten es noch nicht einmal Berthold und Max geschafft, wenn der Tieflader vor der Geisterbahn stand!

»Äh«, sagte Edek. »Äh ..., das war ganz schnell!«

»Das war schnell, und das war ordentlich«, sagte Wilfried ohne eine Spur von Überheblichkeit. Er hatte sich nur genau gemerkt, was ihm Edek vorhin beim Mittagessen über die Arbeit auf der Geisterbahn erzählt hatte.

»Ordentlich ist alles auch«, sagte Edek. Dann hatte er sich wieder im Griff. Zuviel Lob schadete. Der Neue glaubte dann womöglich noch, er könne sich alles herausnehmen, und schließlich war Edek hier der Chef, wenigstens was die technische Seite der Geisterbahn betraf.

»Die Wagen sind nur Anfang von ganze Arbeit. Wir müssen noch mehr aus Geisterbahn rausschleppen, zehnmal soviel! Pause machen wir erst, wenn wir fertig sind! Wir arbeiten, bis Nacht kommt!«

»Bis die Nacht kommt?« wiederholte Wilfried erfreut.

Der Mensch war anscheinend nicht unterzukriegen, also setzte Edek noch einen drauf. »Vielleicht arbeiten wir bis zwei, drei Uhr in Nacht, vielleicht schlafen wir heute überhaupt nicht!«

»Schön!« sagte Wilfried noch mehr erfreut. »Dann muß ich nicht um sieben Uhr ins Bett!«

Edek sagte nichts mehr. Der Mensch war ganz offensichtlich nicht richtig im Kopf, den mußte er ganz anders packen. Aber das zu überlegen, hatte er jetzt keine Zeit, schließlich wartete die Arbeit, und die war wichtiger. Also ging er zu dem Tieflader und fuhr ihn nach vorne. Wilfried erwartete ihn schon mit dem nächsten Wagen in den Händen und stellte ihn nach oben. Dann holte er den letzten und war fertig.

»Komm mit nach oben«, befahl Edek, der sich vorgenommen hatte, Wilfried ordentlich zum Schwitzen zu bringen, »jetzt geht Arbeit erst richtig los!«

»Nein«, sagte Wilfried, »wenn ich fertig bin, soll ich dich rufen.«

»Mich rufen?«

»Du willst alles zusammenschrauben, damit es nicht runterfällt.«

»Paß mal auf«, sagte Edek ziemlich sauer, »ich schraub hier, wann ich will, klar! Und jetzt komm mit!«

»Entschuldigung«, sagte Wilfried. Dabei schaute er schuldbewußt zu Boden, denn er hatte Edek auf keinen Fall verärgern wollen.

»Ist schon gut«, räusperte sich Edek, »und jetzt weiter!«

Er ging nach oben, Wilfried folgte ihm mit eingezogenem Kopf. Erstaunt schaute er sich um. Auseinandergebaut sah die Geisterbahn noch viel interessanter aus. Etwa wie das gefährliche Krokodil, das sein Onkel Ludwig erschossen und ausgeweidet hatte. Wilfried hatte sich damals sehr gewundert, wie durcheinander ein Krokodil innen aussah, wirklich unglaublich. »*Onkel Ludwig Krokodil zerlegt*«, hatte er in sein Tagebuch eingetragen, »*Wilfried staunend überlegt!*«

»So, wir tragen jetzt als erstes ›Toter Mann‹ nach unten«, kommandierte Edek, als sie oben angekommen waren. »Paß auf, Sarg ist schwer, nicht, daß er dir auf Füße fällt!«

Edek hob das eine Ende des Sarges an. Wilfried nicht. Er dachte über etwas nach.

»Was ist?« wollte Edek wissen. »Pack an!«

»Nein«, sagte Wilfried, »mir fällt gerade etwas ein. Der ›Tote Mann‹ stößt immer mit dem Kopf gegen den Sargdeckel, das ist nicht gut.«

Edek legte sein Ende wieder ab und holte tief Luft. »Das ist ›Toter Mann‹ ganz egal, Wilfried. Und weißt du, warum?«

Wilfried schüttelte den Kopf.

»Weil ›Toter Mann‹ ist nur große Puppe!«

»Ja, aber die Puppe sieht aus wie ein richtiger Mann.«

»Gut, sieht aus wie Mann. Aber Mann ist tot, Wilfried. Ganz tot.«

»Der Mann ist tot«, bestätigte Wilfried, »aber er springt aus dem Sarg und schlägt mit dem Kopf gegen den Deckel!«

»Wilfried! Ich hab dir doch gerade gesagt: ›Toter Mann‹ ist ein toter Mann!«

»Ja, aber ein Mann.«

Edeks Geduld näherte sich dem Ende. »Wilfried! Willst du mir erzählen, daß ein toter Mann lebt???«

»Nein. Ein toter Mann ist tot. Wenn ein Mann lebt, dann lebt er. Man muß erst sterben, damit man tot ist.«

»Gut! Und wo ist Problem, Wilfried, wo ist Problem, jetzt sag schnell, denn ich will arbeiten und nicht dumm quatschen über tote Puppe!«

»Das Problem ist: Ein Mann ist ein Mann, egal, ob er lebt oder ob er tot ist. Sonst könnte ein Mann auch ein Krokodil sein!«

Edek wurde es unter der Jacke heiß. Wilfried hatte nicht nur alle Schrauben locker, der war im Kopf irre! Er überlegte. Einem Irren sagte man am besten, daß er normal war. In Edeks Dorf hatte es auch so einen gegeben. Den hatte man immer geholt, wenn er bei der Totenwache Lieder singen sollte. Das hatte er die ganze Nacht gemacht, ohne Pause und ohne Angst, daß ihn der Tote plötzlich ansprang.

»Okay, Wilfried. Toter Mann ist auch ein Mann!«

Wilfried nickte zufrieden und lächelte. »Und ein Mann muß immer auf seinen Kopf aufpassen«, sagte er sanft und mehr zu sich selbst. Dann, ehe Edek noch etwas antworten konnte – und gerade zu der Sache mit dem Kopf hätte er jede Menge Passendes sagen können –, bückte sich Wilfried, umfaßte den Sarg mit seinen riesigen Händen, so zärtlich wie man ein schlafendes Kind umfaßt, hob ihn hoch und trug ihn nach unten. Ganz ohne Edek.

10

Vanessa Jagenberg lief in ihrem Zimmer unruhig hin und her. Manchmal blieb sie am Fenster stehen und schaute nach draußen. Es regnete, und die ausladenden Eingangsstufen zur Klinik glänzten wie frisch lackiert. Es war Mittwoch, und es gab immer noch keine Nachricht von Wilfried. Das machte sie ein wenig nervös. Unnötigerweise, wie sie fand, und sicher aufgrund der Behandlung mit »Juventin«. Denn eigentlich hatte Vanessa Jagenberg in den vergangenen Tagen ihre Pläne bis ins kleinste Detail durchdacht, und nach diesen Plänen war es egal, wann sich Wilfried bei ihr meldete. Hauptsache, er tat es. Lange konnte es nicht mehr dauern. Er würde sicher bald irgendeine Dummheit begehen und auffallen. Außerdem hatte er kein Geld. Meldete er sich also nicht selbst, so war eigentlich stündlich mit dem Anruf einer Polizeidienststelle zu rechnen, die ihn irgendwo aufgegriffen hatte.

Für alles andere hatte Vanessa Jagenberg schon vorgesorgt. Zunächst einmal hatte sie Wilfried heute früh in der Münchner Klinik offiziell abgemeldet und dem Leiter signalisiert, sie wünsche von seiner Seite keine weiteren Schritte mehr. Ansonsten sähe sie sich gezwungen, eine öffentliche Untersuchung der Verhältnisse in seiner Klinik zu veranlassen. Diese Drohung verfehlte ihre Wirkung nicht. Der Leiter entschuldigte sich für das Versehen und verzichtete sogar auf eine Abrechnung des laufenden Monats, ein klares Schuldeingeständnis. Als nächstes hatte Vanessa Jagenberg damit begonnen, entsprechende Dienstpläne für die Zeit ihrer Abwesenheit aufzustellen, denn der Betrieb in der Klinik mußte auch ohne sie reibungslos weitergehen. Sie mußte vor allem die Patientinnen, die nur von ihr betreut werden wollten und die in dieser Hinsicht äußerst empfindlich waren, vorbereiten. Schon jetzt spielte sie deshalb die überaus besorgte und am Ende ihrer Kräfte stehende Mutter, damit man ihr später abnahm, sie habe mit ihrem Kind zur Erholung verreisen müssen.

Kurzum: Sie brauchte sich in keiner Weise zu beunruhigen. Die Planung war, soweit sie es überschauen konnte, wohldurchdacht. Alles weitere, dessen war sie sich sicher, würde sie zum gegebenen Zeitpunkt dank ihrer herausragenden Intelligenz zu ihrem Vorteil lösen können.

Wie damals vor acht Jahren im brasilianischen Regenwald, als das Flugzeug, in dem sie, ihre Schwester, Gernot Jagenberg und sein Bruder Ludwig einen Erkundungsflug machten, kurz vor der Landung überraschend in ein heftiges Unwetter geriet und abstürzte. Oder erst vor dreieinhalb Monaten, als Ludwig Jagenberg völlig unverhofft hier in der Klinik aufgetaucht war.

Vanessa Jagenberg hatte so lange nichts mehr von ihrem Schwager gehört, daß sie geglaubt hatte, er sei nun endlich tot. Der Amazonas-Urwald war voller Gefahren und Ludwig Jagenberg ein unverbesserlicher Abenteurer, einer, der ständig Kopf und Kragen riskierte und sich nur selten über die Folgen seiner Unternehmungen Gedanken machte. Entsprechend überrascht war sie, als er – zwar ziemlich heruntergekommen, aber im Grunde doch unversehrt – plötzlich vor der Tür stand, seine große zerschlissene Sacktasche über die Schwelle hievte und einfach meinte: »Lange her, daß wir uns gesehen haben. Ich wollte mal schauen, wie es dir so geht!«

Nur einen kleinen Augenblick lang ließ sich Vanessa Jagenberg von seinem breiten Lächeln täuschen, das übrigens in abgeschwächter Form immer um seinen Mund lag, seitdem ihm ein vergifteter Pfeil die Wangenmuskeln verletzt hatte. Dann sagte ihr der Verstand, daß er nur deshalb gekommen sei, um mit ihr abzurechnen.

Schon am ersten Abend war es dann soweit. Nachdem sich Ludwig an die gemeinsamen alten Zeiten in Brasilien erinnert und dabei jede Menge Wein getrunken hatte, wurde er mit einem Male ernst und fragte ziemlich unvermittelt: »Wo ist Wilfried?«

Vanessa Jagenberg richtete sich in ihrem Sessel auf. »In München«, antwortete sie knapp.

»Wo in München?«

»Das geht dich nichts an. Man sorgt dort gut für ihn.«

»Ist das alles?«

»Ja.«

»Ich hätte es mir denken können«, sagte Ludwig und schaute Vanessa Jagenberg gerade in die Augen. »Es paßt alles so schön zusammen . . .« Er griff zum Weinglas und trank betont langsam.

»Ludwig!« entschloß sich Vanessa Jagenberg zum Angriff. »Du bist doch nicht aus alter Freundschaft gekommen. Lassen wir also das dumme Katz-und-Maus-Spiel. Sag, was du wirklich von mir willst!«

Ludwig nickte ein paarmal nachdenklich, dann meinte er: »Ja, du hast recht, das Spiel ist aus. Du sollst die Wahrheit wissen: Ich habe in eine falsche Goldmine investiert und eine Million Dollar Schulden gemacht. Ich brauche das Geld, so schnell es geht.«

»Und was habe ich damit zu tun?« wollte Vanessa Jagenberg wissen.

»Du wirst mir das Geld besorgen.«

»Warum sollte ich?«

»Weil du mir noch eine ganze Menge schuldest, das weißt du genau!«

»Ach, nun fang doch nicht wieder mit dieser alten Geschichte an!« lachte Vanessa Jagenberg spöttisch.

»Das ist keine alte Geschichte«, sagte Ludwig Jagenberg ernst. »Ich war schließlich derjenige, der Gernot jahrelang das Geld für diese Klinik hier, seine Forschungsarbeiten und Expeditionen besorgt hat! Wenn es mich nicht gegeben hätte, wäre er mit all seinen schönen Plänen gleich am Anfang gescheitert. Zwei Millionen Dollar waren es am Ende, die er mir schuldete. Weißt du, was ich aus diesem Geld in den letzten acht Jahren hätte machen können? Das Zehnfache!«

»Es war eben dein Pech, daß du ihm das Geld einfach so auf Treu und Glauben geliehen hast. Eine deiner vielen Investitionen, die sich nicht gelohnt haben.«

»Ja, für mich hat es sich nicht gelohnt...« Ludwig Jagenberg lächelte bitter. »Desto mehr aber für dich. Du verdankst deinen ganzen Erfolg nur Gernot. Ohne seine Arbeiten wärst du heute ein Nichts! Du stehst genauso in meiner Schuld, wie er es getan hat!«

»Du weißt, daß das nicht so ist! Ich habe aus seinen Arbeiten erst das Richtige gemacht. Er war nur ein Träumer, ein Narr, der am Ende kurz vor dem Ruin stand. Und was die Frage der Schuld betrifft: Du hast gewußt, daß der Pilot seine Lizenz verloren hatte, und du hast trotzdem sein Flugzeug gemietet... Aber damit soll es genug sein. Ich habe wirklich keine Lust mehr, diese alte Geschichte aufzuwärmen!« Vanessa Jagenberg stand auf und schickte sich an, das Zimmer zu verlassen.

»Nicht so hastig!« sagte Ludwig Jagenberg. Seine Stimme klang plötzlich hart. »Ich möchte dir zu dieser ›alten Geschichte‹ noch ein paar interessante Neuigkeiten erzählen. Sie könnten sehr unangenehm für dich werden. Du solltest sie dir besser anhören!«

Ludwig wartete, bis Vanessa Jagenberg wieder Platz genommen hatte. Dann fuhr er fort: »Eigentlich hätte ich schon viel früher auf den richtigen Gedanken kommen müssen, aber du warst sehr geschickt. Hast mich nach dem Unfall nicht mehr sehen wollen, hast, wann immer ich dich anrief, die Betrübte gespielt und mir vorgeworfen, ich sei schuld am Tod meines Bruders... Obwohl die Untersuchung ergeben hatte, daß der Absturz nichts mit einem Pilotenfehler zu tun hatte, habe ich schließlich aufgegeben und mich nicht mehr gemeldet. Mehr noch – ich hatte sogar irgendwie Verständnis für dich. Bis mir vor ein paar Wochen ein Zufall die Augen öffnete.

Wie ich schon sagte, habe ich mich mit einer Goldmine ziemlich verspekuliert. Meine Gläubiger – äußerst unangenehme Menschen übrigens – ließen nicht sehr lange mit sich reden. Sie verwüsteten mein Haus und drohten, sie würden mich umbringen. Es blieb mir nichts anderes übrig, als meine Sachen zu packen und mich so lange in Sicherheit zu bringen, bis ich das nötige Geld aufgetrieben hatte. In meiner Not erinnerte ich mich an meinen alten Rechtsanwalt in Manaus, du kennst ihn auch, er hat uns nach dem Unfall vor Gericht vertreten. Ich hatte zwar viele Jahre keinen Kontakt mehr zu ihm gehabt, aber ich hoffte, daß er immer noch wie früher im großen Stil mit Grundstücken spekulierte. Ich flog zu ihm, berichtete ihm von einigen interessanten Projekten in der Nähe von Curitiba und bot mich gegen eine entsprechend großzügige Provision als Vermittler an. Nun, meine Mühe war vergeblich. Dem Rechtsanwalt brannte wegen irgendwelcher krummen Geschäfte der Boden unter den Füßen, und er meinte, er dürfe sich in nächster Zeit auf keinen Fall auf Grundstücksspekulationen einlassen. Und dennoch war mein Besuch nicht ganz umsonst. Als ich mich nämlich verabschieden wollte, übergab er mir ein versiegeltes Paket. Er erzählte, daß ihm dieses Paket vor drei Jahren vom Gericht zugestellt worden sei und er vergeblich versucht habe, es an mich weiterzuleiten, da er nicht wußte, wo ich mich aufhielt.

Zurück im Hotel, öffnete ich das Paket. Es befanden sich darin allerlei Sachen, die die Untersuchungskommission damals an der Absturzstelle gefunden hatte. Reste von Kleidungsstücken, eine Uhr, Pflanzenproben, ich will das hier nicht alles aufzählen. Die Mühlen der Justiz mahlen in Brasilien besonders langsam. Jedenfalls war irgend jemandem erst nach fünf Jahren aufgefallen, daß die Beweisstücke ihren Dienst getan hatten. Man packte alles zusammen und schickte es einfach dem Anwalt zu. Doch ich habe genug erzählt. Schau selbst, was noch in dem Paket gewesen ist.«

Ludwig Jagenberg stand auf, holte seine Sacktasche, kramte in einem der vielen kleinen Außenfächer und holte ein goldenes Kettchen mit einem Kreuz hervor. »Erkennst du es?«

»Ja, meine Schwester und ich haben eine solche Kette als Kinder geschenkt bekommen. Wir haben sie immer um den Hals getragen. Es ist die Kette von Iris.«

»Bist du dir sicher?«

»Natürlich. Das Kreuz hat blaue Steine. Wir waren zwar keine eineiigen Zwillinge, aber unsere Ähnlichkeit war damals für Außenstehende so verblüffend, daß man Schwierigkeiten hatte, uns zu unterscheiden. Deshalb bekam ich ein Kreuz mit roten Steinen.«

»Und ihr habt die Kettchen niemals verwechselt?«

»Nein, niemals. Worauf willst du überhaupt hinaus?«

»Ich will es dir gerne erklären. Als ich das Paket geöffnet hatte, erinnerte ich mich natürlich sofort an den Unfall, und es war mir, als würde alles gerade erst geschehen: Ich schlafe irgendwann während des Fluges ein, plötzlich weckt mich ein ohrenbetäubender Lärm, das Flugzeug sackt ab und schellt gegen Bäume. Gleichzeitig rutscht diese Tasche hier oben aus dem Gepäcknetz zwischen mich und den Sitz vor mir und rettet mir das Leben, als mein Sitz sich aus der Verankerung löst und ich nach vorne geschleudert werde ...« Ludwig fuhr mit der Hand über die Tasche, als wolle er ihr noch einmal danken. »Aber das wollte ich dir eigentlich gar nicht erzählen. Wichtiger ist, was danach passierte. Es gelang mir nach einer Weile, mich aus meinem Sitz zu befreien. Ich kroch zum Ausgang und sah, daß unser gesamtes Gepäck auf dem Boden und auf den hinteren Sitzen verstreut lag. Dann war ich schon draußen. Ich versuchte, noch aufzustehen, aber es gelang mir nicht. Ich hatte mehrere Rippen gebrochen, mein Arm war ausgekugelt, und mein rechtes Bein – es war gleichfalls gebrochen – schmerzte derart höllisch, daß ich das Bewußtsein verlor und erst wieder in Manaus im Krankenhaus zu mir kam ...«

Ludwig machte eine Pause und betrachtete das Kettchen. Vanessa Jagenberg schwieg. Nur ihre Augen verengten sich ein wenig.

»Das Kettchen«, sagte Ludwig, »befand sich im hinteren Teil des Flugzeugs. So stand es auf einem kleinen Zettel, der an ihm befestigt war. Eine scheinbar unbedeutende Notiz, ich hätte sie fast übersehen. Aber neben dem Fundort stand noch ein Name, der Name ...«

»Der Name meiner Schwester!« fuhr ihm Vanessa Jagenberg ins Wort.

»Wenn du so willst, bitte schön: Es war der Name deiner Schwester.«

»Was willst du damit sagen, Ludwig?! Komm endlich zur Sache!«

»Nun. Ich habe vor zwei Wochen noch einmal in den alten Gerichtsakten in Manaus geblättert. Dort stand, deine Schwester sei im hinteren Teil des Flugzeugs an einer Schädelzertrümmerung infolge des Aufpralls gestorben. Beigeheftet war das entsprechende Foto. Das Problem ist nur – sie hat niemals dort gesessen. Nicht während des Fluges und auch nicht danach!«

»Und was schließt du daraus?« fragte Vanessa Jagenberg ungeduldig.

»Als ich das Flugzeug verließ, saß deine Schwester nicht hinten. Ich schließe also daraus, daß du sie dort hingebracht hast, *nachdem* du ihr die Schädelverletzung zugefügt hast. *Du hast deine Schwester umgebracht!*«

»Eine wirklich schöne Schlußfolgerung!« lachte Vanessa Jagenberg höhnisch auf. »Doch wo sind deine Beweise, Ludwig? Die Untersuchungen sind damals so schlampig geführt worden, daß man es noch nicht einmal für nötig befunden hatte, uns als Zeugen zu laden. Allein unsere Aussagen der Polizei gegenüber genügten dem Gericht, um festzustellen, daß der Unfall nur auf höhere Gewalt zurückzuführen war!«

»Was dein Glück war!« fügte Ludwig hinzu, aber Vanessa Jagenberg ging darauf nicht ein.

»Glaubst du wirklich«, fragte sie, »daß man einem heruntergekommenen Halunken wie dir nach so vielen Jahren diese Geschichte abnehmen wird? *Ich* behaupte, daß meine Schwester während des Aufpralls nach hinten geschleudert worden ist. Wir waren alle nicht angeschnallt! Kannst du mir das Gegenteil beweisen?«

Ludwig schüttelte langsam den Kopf, während Vanessa Jagenberg sprach. »Ich will dir genau erzählen, wie es gewesen ist«, sagte er, als sie geendet hatte. »Der Pilot und Gernot waren tot, aber deine Schwester lebte noch. Auch ihr gelang es, sich aus dem Sitz zu befreien, und sie war auf dem Weg nach draußen. In diesem Augenblick hast du den Entschluß gefaßt, sie umzubringen. Du hast, wie so oft, die Zufälle des Lebens kaltblütig für dich ausgenutzt. Dein Pech war aber, daß du nach dem Mord noch Zeit gebraucht hast, viel Zeit sogar, um alles perfekt zu arrangieren. Die Rettungsmannschaft von dem nahegelegenen Flugplatz hat dich überrascht, und du hast es nicht mehr geschafft, deine Schwester nach vorne zu bringen.«

»Ludwig!« Vanessa Jagenbergs Stimme klang scharf, fast zischte sie. »Ich habe deine Geschichten satt! Ich will endlich Beweise sehen! Oder verschwinde, auf der Stelle!«

»Ich kann dir zwar nicht mehr nachweisen, daß du deine Schwester umgebracht hast«, sagte Ludwig, »aber ich habe einen anderen, viel besseren Beweis.« Er bückte sich, kramte in seiner Tasche, holte einen weißen Briefumschlag heraus und drehte ihn um. Zwei kleine Kontaktlinsen rollten auf den Tisch.

»Du hast an alles gedacht, an das Kettchen, an die Uhr und die anderen Sachen, nur die hast du übersehen. Muß ich dazu noch mehr erklären?« fragte er.

Vanessa Jagenberg schwieg eine Weile, sichtlich überrascht. Dann sank sie in ihren Sessel zurück und sagte: »Du hast gewonnen, Ludwig. Ich besorge dir das Geld.«

»Laß dir damit aber nicht zu lange Zeit. Meine Gläubiger gehören, wie ich schon sagte, zu der ungeduldigen Sorte von Mensch, und sie verstehen keinen Spaß. Im übrigen gibst du mir deutsches Geld. Der Dollar verliert im Augenblick zu schnell an Wert. Sagen wir also, daß du mir fünf Millionen Mark besorgst.«

»Fünf Millionen Mark? Das ist doch viel mehr als eine Million Dollar!«

»Richtig. Aber du hast das Geld vergessen, das du mir schuldest. Du kommst dabei noch gut weg.«

»Gut, du sollst das Geld haben«, sagte Vanessa Jagenberg, »es bleibt mir ja nichts anderes übrig...« Dann fragte sie noch, als bekäme sie es plötzlich mit der Angst zu tun: »Was deine ›ungeduldigen‹ Gläubiger betrifft – du wirst doch wohl nicht überall erzählt haben, daß du zu mir nach Deutschland fliegst?«

»Natürlich nicht. Ich habe mir sogar einen falschen Paß besorgt. Und trotzdem – egal wo man sich verkriecht, mit der Zeit finden die einen überall. Jedenfalls möchte ich ungern mit einer Kugel im Kopf enden.« Ludwig sammelte vorsichtig die Linsen ein, steckte den Umschlag in die Tasche und sank in den Sessel zurück. Das viele Reden hatte ihn sichtlich erschöpft und der Wein sein Übriges getan.

Vanessa Jagenberg atmete innerlich auf. Keiner in Brasilien wußte also, daß Ludwig hier war. Es war im Grunde wie immer: Er hatte sich mal wieder etwas vorgenommen, was im Endeffekt ein paar Nummern zu groß für ihn war. Eine grinsende, jämmerliche Gestalt, die durch einen Zufall auf ein goldenes Korn gestoßen war und glaubte, ihr Glück machen zu können. Sie hätte jetzt einfach warten können, bis er ins Bett ging und seinen Rausch ausschlief. Völlig problemlos hätte sie dann seine schönen Beweise vernichten und ihn dadurch ins Leere laufen lassen können. Aber da war noch Wilfried, der Ludwig auf keinen Fall begegnen durfte. Nein, sie mußte bei genau dem Plan bleiben, der ihr in dem Augenblick eingefallen war, als die beiden Kontaktlinsen auf den Tisch gerollt waren. Sie mußte Ludwig beseitigen, und zwar so schnell es ging.

Schon ein paar Tage später erklärte Vanessa Jagenberg Ludwig, es sei ihr gelungen, das Geld flüssig zu machen. Aus verständlichen Gründen habe sie einige komplizierte Transfers vornehmen müssen, schließlich lagerte ein Teil ihres Vermögens im Ausland. Nun liege es aber abholbereit im Safe der Filiale der »Internationalen Investitionsbank« in Augsburg. Sie schlug vor, es dort gemeinsam abzuholen. Sofort anschließend, das war ihre Bedingung, sollte Ludwig Jagenberg ihr die Beweise aushändigen, nach Brasilien zurückfliegen und nie wieder zurückkehren.

Nachdem Ludwig Jagenberg einen entsprechenden Kontoauszug eingesehen hatte, erklärte er sich einverstanden. Es erstaunte ihn zwar, daß die Reise bis nach Augsburg gehen sollte, aber einen Verdacht schöpfte er nicht. Er konnte nicht wissen, daß Vanessa Jagenberg nach ihrem Studium eine Zeitlang in Augsburg in einer Klinik gearbeitet hatte und sich entsprechend gut in der Stadt auskannte. Die gute Kenntnis der Stadt aber war Voraussetzung für den Plan, den sie immer wieder durchdacht hatte, bis er ihr perfekt erschien.

An einem Donnerstag nachmittag fuhren Ludwig und Vanessa Jagenberg nach Augsburg, kamen dort am Abend an und mieteten ein Zimmer im »City-Hotel«. Das Geld sollte am nächsten Tag um 11 Uhr abgeholt werden, der Flug nach Rio de Janeiro ging von Frankfurt aus gegen 20 Uhr. Wie nicht anders erwartet, machte sich Ludwig sofort nach der Ankunft an die Mini-Bar des Hotelzimmers. Er war nervös, trank sehr hastig, und da die kleinen Weinflaschen bald leer waren, griff er schließlich zu den härteren alkoholischen Getränken. Vanessa Jagenberg wartete geduldig. Es war im Grunde egal, wann sie den nächsten Teil ihres Plans ausführte, nur bis zum nächsten Morgen mußte es geschehen sein. Gegen halb neun versuchte sie es zum ersten Mal und hatte gleich Glück. Sie erklärte Ludwig, sie habe Hunger, und schlug vor, in ein Restaurant in der Nähe des Stadtparks essen zu gehen, das sie von einem früheren Besuch in Augsburg kannte. Ludwig war einverstanden. Daraufhin ging Vanessa Jagenberg ins Bad, schminkte sich und zog in der Diele ihren Mantel an. Dann betrachtete sie Ludwig von Kopf bis Fuß und meinte: »Du könntest dich wenigstens kämmen, wenn du mit mir ausgehst. Wir sind hier schließlich in einer Großstadt und nicht im Urwald!«

Ludwig verzog unwillig sein Gesicht, ging dann aber doch ins Badezimmer. In diesem Augenblick setzte Vanessa Jagenberg den vorletzten Teil ihres Plans in die Tat um. Sie holte rasch aus der Manteltasche eine kleine Plastiktüte heraus und schüttete den Inhalt – eine genau abgemessene Menge des völlig geschmacksneutralen Extrakts der Canalaria-Pflanze – in das halbvolle Glas, das Ludwig auf dem Tisch hatte stehen lassen. Die Canalaria-Pflanze diente, nach einer entsprechenden Vorbehandlung, als Grundlage der »Juventin«-Medizin, war aber im puren Zustand äußerst giftig. Als Ludwig wieder aus dem Badezimmer zurückkam, tat er genau das, was sich Vanessa Jagenberg erhofft hatte: Er griff zu dem Glas und trank es mit einem einzigen Schluck leer.

Nun galt es, keine Zeit mehr zu verlieren. Am Hotelausgang angekommen, sagte Vanessa Jagenberg, sie habe schon den ganzen Abend Kopfschmerzen. Sie bat Ludwig deshalb, nicht ein Taxi zu bestellen, sondern mit ihr zu dem nicht sehr weit entfernten

Restaurant zu Fuß zu laufen. Sicher würden ihre Kopfschmerzen an der frischen Luft besser werden. Ludwig zögerte zwar zuerst ein wenig, da er sich plötzlich seltsam müde fühlte und gähnen mußte. Als ihm Vanessa Jagenberg jedoch mit einem aufmunternden Lächeln versicherte, auch ihm würde nach dem vielen Alkoholgenuß ein Spaziergang guttun, willigte er ein.

Die Nacht war kalt und ein wenig neblig, es roch nach Schnee, der bald fallen würde. Vanessa Jagenberg schaute unauffällig auf die Uhr – es blieben ihr ziemlich exakt 20 Minuten – und ging dann rasch los. So rasch, daß Ludwig, dem die seltsame Müdigkeit immer mehr zu schaffen machte, Mühe hatte, ihr zu folgen. So fiel ihm gar nicht auf, daß sie auf der Höhe des Stadtparks nach und nach von der belebten Straße wegkamen und einem Parkweg folgten, der nur schwach von wenigen Laternen erhellt wurde. In der Nähe eines kleinen Sees geschah dann das, was Vanessa Jagenberg vorausberechnet hatte. Ludwig Jagenberg verlangsamte seine Schritte und blieb schließlich stehen.

»Ich kann nicht mehr so schnell«, sagte er atemlos. »Meine Beine fühlen sich irgendwie schwer an, ich habe wohl zuviel getrunken . . .«

»Nein, du hast nicht zuviel getrunken, Ludwig«, sagte Vanessa Jagenberg ruhig und kam auf ihn zu. »Du hast nur das Falsche getrunken.«

Es dauerte einen kleinen Augenblick, bis Ludwig begriff. Dann begann er, mit hektischen Bewegungen seine Jacke abzusuchen. Vergeblich.

»Der Revolver«, flüsterte er angestrengt. »Er ist in der Tasche . . .«

»Und die Tasche liegt im Hotel. Diesmal hat sie mein Leben gerettet. Wie die Zufälle so spielen, nicht wahr?« lachte Vanessa Jagenberg. Dann wurde sie ernst. »Du hast geglaubt, es mit mir aufnehmen zu können. Aber du hast mich unterschätzt. Es war dein letztes großes . . .«

Sie sprach nicht weiter, denn Ludwig taumelte plötzlich und brach zusammen. Die lähmende Wirkung des Canalaria-Gifts setzte erst nach längerer Zeit, dann aber äußerst heftig ein. Vanessa Jagenberg ging auf die Knie und legte ihr Ohr an seinen grinsenden Mund. Er atmete noch, und es galt jetzt, schnell zu handeln. Sie durchsuchte alle seine Taschen und leerte sie vollständig. Dann rollte sie ihn die an dieser Stelle ziemlich abschüssige Wiese zum See hinunter und stieß ihn ins Wasser. Später würde es so aussehen, als sei er betrunken gestolpert und von allein gerollt.

Damit waren alle Spuren beseitigt. Nirgendwo würde die Polizei auch nur eine Andeutung von Gewalt finden. Das Gift der Canalaria-Pflanze war zwar im Körper noch lange nachzuweisen, aber nur, wenn man wußte, daß es angewandt worden war. Da Ludwig noch geatmet hatte, waren seine Lungen voller Wasser. Er war auf klassische Art und Weise ertrunken, ein bedauernswerter Unfall. Und wenn man auch in der Gerichtsmedizin durch irgendeinen unglaublichen Zufall das Gift entdeckte, was bedeutete dies schon? Niemand kannte ihn hier, und niemals würde es gelingen, seine Identität, die er zudem noch bei der Einreise selbst falsch angegeben hatte, festzustellen. Noch nicht einmal, wenn man in allen Hotels und Pensionen Augsburgs nachforschte. Auch hier hatte Vanessa Jagenberg selbstverständlich vorgesorgt. Während Ludwig sich nach der Ankunft um das Auto gekümmert hatte, hatte sie das Zimmer bereits bar bezahlt und konnte verschwinden, ohne sich noch mal an der Rezeption lange aufhalten zu müssen. Erinnerte sich später der Portier an Ludwig und an sie, was nutzte das schon? Sowohl ihr Name wie ihre Adresse, die sie in das entsprechende Formular eingetragen hatte, waren vollständig falsch. Völlig unwahrscheinlich war, daß dieser Fall irgendein überregionales Aufsehen erregte, denn dazu war er zu unbedeutend. Kurzum: Ludwig Jagenberg hätte schon von den Toten auferstehen müssen, daß ihr Plan scheiterte, aber ein solches Wunder –

Vanessa Jagenberg mußte stets bei dem Gedanken lächeln – war vor dem Jüngsten Gericht nicht zu erwarten.

Die nachfolgende Zeit gab ihr recht. Mehr als drei Monate waren schon seit jener Nacht in Augsburg vergangen, und außer einer kurzen Meldung in der »Augsburger Allgemeinen« von einem ertrunkenen Unbekannten war nichts geschehen. Und damit das in Zukunft so blieb, mußte auch Wilfried beseitigt werden. Er war jetzt noch der einzige, der die Wahrheit kannte, und das machte ihn überaus gefährlich.

Vanessa Jagenberg lehnte sich in ihrem Stuhl zurück und schloß die Augen, wie immer, wenn sie ihrer Phantasie freien Lauf ließ.

Was alles konnte einem geistig behinderten Menschen wie Wilfried im Urwald zustoßen! Ein Sturz in einen reißenden Fluß, ein fehlgeleiteter Schuß aus einem Gewehr, mit dem er unbedingt spielen wollte, der Biß einer giftigen Schlange, die er, arglos wie er war, unbedingt anfassen mußte. Die Palette war groß, sie mußte sich jetzt noch gar nicht festlegen. Das konnte sie an Ort und Stelle viel besser entscheiden. Jetzt, jetzt mußte sie nur noch ein wenig Geduld aufbringen, mehr nicht.

Alles kein Problem

1

»Na, Gringo, alles im Griff?« Berthold hatte den Lastwagen mit der leuchtend roten Aufschrift »*Achterbahn – Schaustellerbetriebe Jeschke GmbH*« angehalten, lehnte sich lässig aus dem Fenster und grinste zu Edek hoch, der oben auf der Geisterbahn arbeitete.

»Immer«, sagte Edek und schraubte weiter.

Berthold nickte scheinbar anerkennend und ließ seinen Blick über das Gerüst schweifen. »Da habt ihr aber noch ein schönes Stück Arbeit vor euch, wenn der Laden morgen laufen soll ...«

»Wo ist Problem?« Edek prüfte die Schrauben, ob sie fest genug angezogen waren.

»Für mich nirgendwo. Wenn der Lastwagen leer ist, hab ich frei. Bis morgen vier Uhr. Bei meinem neuen Chef gibt's keinen Streß.«

»Nur in Nacht«, sagte Edek bissig, »da muß Berthold viel arbeiten!«

»In Nacht«, machte Berthold Edek nach, wobei er vielsagend feixte, »alle Leute bei uns in Heia und träumen schön. Ich sag's ja: kein Streß, ein ganz anderes Leben!«

»Kein Streß ist langweilig. Was für alte Opa ohne Zähne«, schoß Edek zurück.

»Man verliert schneller 'nen Zahn, als man denkt, Gringo!«

»*Wenn* man denkt, nicht!«

»Gringo ist schlau, aber paß auf, vielleicht gibt's bald eine *hier* drauf...« Berthold tippte sich heftig gegen die Stirn.

Edek nickte. »Nicht so fest, Berthold. Wenn Birne faul, ist Finger schnell drin, und Gehirn ist kaputt!«

Berthold spuckte verächtlich durch seine Zahnlücke. »Wart's ab, Gringo. Es gab schon Schlauere als dich.«

»Glaub ich nicht.«

»Doch.«

»Bei meine Onkel in Texas war auch so einer wie du. Ist an Kürbiskern zu Tode erstickt, hat vergessen, Kürbiskopf drum rum abzumachen.«

Berthold erwiderte darauf nichts mehr. Er spuckte noch einmal durch seine Zahnlücke und gab Gas. Dieser kleinen Laus kam man mit Reden nicht bei. Wenn Edek ihm das nächste Mal in der Dunkelheit begegnete, würde er ihm eine verpassen, daß er alle Zähne einsammeln konnte. Dann würde er endlich seine vorlaute Klappe halten.

Edek legte das nächste Rohr in die Fassung und schraubte es fest. Am liebsten hätte er Berthold eine mitten in die blöde Visage geknallt. Aber der Tag kam noch, ganz sicher. Berthold sollte bloß nicht meinen, daß er ungestraft davonkam. »In Nacht bei uns alle Leute in Heia«, hatte er vorhin gesagt. Als ob Edek nicht genau wüßte, was Berthold heute nacht getrieben hatte...

Und jetzt kam auch noch Wilfried um die Ecke. Er schleppte gleich zwei von den schweren Kisten, in denen sich die Teile der »Affen-Frau« befanden. Ohne sie abzusetzen, blieb er stehen. »Aber der Affe«, sagte er, »kann nicht ohne die Frau weglaufen, weil er sich dann nicht mehr in die Frau verwandeln kann. Der Affe und die Frau müssen zusammenbleiben.«

Edek sagte nichts. Er war auf Wilfried sauer, nicht nur wegen der Schraubengeschichte heute früh. Er ging ihm auch so schon die ganze Zeit auf die Nerven. Ständig dachte er sich irgendwelche

Verrücktheiten aus und belästigte Edek damit. Hier, bei der »Affen-Frau«, war er gestern zuerst darüber erstaunt gewesen, daß es zwei verschiedene Figuren waren, dann, als er endlich den Spiegeltrick begriffen hatte, konnte er nicht verstehen, warum beide Figuren nicht in eine Kiste verpackt wurden. Er versuchte doch tatsächlich, Edek klarzumachen, daß es für sie traurig wäre, getrennt zu sein. Um endlich Ruhe zu haben, hatte Edek ihm gesagt, der Affe wäre froh, wenn er von der Frau loskäme, deshalb versuche er ja auch auszubrechen.

Und genau darüber hatte Wilfried nachgedacht. Geduldig wartete er auf eine Antwort von Edek.

»Wilfried«, sagte dieser, »ich kann nichts mehr von ›Affen-Frau‹ hören! Wir sind vier Stunden zu spät, weil du heute früh in deine Kopf nicht richtig warst!«

»Aber ich war doch nicht schuld«, verteidigte sich Wilfried. »Du hast gefragt, ob ich ein großer Mann bin, und ich . . .«

»Ich weiß«, unterbrach ihn Edek ziemlich laut, »und jetzt arbeite, Wilfried, ganz schnell, sonst reißt Edek dir gleich Kopf ab!«

Das mit dem Kopfabreißen wirkte, seit heute früh. Wilfried rückte die beiden Kisten zurecht und ging lieber.

Edek warf einen Blick auf die Uhr. Es war kurz vor fünf. Den ganzen Aufbau schafften sie heute nicht mehr, das stand fest. Wenn es ginge, würde er Wilfried wirklich den Kopf abreißen. Obwohl es eigentlich seine Schuld gewesen war, daß alles so mit der verdammten Schraube gekommen war. Nein, nicht seine, Jeschkes und Bertholds. Jedenfalls war heute früh der hintere Reifen des Tiefladers zerstochen gewesen, mit einem Messer, sicher mit dem Springmesser, das Edek schon öfter bei Berthold gesehen hatte.

Wütend hatte sich Edek noch vor dem Frühstück darangemacht, das Rad auszuwechseln. Wenn Jeschke glaubte, sie mit solchen Methoden in die Knie zwingen zu können, dann täuschte er sich gewaltig. Da hatte Edek bei seinem Onkel in Texas schon ganz andere Dinge erlebt!

Er holte aus dem Werkzeugkasten den großen Kreuzschlüssel, setzte ihn an und drückte. Die faustgroße Mutter bewegte sich keinen Millimeter. Die nächste und übernächste auch nicht. Alle Muttern saßen wie angeschweißt fest, und sie gaben noch nicht einmal nach, als Edek mit seinem ganzen Gewicht auf den Kreuzschlüssel sprang, und auch nicht, als er mit einem großen Vorschlaghammer draufschlug. Und genau in diesem Augenblick kam Wilfried aus dem Wohnwagen. Er sah Edek auf den Schlüssel einhämmern und lächelte. Ein wenig herablassend, wie Edek schien, ein wenig so, als könne man eine festsitzende Mutter auf einem Tiefladerrad mit erheblich weniger Aufwand lösen.

»Dann schraub du Mutter ab!« sagte Edek und drückte Wilfried den Kreuzschlüssel in die Hand.

»Danke«, sagte Wilfried. Er setzte den Schlüssel an und drückte. Wie gewohnt, linksherum, aber bei dieser Art von Gewinde genau in die falsche Richtung.

»Na«, sagte Edek ziemlich schadenfroh, »geht nicht so leicht wie Knopf bei Uhr?«

Wilfried schüttelte den Kopf und versuchte es noch einmal. Nichts rührte sich.

»Wilfried«, spottete Edek, »bist du ein kleines Kind auf Schoß von Mama oder ein großer Mann?« Ein bißchen wollte er Wilfried noch zappeln lassen, bevor er ihm sagte, daß man ein Linksgewinde rechtsherum löste.

»Ich bin ein großer Mann!« sagte Wilfried überzeugt und spuckte in die Hände. Er würde es schon noch schaffen!

Er biß die Zähne zusammen und stemmte sich gegen den Schraubenschlüssel, bis ihm die Adern auf der Stirn anschwollen. Und wirklich: Im nächsten Augenblick knarrte die Mutter ein wenig, rührte sich dann und ... löste sich von der Felge. Lächelnd hielt sie Wilfried Edek hin.

Edek verschlug es zunächst die Sprache. Dann tobte er los. »O Mann, Wilfried, was hast du für eine große Scheiße gemacht! Du hast Mutter abgerissen! Kannst du nicht denken in dein blödes Kopf! Die Muttern gehen anders ab, Linksgewinde, Mann, Linksgewinde!«

»Du hast gesagt, ich bin ein großer Mann und ich schaffe es!«

»Okay, Wilfried, ist okay. Halt du bloß Mund, sonst, sonst« – Edek war außer sich – »sonst reiß ich dir auch gleich Kopf ab!«

Wilfried lächelte ungläubig. »Das geht nicht«, meinte er schließlich.

»Was geht nicht? Wenn ich will, geht alles!«

»Aber einen Kopf abreißen kann Edek nicht«, sagte Wilfried bestimmt.

Edek lief im Gesicht rot an. Dieser Kerl brachte ihn noch zum Wahnsinn. »Wenn Edek will, dann ist Kopf ab! Hast du gesehen ›Mann mit Axt‹ in Geisterbahn? ›Mann mit Axt‹ war so dumm wie du, und Edek hat ihm Kopf abgerissen. Jetzt muß er jeden Tag hundertmal Kopf abreißen, zu Strafe für große Dummheit!«

Wilfried hörte auf zu lächeln und fuhr sich mit den Händen zum Hals. Das mit dem Mann stimmte, ohne jeden Zweifel, daran hatte er gar nicht gedacht. »Was hat der Mann denn gemacht?« wollte er wissen.

Edek winkte ab. Auf solche Kindereien hatte er keine Lust mehr. Er begutachtete den abgerissenen Bolzen in der Felge. Es würde mindestens zwei Stunden dauern, bis er den mit einem Spezialwerkzeug ausgefräst hatte. Welch ein unglaubliches Pech! Und dann warteten noch die restlichen Muttern darauf, gelöst zu werden ...

»Äh, Wilfried«, räusperte sich Edek, »probier noch mal, die anderen Muttern zu schrauben, aber rechtsrum.«

»Nein«, sagte Wilfried beleidigt.

»Warum nein?«

»Weil du gesagt hast, daß du mir den Kopf abreißt.«

»War nur Witz, Wilfried. Kopf abreißen geht nicht.«

»Doch, der ›Mann mit der Axt‹ . . .«

»Wilfried! Jetzt denk doch mal in deine verrückte Kopf nach!« Edek mußte sich wirklich bremsen, nicht loszuschreien. »›Mann mit Axt‹ ist doch nur eine Puppe!«

»Aber sie reißt sich den Kopf ab.«

»Okay, Wilfried, aber ich reiß dir nicht den Kopf ab. War nur Spaß, ehrlich!«

»Wirklich nicht? Niemals?«

»Nein, niemals, versprochen! Und jetzt bist du gleich ein lieber Wilfried und schraubst alle Muttern ab. Weil wir müssen heute noch nach Augsburg, und wenn du nicht Mutter abschraubst, dann müssen wir hier bleiben und verdienen kein Geld, und böser Jeschke bekommt Geisterbahn, und dann haben wir keine Arbeit mehr.«

»Warum bekommt der böse Jeschke die Geisterbahn?« wollte Wilfried wissen.

»Weil Jeschke ist Bandit und will ganze Geisterbahn kaufen. Und wenn er kauft Geisterbahn, dann muß Edek nach Hause, und Wilfried muß auch nach Hause. Und dann ist Schluß!«

Wilfried zuckte zusammen. »Nein, nach Hause will ich nicht!«

»Dann alles klar, nimm Schlüssel und schraub, aber rechtsrum, *bitte!*« Edek reichte Wilfried den Kreuzschlüssel und klopfte ihm freundschaftlich auf die Schulter.

»Gut«, sagte Wilfried knapp, setzte den Schlüssel an und löste die anderen Muttern, einfach so und innerhalb von drei Minuten.

Hinter Edek ertönten Schritte. Mirja kam mit jemandem nach oben. Es war der Marktmeister der Stadt, der alle Geschäfte kontrollieren mußte, bevor sie fürs Publikum geöffnet wurden.

»Tag«, begrüßte er Edek mit einem Handschlag. »Einmal fahren lassen können Sie mich nicht, oder?«

»Ist noch kein Strom auf Gleise, erst morgen«, meinte Edek.

Der Marktmeister schaute sich um. »Sie haben ein bißchen zu eng am Weg aufgebaut«, meinte er zu Mirja. Er holte aus seiner Mappe einen Plan des Kirmesplatzes und zeigte ihr die Abstände.

»Wir haben heute früh ein paar Probleme in München gehabt«, erklärte Mirja. »Jemand hat uns den Reifen am Tieflader zerstochen, und bis wir hier waren, war unser Platz hinten schon besetzt. Die Wasserrutsche hat sich mit ihren Lastwagen ganz schön ausgebreitet, und irgendwo müssen wir unseren ja auch noch unterstellen.«

Der Marktmeister nickte. »Mit der Wasserrutsche haben wir immer Probleme. Na ja, irgendwie wird es schon klappen. Wollen wir hoffen, daß nichts passiert und die Feuerwehr hier nicht mit ihren schweren Wagen durchfahren muß.«

Er ging ein Stückchen an den Gleisen entlang, da wo es abschüssiger wurde. Als er wieder zurück war, meinte er: »Manche Stellen sehen ganz schön blankpoliert aus. Wann war denn die Geisterbahn zum letzten Mal beim TÜV?«

»Dieses Jahr«, sagte Mirja. »Es steht alles im Baubuch, das hab ich unten im Wohnwagen.«

»Na ja, trotzdem muß ich morgen früh wiederkommen und einmal fahren. Wegen der Sicherheit und den Vorschriften. Das kostet aber eine Extragebühr von 80 Mark, das wissen Sie ja, denn eigentlich sollte das Geschäft am Tag davor bis 17 Uhr klar sein.«

»Normalerweise ist es das auch, aber heute hat's nicht geklappt.« Mirja zuckte bedauernd mit den Schultern.

»Sind Sie dann bis morgen um elf soweit klar?«

»Was meinst du, Edek?«

»Bis elf ist alles klar, kein Problem«, sagte Edek.

Das Gerüst geriet ins Wanken. Wilfried kam wieder nach oben. Diesmal schleppte er den Rumpf, die Beine, die Arme und den

Kopf des Monster-Affen. Von weitem sah es so aus, als habe Wilfried zwei Köpfe: den eigenen und den des Affen, nur daß Wilfrieds Kopf grinste. Fast immer, das hatte Edek schon festgestellt, und das nervte ihn. Als er an den dreien vorbei war, meinte der Marktmeister anerkennend: »Da haben Sie aber einen tollen Mitfahrenden erwischt. So einen Koloß habe ich noch nicht gesehen.«

»Der ist erst seit gestern bei uns. Ein Glücksfall, denn zwei von unseren Leuten waren plötzlich weg, bei der Konkurrenz. Aber der hier arbeitet für drei.« Mirja geriet ins Schwärmen. »Sonst mußten wir den Monster-Affen mit einem Flaschenzug nach unten bringen, aber der macht das einfach so. Ohne den wüßten wir im Moment gar nicht, was mir machen sollten. Nicht wahr, Edek?«

»Ja«, brummte Edek.

»Es ist unglaublich«, staunte der Marktmeister. »Aber ich muß jetzt weg, die anderen Geschäfte warten noch. Bis morgen dann!« Er steckte den Plan in die Mappe und ging.

Edek drehte sich um und schraubte weiter.

»Hast du was?« fragte Mirja, erstaunt darüber, daß er sich einfach abgewandt hatte.

»Wilfried ist nicht richtig in Kopf. Aber wenn du meinst...«

»Das sagst du immer wieder. Aber ich finde ihn nett. Und ohne ihn wären wir wirklich aufgeschmissen.«

»Mhm«, sagte Edek und schraubte.

Mirja überlegte. Edek benahm sich geradezu so, als sei er auf sie sauer. Schon den ganzen Tag. Vielleicht wegen gestern abend?

»Du«, sagte Mirja, »ich freu mich schon...«

»Warum?«

»Ich freu mich auf heute abend, wenn wir hier fertig sind.«

Edek schraubte.

»Ich wäre ja gestern noch gerne mit dir spazierengegangen, aber ich war wirklich total kaputt. War wohl zuviel Aufregung. Mit

Max und Berthold und dem Jeschke...« Mirja berührte Edeks Arm. »Aber heute abend, da gehen wir ganz bestimmt...«

Edek ging es schon ein bißchen besser. Er hatte sich gestern so auf den Spaziergang gefreut, und dann hatte Mirja einfach gesagt, sie sei schon zu müde. Und vorher, beim Abendessen, hatte sie ständig Wilfried gelobt, daß sie noch nie einen so guten Mitreisenden gehabt hätten und ob er denn alles hätte, was er bräuchte, und und und... Eigentlich hatte er schon den ganzen Tag darauf gewartet, daß Mirja ihn fragte. Beinahe schien es so, als habe sie es vergessen. Hatte sie aber nicht.

»Ich war gestern auch ganz müde. Heute wird besser sein«, lenkte Edek ein und hörte auf zu schrauben. Jetzt ging es ihm wieder ganz gut.

»Meinst du, wir schaffen das hier bis morgen? Ich könnte den Jeschke in der Luft zerreißen. Dieser gemeine Schuft! Und Papa sitzt schon wieder im Wohnwagen, hat glasige Augen und redet nicht. Ich hab gar nicht mitbekommen, wann er verschwunden ist, ich dachte, der hilft noch mit.«

»Alles kein Problem«, sagte Edek und fuhr sich lässig über sein Schnauzbärtchen. »Morgen um elf kann Marktmeister fahren und kontrollieren. Ich mach schon. Ich mach alles.«

»Gut«, sagte Mirja. »Und ich mach jetzt auch weiter.« Sie lächelte und ging.

Edek schnappte sich das nächste Rohr und schraubte. Dreimal so schnell wie vorher. Die äußeren Aufbauten schafften sie heute noch auf jeden Fall. Morgen stand er dann schon um fünf auf und machte weiter. Die Attraktionen anschließen und die Stromzuleitungen. Und zwei, drei Stellen mußte er noch einmal schweißen. Dann konnte der Marktmeister kommen. Von wegen: manche Stellen seien glattpoliert. Der TÜV konnte die Geisterbahn jederzeit prüfen. Wenn Edek arbeitete, dann tadellos. Immer.

Das Gerüst schwankte. Wilfried war auf dem Weg zurück, und wie üblich grinste er.

»Wilfried, du bist heute lahm wie Schnecke!« sagte Edek scherzhaft. Eigentlich war der Kerl gar nicht so schlecht, und die Sache mit der Schraube, das war wirklich Edeks Schuld gewesen, keine Frage.

Wilfried kräuselte die Stirn. »Eine Schnecke hat keine Beine«, sagte er, »und Wilfried hat zwei. Wilfried ist schneller!«

»Und wer ist schneller zu Hause? Wilfried mit zwei Beine oder Schnecke ohne Beine?«

Über Wilfrieds Gesicht ergoß sich ein Lächeln. »Eine Schnecke!« gluckste er. »Die hat ihr Haus immer dabei!«

»Siehst du! Was hab ich gesagt?«

Wilfried betrachtete seine Beine und lachte. Es schüttelte ihn richtig. So einen Spaß hatte er schon lange nicht mehr gehört. Obwohl, es gab auch Schnecken ohne Haus. Zum Beispiel die *arion rufus*, die Schwarze Wegschnecke. Aber das war jetzt nicht wichtig. Wichtig war, daß Wilfried lachte. Wie seit ewigen Zeiten nicht mehr. Auf jeden Fall mußte er das heute noch in sein Tagebuch eintragen. *»Dienstag«*, würde er schreiben, *»Edek Schnecken-Spaß gemacht, Wilfried sehr darüber lacht!«*

2

»Schön, so am Fluß spazierenzugehen«, sagte Mirja, als sie und Edek die nur wenige Minuten von der Kirmes entfernte Wertach erreicht hatten. »Wenn ich einen Fluß sehe, stelle ich mir immer vor, daß ich in einem Boot sitze und mich treiben lasse. Bis zum Meer und dann noch weiter bis China.«

»Warum bis China?« wunderte sich Edek.

»In Bonn, da fließt direkt vor der Kirmeswiese der Rhein. Am Ufer ankert ein Schiff mit einem Restaurant, einem chinesischen Restaurant. Es sieht aus wie ein ganz toller chinesischer Palast. Seitdem ich das gesehen habe, würde ich mich gerne mal bis China treiben lassen.«

»Bis China ist langweilig«, meinte Edek. »In China gibt keine Autos, kein Rallyefahren, nur Fahrrad. In Texas ist besser, kannst du mir glauben.«

»Ich war noch nie woanders.« Mirja hakte sich bei Edek unter. »Immer nur auf der Kirmes. Mama und Papa waren auch noch nie woanders. Ich glaub, Kirmesleute sind immer nur auf der Kirmes.«

»Wenn Kirmes vorbei ist, in Herbst, kauf ich neues Auto. Dann können wir hinfahren woanders.«

»Nach Paris?«

»Ja, nach Paris, wenn du willst. Paris ist gut!«

»Mama hat immer davon geträumt, nach Paris zu fahren. Sie hat schon als Kind Postkarten von Paris gesammelt. Aber es hieß bei uns immer: Später einmal, erst muß das Geschäft auf die Beine kommen. Ja, und dann war alles vorbei. Kein Paris mehr ...«

Sie gingen eine Weile schweigend weiter.

»Wann ist deine Mama gestorben?« fragte Edek.

»Letztes Jahr, im August. Wir waren gerade auf einer Kirmes in Frankfurt, ausgerechnet so weit weg von Konstanz. Das Geschäft mußte ja laufen, und der Professor sagte immer, Mama ginge es den Umständen entsprechend gut. Ja, und dann klingelte plötzlich das Telefon, an einem Freitag, um vier Uhr nachmittags. Ich saß gerade hinter der Kasse und verkaufte Chips. Jemand von der Klinik war am Apparat und fragte, ob er meinen Vater sprechen könnte. Ich sagte, er könne es auch mir sagen. Und dann hörte ich, meine Mutter sei gestorben. Gerade eben. Und wir sollten uns um die Überführung kümmern, weil sie in der Klinik nur 24 Stunden bleiben dürfe.«

»Einfach so?«

»Ja. Wir haben dann natürlich gleich zugemacht und sind nach Konstanz gefahren. Nachts um zehn waren wir da. Der Professor war auch da. Wir gingen in den Keller, in ein Kühlzimmer. Dort lag Mama.«

Auf einer Brücke löste sich langsam aus der Dunkelheit ein Zug. Mirja und Edek blieben stehen und schauten ihm zu. Leicht zitternd schoben sich die Lichter seiner beleuchteten Waggons über das schwarze, träge Band des nächtlichen Flusses.

»Hast du schon mal einen Toten gesehen?« fragte Mirja.

»Ja, mein Opa. Aber sonst nicht . . .«

»Hast du Angst gehabt?«

»Ich war kleines Kind. Mutter sagte, Opa ist jetzt in Himmel bei Engel.«

»Ich hab mich die ganze Fahrt über gefürchtet. Ich hab richtig gezittert. Aber dann, als ich bei Mama war, da war plötzlich alles vorbei. Sie lag so friedlich da, so klein, sie hatte durch ihre Krankheit sehr stark abgenommen. Sie sah gar nicht tot aus. Es sah sogar so aus, als hätte sie auf der Stirn Schweißtropfen, aber es waren nur Wassertropfen, vom Luftbefeuchter, wie der Professor sagte. Ich stand wie betäubt da. Ich konnte noch nicht einmal weinen. Aber Papa. Ich hab ihn so noch nie erlebt. Es hat ihm weh getan, daß er nicht dabei gewesen ist, als sie gestorben ist. Zwanzig Jahre waren sie Tag und Nacht zusammen, und dann . . . Alles durch das Geschäft . . .«

»Ja, aber was sollte deine Papa machen? Geht nicht anders, wenn Geschäft muß laufen.«

»Das weiß ich auch. Aber er hat es irgendwie nicht verkraftet, du siehst es ja jeden Tag. Er ist ein ganz anderer Mensch geworden. Du hättest ihn mal früher erleben sollen.«

Der Zug war in der Dunkelheit verschwunden. Mirja und Edek gingen weiter.

»Du, sag mal, glaubst du an ein Leben nach dem Tod?« fragte Mirja und drückte sich noch fester an Edeks Arm. »Ich denke oft, wo Mama jetzt ist und ob sie weiß, wie es uns geht.«

»Weiß nicht«, überlegte Edek, »wenn Mensch tot ist, dann ist er tot. Aber vielleicht gibt eine Seele in Mensch, und Seele lebt weiter?«

»Ja, das hab ich auch bei Mama gedacht. Aber irgendwie war sie doch weg. Für immer.«

»Nicht für immer. Weil... na, weil sie ist immer noch deine Mama«, fiel Edek ein. »Eine Mama ist eine Mama, egal, ob sie tot ist oder nicht.«

»Das hast du schön gesagt, Edek.«

»Äh, das hat gestern der verrückte Wilfried gesagt, bei ›Toten Mann‹ in Geisterbahn.«

»Der Wilfried?« staunte Mirja. »So verrückt ist das gar nicht. Ich denke wirklich oft, etwas von Mama wäre noch da. Früher, abends im Bett, da hab ich sogar noch mit ihr geredet.«

»Ja, und ich hab früher bei meine tote Opa auf der Stube gedacht, er kommt gleich und sagt: ›Edek, wo hast du mit meine Pfeife gespielt und sie versteckt? Such schnell, und du kriegst einen Zloty!‹«

Mirja und Edek waren jetzt an einer Brücke angekommen. Links wies ein Straßenschild zum Hauptbahnhof.

»Du, Edek«, bat Mirja, »laß uns doch ein bißchen durch die Stadt laufen. Wenn wir früher in Augsburg waren, wollte ich das immer mal machen, aber es hat nie so richtig geklappt.«

Edek war einverstanden. Sie faßten sich an den Händen und gingen schneller. Wenig später waren sie schon am Hauptbahnhof vorbei und schlenderten durch die Fußgängerzone der Innenstadt, vorbei an den hell erleuchteten Fenstern der Geschäfte.

An einer Parfümerie blieb Edek stehen. »Willst du schönes Parfüm haben als Geschenk?« fragte er.

»Ich?« lachte Mirja.

»Ja, gibt schönen Duft, und ich kann dann riechen . . .«

»Gut, aber nur das da!« Mirja zeigte auf eine Parfümflasche, die auf einem goldenen Podest ausgestellt war.

»Chanel Nr. 5«, las Edek laut.

»Genau. Kostet nur 150 Mark!«

»Kein Problem. Morgen kauf ich Flasche.«

»Nein, das war nur ein Scherz. Ist doch viel zu teuer!«

»Ist zu billig für schöne Frau!«

»Nein, Edek, das war wirklich nur ein Scherz. Was soll ich mit so einem teuren Parfüm?«

»Gut riechen, für mich.«

»Du bist verrückt!«

»Okay, ich bin verrückt. Und was jetzt?«

»Jetzt gehen wir weiter!« Mirja zog Edek von der Schaufensterscheibe weg.

Nachdem sie eine Weile an einem beleuchteten Brunnen mit vielen Figuren dem plätschernden Wasser zugeschaut hatten, gingen sie einfach noch ein Stück und bogen in die Straßen ein, wie es ihnen gerade einfiel.

Plötzlich standen sie vor einem hohen Turm, hinter dem sich ein tiefer Wassergraben befand. Die Straße war zu Ende. »Fünfgratturm«, las Mirja im schwachen Schein der Straßenlaterne auf einem Schild.

»Was heißt ›Fünfgratturm‹?« wunderte sich Edek.

»Weiß ich nicht. Ein Turm mit fünf Gräten?«

»Gräten doch nur bei Fisch!« lachte Edek.

Sie gingen an dem Turm vorbei und setzten sich auf die Mauer des Wassergrabens. Edek legte seinen Arm um Mirja. Die großen Bäume, die den Wassergraben säumten, raschelten im schwachen

Wind. Vom Wasser stieg ein leichter Nebel auf. Edek drückte Mirja fester an sich. Eigentlich hatte er schon die ganze Zeit auf einen solchen Augenblick gewartet. Den ganzen Tag davon geträumt, daß sie genau an einer so einsamen Stelle ankommen würden. Jetzt waren sie da.

»Äh . . .«, räusperte sich Edek.

»Ja«, sagte Mirja.

»Äh, hast du schon mal richtig Mann geküßt?«

»Nein, und du?«

»Nein, Mann nicht.«

»Scherzkeks!«

Und dann küßte sie ihn. So weich und zärtlich, wie Edek es sich vorher nie vorgestellt hatte. Ihm wurde schlagartig heiß, und plötzlich waren seine Hände an Mirjas Körper.

»Was machst du?« flüsterte Mirja.

»Ich weiß nicht«, flüsterte Edek zurück und küßte sie weiter und spürte, wie sich seine Hände unter dem T-Shirt auf ihrer nackten Haut verloren.

Als Edek zwei Stunden später in den Mannschaftswagen zurückkehrte, lag Wilfried zwar schon im Bett, war aber noch wach. Edek zog sich aus, wusch sich, warf sich mit Schwung auf sein Bett, verschränkte die Arme hinter seinem Kopf und schaute eine Weile die Decke an. Dann fragte er Wilfried: »Warst du schon mal mit ganzes Herz verliebt?«

Wilfried lächelte von einem Ohr zum anderen. »Ja, ich habe meinen Papa geliebt und meine Mama.«

»Ich meine nicht Vater und Mutter, o Mann!«

»Nicht Vater und Mutter?« fragte Wilfried erstaunt zurück.

Edek schüttelte den Kopf. Der Mensch war nicht von dieser Welt, das hätte er wissen müssen. »Es gibt doch noch andere Leute, was man lieben kann.«

»Ja«, sagte Wilfried, »es steht in meinem Tagebuch.«

»Tagebuch???«

Wilfried öffnete den Schrank und holte sein Tagebuch.

Edek staunte. Er hatte zuletzt ein so dickes, silbern beschlagenes Buch beim Dorfpfarrer auf dem Altar in der Kirche gesehen. Der Unterschied war nur, daß dieses Buch in Wilfrieds Händen wie ein kleines Gebetbüchlein wirkte.

Wilfried blätterte darin. »Hier steht es: ›*Freitag. Onkel Ludwig Wilfried auf dem Fahrrad schiebt, Wilfried dafür Ludwig ganz viel liebt!*‹«

»Onkel Ludwig? Wer ist Onkel Ludwig?«

»Onkel Ludwig lebt im Urwald.«

»Bei Affen, was?«

»Bei den Affen und bei den Krokodilen.«

Edek richtete sich auf. »Urwald, Affen, Krokodile, klar. Aber ich meine mit Liebe nicht das!«

»Was denn?«

»Wie soll ich sagen? Liebe ist, wenn Mann Frau trifft, oder Frau Mann, und dann ...« – Edek fuchtelte mit den Armen, weil er nicht die richtigen Worte fand – »und dann geben sie sich Kuß ... O Mann, bist du dumm in Kopf???«

Wilfried hörte die letzten Worte nicht mehr. Er blätterte aufgeregt in seinem Tagebuch, las still, blätterte weiter, dann hatte er die richtige Stelle gefunden, und sein Gesicht erstrahlte freudig. »›*Dienstag. Flugzeug bringt die Mama gleich, Wilfrieds Herz wird jetzt schon butterweich.*‹«

»Wilfried!!!« Edek sprang beinahe auf. »Ich meine nicht deine Mama! Edek hat auch Mama, aber wenn Edek Mama liebt, ist alles ganz anders!«

Wilfried nickte zustimmend. »Ich habe meine Mama und meinen Papa liebgehabt, aber noch mehr Onkel Ludwig. Wenn Onkel Ludwig da war, dann konnte Wilfried alles mit ihm spielen ...«

Edek gab sich geschlagen. »Ist okay, Wilfried, mit Onkel Ludwig spielen, Mama und Butterherz ... Ich sage nichts mehr. Hast du eigentlich noch mehr von so ein Zeug?«

»Von was für einem Zeug?«

»Na, in dein Tagebuch.«

»Ja.«

»Lies vor.«

»Nein.«

»Warum nein? Gerade hast du gelesen!«

»Gerade habe ich mich erinnert.«

»Was?«

»Wilfried liest nur in dem Tagebuch, wenn er sich erinnern will.«

Edek gab endgültig auf. Mit einem Verrückten zu diskutieren, hatte keinen Zweck. Warum hatte er überhaupt angefangen? Er löschte das Licht und schloß die Augen. Nach und nach kehrten das Rauschen der Bäume, Mirjas Küsse und ihre Haut in seine Erinnerung zurück und begleiteten ihn bis in seine tiefsten Träume.

3

Es war Freitag, der dritte Tag der Kirmes in Augsburg, und Edek hatte den ganzen Vormittag alle Hände voll zu tun gehabt mit Schweiß- und Reparaturarbeiten. Jetzt saß er im Mannschaftswagen und blätterte in einer Autozeitschrift. Etwa vor einer knappen Stunde hatte ihm Mirja Bescheid gesagt, sie mache sich mit ihrem Vater auf den Weg zur Bank. Es würde wohl eine Weile dauern, und er möge ihr die Daumen drücken, daß alles gutgehe. Um so erstaunter war Edek, als plötzlich die Tür aufging und Mirja schon wieder vor ihm stand.

»Und?« Edek legte die Zeitschrift beiseite. »Bekommen wir Geld?«

Mirja setzte sich. »Nein. Es ist alles schiefgegangen.«

»Warum?«

»Ach, Vater hat sich überhaupt keine Mühe gegeben. Er hat einfach nur erzählt, wir hätten 60 000 Mark Schulden, und dann gleich gesagt, daß die Geschäfte schlecht liefen. Der Sachbearbeiter von der Kreditabteilung wollte dann zwar noch das eine oder andere wissen, sagte aber am Ende, daß es schwierig werden würde, uns zu helfen. Anstatt noch etwas zu erklären, hat ihm mein Vater einfach recht gegeben. Und zu mir hat er noch gesagt: ›Siehst du, es hat keinen Zweck!‹«

»Und das war alles?«

»Nein. Ich hab es dann noch mal versucht. Wir hatten ja alle Geschäftsunterlagen dabei. Den Kaufpreis, das Baubuch von der Geisterbahn mit allen Einzelheiten und TÜV-Berichten über den Zustand, die letzten Einnahmen, Steuererklärungen, einfach alles. Der Mann hat sich das auch genau angeschaut, aber dann wollte er wissen, warum wir uns nicht an unsere Hausbank gewendet hätten.«

»Hausbank, was ist Hausbank?«

»Na, das muß hier in Deutschland eigentlich jeder haben. Eine Bank, die dich kennt, wo du immer deine Einnahmen einzahlst und so.«

»Ah ja, ist Sparkasse in Renzberg.«

»Genau. Ich hab dem Sachbearbeiter erklärt, daß unsere Hausbank 15 Prozent Zinsen haben wollte und daß das zuviel wäre. Der Mann hat dann mit der Sparkasse telefoniert, in einem anderen Raum, ich konnte nicht hören, was er sagte. Als er wieder zurückkam, meinte er, es täte ihm leid. Seine Bank könne das Risiko nicht eingehen, und im übrigen würde uns die Sparkasse in Renzberg wegen der geringen Einnahmen im letzten Jahr und bei der heutigen schlechten Wirtschaftslage auch nicht mehr das Geld leihen.«

»Warum schlechte Wirtschaftslage? Sind immer genug Leute da auf Geisterbahn.«

»Nicht mehr so wie früher. Letztes Jahr haben wir noch pro Tag gut 7 000 Mark eingenommen, dieses Jahr sind es gerade mal 5 500.«

»Ist doch viel Geld«, wunderte sich Edek.

»Das sieht nur auf den ersten Blick so aus. Hier, ich hab das mal alles genau ausgerechnet.« Mirja holte aus ihrer Tasche ein paar Zettel heraus und rechnete vor. »Sechs Monate im Jahr dauert höchstens die Saison. Im Schnitt machen wir neun Standorte, wenn alles gutgeht. Also läuft die Geisterbahn an durchschnittlich 45 Tagen. Macht etwa 250 000 Mark, bestenfalls. Die fixen Kosten auf den Standorten belaufen sich jedesmal auf knapp 9 000 Mark, ergibt schon 81 000 Mark Abzug, bleiben 169 000 übrig. Davon gehen für die Autoversicherung, sonstige Versicherungen, für Diesel, Abschreibung der beiden Tieflader, die noch nicht ganz bezahlt sind, laufende Reparaturkosten, Lohnkosten, Kranken- und Rentenversicherung noch mal 80 000 Mark ab. Bleiben genau 89 000 übrig. Im Winter muß die Geisterbahn untergestellt und überholt werden, also gehen noch mal knapp 15 000 für Lagermiete, Lacke und Teile runter. Bleiben 74 000. Für die Mitfahrenden, die bei uns bleiben und helfen, mußt du 12 000 einkalkulieren. Unsere Wohnung in Renzberg will auch noch bezahlt sein, also müssen wir noch mal 15 000 im Jahr abziehen. Bleiben 47 000 übrig. Davon bezahlen wir dann noch mal Steuern, etwa 8000 Mark. Am Ende behalten wir 39 000 Mark. Das heißt, Papa und ich haben am Ende im Monat knapp 1 625 Mark verdient.«

»Das sind ja nur 600 Mark mehr als ich!«

»Genau, und wir haben das ganze Risiko. Und damit geht es

auch schon weiter, denn in einem Punkt hat der Jeschke recht: Die Geisterbahn muß modernisiert werden, sonst bleiben uns die Fahrgäste weg. Aber wie sollen wir das schaffen?«

Mirja überflog noch einmal die Zahlen und schwieg ratlos. Edek streichelte sein Schnauzbärtchen und überlegte.

»Wir machen es wie bei meine Onkel in Texas, ganz einfach«, sagte er schließlich.

»Wie ganz einfach?«

»Wir machen Überfall auf eine Bank!«

»Ach, Edek, du immer mit deinen verrückten Ideen. Einmal könntest du wenigstens ernst bleiben.« Mirja packte die Zettel wieder in die Tasche, sie war von Edeks Albernheit sichtlich enttäuscht.

»Entschuldigung, war nicht so gemeint.« Edek lief rot im Gesicht an. »Für dich würde ich wirklich Bank ausrauben, weil, weil, äh ...« Er räusperte sich, fuhr sich sicherheitshalber noch mal über sein Schnauzbärtchen und platzte dann heraus: »Weil ich dich liebe!«

»Ich liebe dich doch auch«, sagte Mirja ganz selbstverständlich. »Aber du denkst immer gleich an Schießen und Bankausrauben ...«

Beide schwiegen und schauten sich an.

»Du mußt noch mal mit dein Vater zu Jeschke gehen und sprechen, vielleicht ...«

»Ach, mit Vater!« unterbrach ihn Mirja verärgert. »Mit Vater geht gar nichts mehr. Auf dem Rückweg hat er mich einfach stehenlassen, ist irgendwo in einem Geschäft verschwunden, Schnaps kaufen. Nachher liegt er wieder betrunken im Bett. Manchmal denke ich, er wäre besser zu Hause in Renzberg geblieben.«

Mirjas Augen bekamen einen weichen Schleier.

»Komm her.« Edek nahm ihre Hand, zog sie zu sich auf seinen

Schoß und umarmte sie ganz fest. »Vielleicht passiert ein Wunder mit deine Vater.«

»Ich glaub nicht mehr an Wunder. Seitdem Mama tot ist, nicht mehr.«

»Man weiß nie. Bei uns in Dorf hat ein Mann auch immer getrunken«, erzählte Edek, während Mirja ihren Kopf auf seine Schulter legte. »Hat Schnaps selber gemacht, weißt du. Er hat früh gleich nach Aufstehen getrunken, dann Mittag, dann bis in Nacht. Seine Frau nur am Jammern und in Kirche am Beten. Dann kommt Silvester. Alle in Familie feiern, sind noch Brüder und Frauen und Kinder zu Besuch gekommen. Der Mann trinkt und trinkt. Auf einmal ist er weg. Keiner hat gesehen, wie er ist gegangen. Kommt Mitternacht. Seine Frau steht am Ofen in der Küche und schneidet eine Karpfen mit großes Messer Kopf ab.«

»Kopf abschneiden?« Mirja zog eine angeekelte Grimasse.

»Hier in Deutschland bei Silvester nicht?«

»Nein. Der arme Fisch!«

»Bei uns immer. Also, die Frau schneidet Kopf ab, da hört sie oben, auf Dachboden, Krach, als wenn umfällt die Badewanne.«

»Die Badewanne?«

»Ja, im Dorf haben alle Leute Badewanne auf Dachboden. Freitag wird Badewanne geholt, und alle in Familie baden. Die Frau denkt: Warum fällt Badewanne um? Wer ist da oben? Sie geht in den Flur und horcht. Da oben ist aber ihr betrunkener Mann. Anstatt in die Schlafstube ist er mit seine betrunkene Kopf die Treppe nach oben gestiegen und will in Badewanne schlafen! Aber Badewanne ist zu klein, und Mann paßt nicht rein! Er stellt sie so hin, und so, und so, und nichts ist gut!«

Mirja lehnte sich zurück, ohne Edek loszulassen, und schüttelte ungläubig den Kopf.

»Seine Frau macht Licht an und geht die Treppe rauf. Sie ist aber so aufgeregt, daß sie ganz vergessen hat, langes Messer in Küche zu lassen. Sie ruft: ›Wer da?‹ Der Mann guckt und sieht die Frau mit Messer. Er denkt: Die Frau will mich jetzt totstechen! Lieber Gott, hilf!

Er läuft, und kommt zu eine Leiter, die geht oben auf Dach. Der Mann geht die Leiter rauf. Die Frau ruft: ›Komm sofort zurück!‹

Der Mann kriegt noch mehr Angst. Er geht oben auf Dach. Die Frau denkt: Der Verrückte fällt von Dach, da liegt ein Meter Schnee, und alles ist ganz glatt! Sie geht schnell auf Leiter hoch, winkt mit Messer und ruft: ›Kommst du wohl zurück, du Säufer!‹

Der Mann denkt: Gleich macht sie mich mit Messer tot! Da sieht er den Schornstein! Und was macht der Verrückte? Er springt rein und rutscht bis in Keller in schwarzes Rußloch. Unten, in der guten Stube, schreien alle Leute, denn aus Kachelofen fliegt ganzes Ruß und macht alles schwarz, die Leute, die Tische, die Wände, alles!

Später haben sie den Mann mit Axt und Schaufel aus dem Rußloch geholt. Alle dachten, er ist tot, aber Mann lebte. Seitdem hat er nur noch in Kirche gesessen und dem lieben Gott für sein Leben gedankt. Nichts hat er mehr getrunken, nicht eine kleine Schnaps!«

»Und das ist eine wahre Geschichte?«

»Ja, haben sie sogar in Zeitung geschrieben. Wie stand da noch mal? ›Rutsch durch Schornstein in neue Jahr‹.«

»Du meinst bestimmt: ›Neujahrsrutsch durch den Schornstein‹.«

»Genau. Meine Mutter hat Zeitung aufgehoben, in Fotoalbum geklebt, mit Fotografie von Mann.«

»Deine Mutter? Ins Fotoalbum?«

»Ja, weil die Frau ist meine Mutter, und der Mann ist meine Vater. Sieht auf Fotografie aus wie schwarze Teufel aus Hölle. Alle haben im Dorf gelacht. Aber er sagt, es war ein Wunder von Gott, der ihn retten wollte von verfluchte Schnaps!«

»Schade, daß wir im Wohnwagen keinen Schornstein haben«, meinte Mirja.

»Wird ein anderes Wunder passieren. Man muß immer fest glauben, bestimmt. Und Jeschke kriegt Geisterbahn nicht, dieser Bandit. Mir wird schon was einfallen. Vielleicht gibt mir eine Bank Geld.«

»Du bist lieb«, sagte Mirja, die nach der Geschichte von Edeks Vater ein wenig bessere Laune bekommen hatte. »Aber du hast doch selber einen Haufen Schulden, wer gibt dir schon Geld?«

»Nur noch 12 000 Mark, da kann ich noch mehr Schulden haben, kein Problem.«

»Nein, nein. Von dir würde ich das Geld eh nicht nehmen. Das muß irgendwie anders gehen. Ich muß noch mal mit Jeschke reden. Vielleicht kann man ihm klarmachen, daß die Geisterbahn ein totales Risiko ist, was sich für ihn nicht lohnt. Oder ich muß noch mal mit der Sparkasse in Renzberg reden. Wenn die uns letztes Jahr Geld für 15 Prozent geben wollten, warum nicht auch dieses Jahr? Und wenn es meinetwegen 20 Prozent sind. Irgendwie werden wir das schon schaffen.«

Mirja legte ihren Kopf zurück auf Edeks Schulter. Eine lange Zeit saßen beide so umarmt, als plötzlich der Wagen erbebte und Wilfried hereinkam. Im ersten Augenblick fühlte sich Edek ertappt und wollte Mirja loslassen. Aber Mirja umarmte ihn nur noch fester und blieb auf seinem Schoß sitzen.

Wilfried sagte nichts. Er schaute kurz auf Edek und Mirja, runzelte die Stirn, lächelte, nahm dann etwas aus der Schublade und verließ wieder den Wagen.

»Der ist in Kopf nicht normal«, stellte Edek fest.

»Ja, aber er ist mir lieber als all die anderen, die wir vorher hatten. Die haben uns Geld aus der Kasse geklaut, Schlägereien angezettelt und weiß ich was alles ... Der ist wenigstens ehrlich, arbeitet für drei und hat immer gute Laune.«

»Aber Wilfried schreibt in Tagebuch . . .«, gab Edek nicht auf.

»Hab ich früher auch mal gemacht.«

»Ja, aber er schreibt so komische Sachen.«

»Was für Sachen?«

»Soll ich Tagebuch holen?«

»Nein, nicht. In einem fremden Tagebuch darf man nicht lesen.«

»Ich hab ihn gefragt: ›Warst du schon mal verliebt?‹ – ›Ja‹, sagt er, ›Vater und Mutter hab ich geliebt!‹«

»Und? Ich hab meine Mama auch geliebt, und meinen Vater lieb ich auch. Liebst du deine Eltern nicht?«

»Schon, ja . . ., wie ich Kind war.«

»Und jetzt nicht mehr?«

»Ja, aber anders.«

»Anders oder so, ist doch egal. Liebe kann ganz verschieden sein.«

»Gut, aber jetzt bin ich groß . . .«

»Nein, ganz klein.«

»Nein, ganz gro . . .«

Edek konnte nicht mehr weitersprechen, denn Mirja küßte ihn. So zärtlich und so weich wie vorgestern nacht und auch gestern nacht . . .

»Siehst du, wie klein du bist«, sagte sie nach einer ganz langen Weile. »Noch nicht einmal sprechen kannst du!«

»Nein, noch nicht einmal sprechen kann ich«, wiederholte Edek und wollte Mirja weiterküssen, aber da kam Wilfried wieder zurück.

Mirja stand auf und sammelte ihre Sachen ein. »Ich kümmere mich jetzt um das Essen, und dann sehen wir weiter«, sagte sie. »In einer dreiviertel Stunde könnt ihr kommen.«

»Hast du gesehen«, sagte Edek zu Wilfried, als Mirja gegangen war, »wie man es muß mit Frauen machen?«

»Ich habe es gesehen. Mirja saß auf deinem Schoß. Du liebst Mirja!« sagte Wilfried. Dann erstrahlte sein Gesicht. »Wilfried liebt Mirja auch!«

»Was???«

»Mirja ist ein lieber Mensch.«

»Paß mal auf!« Edek sprang auf. »Nur ich liebe Mirja, du nicht!«

Wilfried blinzelte erstaunt. »Aber Mirja ist immer ganz lieb zu Wilfried. Und Wilfried ist ganz lieb zu Mirja!«

»Okay, Wilfried, ist gut . . .« Edek setzte sich wieder. Es würde ihm eh nicht gelingen, dem Verrückten klarzumachen, was er meinte. »Du liebst Mirja, und ich liebe Mirja . . . Aber nur ich darf Mirja anfassen, du nicht!«

Wilfried betrachtete seine Hände. »Nein, Wilfried darf Mirja nicht anfassen. Wilfried hat ganz schmutzige Hände!«

»Ja, schmutzige Hände! Hast du wieder in Sandkasten gespielt? Mit kleine Eimer und Schaufel?« giftete Edek zurück.

»Nein, ich habe die *taraxacum officinale* ausgegraben.« Wilfried lächelte zufrieden.

»Die *was???*«

»Die *taraxacum officinale*, den Löwenzahn. Der fängt gerade an zu blühen.«

»Und warum hast du Löwenzahn ausgegraben?«

»Weil er unter dem Tieflader stand. Du hättest ihn bestimmt kaputtgefahren. Jetzt wächst er hinter der Geisterbahn, dort kann ihm nichts passieren. Und er steht schön in der Sonne.«

»Der Löwenzahn?«

»Ja, er wird bald blühen, vielleicht schon nächste Woche. Dann können wir uns freuen.«

Eine Weile betrachtete Edek ungläubig Wilfried, wie er voller Freude über den geretteten Löwenzahn nachdachte. Normal war das nicht. Ganz und gar nicht. Der Kerl war offensichtlich mehr als verrückt.

»Äh, Wilfried«, fragte Edek, »woher kennst du so komisches Wort wie *taxum* und so weiter?«

»*Taraxacum officinale!*«

»Egal.«

»Die habe ich bei meinem Papa gelernt. Er war Wissenschaftler. Er hat über Pflanzen geforscht.«

»In Urwald, was? Mit deine Onkel Ludwig?« lachte Edek.

»Woher weißt du das?« staunte Wilfried.

»Hast du mir schon erzählt. Von Onkel Ludwig und Affen und Krokodile. Wie in Zoo, nicht wahr?«

»Nein, im Urwald!« wehrte sich Wilfried.

»Meinetwegen«, sagte Edek. »Zoo, Urwald, Mond, egal . . .«

»Nein, nicht egal!« sagte Wilfried entschieden, beinahe ein wenig erbost.

»Gut, Urwald!« gab ihm Edek endgültig recht. Aber es wurmte ihn schon ziemlich, daß er sich wieder einmal von einem Verrückten hatte sagen lassen, was richtig und was falsch war. Und deshalb fragte er nach einer Weile mehr nebenbei: »Und wenn ich gehe zu Geisterbahn und trete mit meine Fuß auf deine schöne Löwenzahn?«

»Dann ist der Löwenzahn tot, und ich werde ganz traurig sein. Ganz, ganz traurig!« Wilfried war sehr enttäuscht und machte ein Gesicht, als müßte er tatsächlich gleich weinen.

»Okay«, sagte Edek, der jetzt endgültig seine Ruhe haben wollte, »ich paß auf Löwenzahn auf wie Mutter auf Kind . . .«

»Bestimmt?«

»Ehrenwort von Gringo Edek.«

»Das ist schön«, sagte Wilfried und atmete erleichtert auf. »Und jetzt zeige ich dir, wo ich den Löwenzahn eingepflanzt habe, ja?«

»Nein, ich hab keine Lust . . .«

»Schade«, sagte Wilfried. Dann fiel ihm etwas ein. »Vielleicht will Mirja sehen, wo der Löwenzahn wächst? Ich gehe und frage sie!« Er verließ den Wohnwagen.

»Äh, warte!« stürzte ihm Edek hinterher. »Ich komm schon mit! Ich hab doch Lust auf deine Löwenzahn!«

Wilfried nickte erfreut und ging schneller. »Der Löwenzahn läßt noch ein bißchen den Kopf hängen«, meinte er, als sie an der Geisterbahn angekommen waren, »aber bald wird er aufgehen. Schön gelb. So wie die Sonne!«

4

Die untere Plane, die das Gestell schützte und vor allem die Geisterbahn verdunkelte, war ringsherum aufgeschlitzt. Edek hatte es beim Anziehen entdeckt, als er zufällig aus dem Fenster geschaut hatte. Nun standen Mirja, Wilfried und er davor und begutachteten den Schaden.

»Ist mit Messer gemacht, genau wie in München Reifen an Tieflader«, stellte Edek fest. »Das war bestimmt Berthold. Dem hat Jeschke gesagt: ›Geh und mach Plane kaputt.‹ Ich schlag ihm gleich alle Zähne aus dummes Maul!«

»So eine Schweinerei!« Auch Mirja war außer sich.

Wilfried sagte nichts. Er schaute nur ganz ernst.

»Und an Seite ist auch alles kaputt«, verkündete Edek und ging los. Die anderen folgten ihm.

»Hier.« Edek zeigte auf die halb herabhängende Plane. »In Nacht ist Berthold gekommen, er hat ein Springmesser, ich hab Messer oft bei ihm gesehen, und hat alles geschnitten!«

»Oh!« Wilfried ging plötzlich in die Hocke. »Der Löwenzahn ist kaputt!«

»Ja, auch das war Berthold. Draufgetreten auf deine schöne Blume. Wird nicht mehr blühen, Wilfried, aus und vorbei! Jetzt kannst du weinen!«

Wilfried fuhr mit dem Zeigefinger über den abgeknickten Löwenzahn und schüttelte traurig den Kopf.

»Und Papa schläft weiter, kümmert sich um nichts«, sagte Mirja enttäuscht.

»Soll ich gehen wecken?« fragte Edek.

»Ach, das hat keinen Zweck. Los, wir gehen jetzt zum Jeschke. Ich werde mit ihm reden, so geht das nicht weiter!« entschied Mirja.

Edek und sie machten sich auf den Weg. Wilfried blieb. Er grub den Löwenzahn aus und betrachtete die abgeknickte Stelle und die Wurzel. Die Wurzel sah noch ganz gesund aus. Die abgeknickte Stelle hatte keinen Riß. Das war gut. Vielleicht gelang es ihm, den Löwenzahn zu retten. Er hatte früher oft gesehen, wie sein Vater Pflanzen impfte, um sie zu veredeln, und hier war es so ähnlich. Wenn er die abgeknickte Stelle ausrichtete und mit einem Verband befestigte, dann konnte der Löwenzahn die Ernährung der Blüte wieder fortsetzen. Auf jeden Fall mußte jetzt schnell gehandelt werden, denn der Stengel sah im Gegensatz zur Wurzel schon ziemlich ausgetrocknet aus. Wilfried sprang auf und rannte zum Mannschaftswagen. Er öffnete die Tür des Schranks, der ihm gehörte, fand dort aber keinen Verband.

Wilfried schaute sich in dem Wohnwagen aufmerksam um. Das rote Tuch! Es lag auf Edeks Stuhl. Sonst trug er es immer um den Hals, aber heute hatte er es vergessen. Wilfried nahm das Tuch in die Hände. Es war schön weich und hielt bestimmt gut die Feuchtigkeit. Edek würde sicherlich nichts dagegen haben, wenn er das Tuch nahm. Schließlich hatte er sich gestern auch darüber gefreut, daß Wilfried den Löwenzahn gerettet hatte.

Vorsichtig riß Wilfried ein längeres Stück quer von dem roten

Tuch ab und wickelte es um den Löwenzahn. Dann nahm er einen Zahnputzbecher, füllte ihn mit Wasser und stellte den Löwenzahn hinein. Schön sah er jetzt aus. Wie jemand, der verwundet worden war und den Wilfried vor dem Verbluten gerettet hatte.

Beinahe schien es so, als hätte Jeschke Mirja erwartet. Er saß nämlich im Wohnwagen hinter dem Tisch unmittelbar gegenüber der Tür, rauchte eine Zigarre, lächelte scheinheilig und bot den beiden mit einer ausladenden Geste einen Platz an.

Mirja schüttelte den Kopf und blieb stehen. »Die Schweinereien gehen zu weit!« sagte sie wütend.

»Erst einmal einen schönen guten Tag«, sagte Jeschke mit einem zurechtweisenden Ton in der Stimme.

»Den schönen Tag können Sie behalten«, entgegnete Mirja. »Ich meine den zerstochenen Reifen in München und heute nacht die zerschlitzte Plane.«

Jeschke streifte vorsichtig die Asche der Zigarre in dem großen, kristallenen Aschenbecher ab und machte ein verwundertes Gesicht. »Zerstochener Reifen? Zerschlitzte Plane? Wer macht denn so was?«

»Sie!«

»Gott bewahre! Ich weiß nachts wirklich Besseres zu tun, als Reifen zu zerstechen.«

»*Sie* stechen nicht in Reifen. Aber Sie sagen Berthold, er soll Messer nehmen und Reifen kaputtmachen!« stellte Edek fest.

»Berthold? So einer ist das also? Hätte ich nicht gedacht, wirklich. Der sieht so harmlos aus, als könnte er keinem ein Härchen krümmen.«

»Tun Sie doch nicht so unschuldig. Beim Berthold genügt ein kleiner Wink, der wartet doch nur auf so eine Gelegenheit!«

»Das haben wir gleich«, sagte Jeschke. Er griff neben sich auf die Bank, wo das Funktelefon lag, und wählte eine Nummer.

»Jeschke hier. Berthold soll zu mir kommen, sofort«, sagte er knapp, als sich am anderen Ende jemand meldete.

Wenige Augenblicke später kam Berthold.

»Berthold, hast du auf der Geisterbahn die Plane aufgeschlitzt?« fragte Jeschke.

»Ich? Welche Plane?«

»Tu doch nicht so«, sagte Mirja. »In München hast du nachts den Reifen am Tieflader zerstochen und heute die Plane ringsum aufgeschlitzt!«

»Heute nacht hab ich geschlafen, ich weiß nichts von einer Plane. Und was in München war, weiß ich auch nicht. Was wollen die eigentlich von mir, Chef?«

»Tja«, meinte Jeschke, »hier steht, wie man so schön sagt, Aussage gegen Aussage. Aber wir können das Problem ganz schnell lösen. Gibt es irgendwelche Zeugen? Hat jemand Berthold gesehen?«

»Nein«, sagte Mirja, »gesehen hat natürlich keiner was.«

»Na, dann ist ja die ganze Geschichte schon erledigt. Du kannst wieder an die Arbeit gehen, Berthold.«

»Jawohl, Chef«, sagte Berthold, grinste schief und ging.

»Und sonst?« wollte Jeschke wissen. »Wie stehen die Geschäfte? Ich hoffe, es geht voran, denn ich brauche mein Geld, dringend.«

»Ihr Geld werden Sie schon kriegen!«

»Versteht sich von selbst. Die Frage ist nur, wann. Ich kann nicht mehr lange warten, die Geschäfte drängen. Ich schätze ...«

In diesem Augenblick ging die Tür des Wohnwagens auf, und ein Mann mit einer großen ledernen Tasche kam herein. Er wirkte ziemlich gehetzt und stellte die Tasche laut auf den Tisch.

»Tut mir leid, Chef«, sagte er, »aber gestern nacht hat die Tour nicht mehr geklappt. Ich hab den Wagen nicht mehr zum Laufen gekriegt. Die Zündung war kaputt, ich mußte heute früh zur Werkstatt, ausgerechnet am Sonntag, wo alles geschlossen ist.

Diese alte Schrottkarre tut es eh nicht mehr lang, da muß bald was Neues her.« Er öffnete die Tasche und entnahm ihr zwei Geldbomben.

»Eine Weile wird's wohl noch gehen«, stellte Jeschke fest, stand auf und ging in den hinteren Teil des Wohnwagens. Der Mann folgte ihm mit den Geldbomben.

Als die beiden wieder zurückkamen, schrieb Jeschke etwas auf einen Quittungsblock und zeigte es dem Mann.

»Stimmt es so?« fragte Jeschke.

»Stimmt genau, Chef!« sagte der Mann und unterschrieb. »Bis heute abend dann, ich hoffe, es geht nicht wieder schief.«

»Vergiß nicht, die anderen Geschäfte abzukassieren. Dort liegt auch noch jede Menge Geld herum.«

»Wird gemacht, Chef«, sagte der Mann und legte die Geldbomben in die Tasche. Dann ging er eilig.

»Tja, das liebe Geld«, wandte sich Jeschke wieder Mirja zu, »immer gibt es damit Probleme, nicht wahr?« Er zog an der Zigarre und blies den Rauch vor sich hin. Draußen wurde ein Motor gezündet, und Edek sah durch das Fenster, wie ein grauer Transporter losfuhr.

Plötzlich wurden Jeschkes Gesichtszüge hart. »Sag deinem Vater, daß ich das Geld Ende dieses Monats brauche. Endgültig«, meinte er.

»Bis Ende des Monats?« Mirja war von dem Stimmungsumschwung überrascht, obwohl sie eigentlich wußte, daß Jeschkes Freundlichkeiten nur gespielt waren. »Bis Ende des Monats schaffen wir es nicht!«

»Dann müßt ihr eben verkaufen. Ich hab's ja gleich vorgeschlagen.«

»Verkaufen werden wir nicht! Und wegen der zerschlitzten Plane gehen wir zur Polizei.«

»Das ist sehr vernünftig.« Jeschke wurde wieder freundlich und lächelte. »Am besten, ihr erstattet Anzeige gegen Unbekannt. Denn der Berthold war's ja nicht, wie wir gehört haben.« Jeschke drückte die Zigarre aus. »Ich fahre gleich zum Kennedy-Platz. Das Polizeipräsidium liegt auf dem Weg. Wenn ihr mitkommen wollt, bitte schön.«

»Nein, danke. Wir schaffen es auch ohne Sie!« Mirja drehte sich um und verließ mit Edek den Wohnwagen.

»Ich wollte euch nur helfen«, rief ihnen Jeschke hinterher.

Mirja holte draußen erst einmal Luft. »Dieser verdammte Mistkerl«, sagte sie zu Edek.

»Hast du gesehen, wieviel Geld Mann hat mitgenommen? 22 000 Mark stand auf Zettel, Edek hat gesehen. Soviel Geld von eine Abend!«

»Jeschke nimmt schon genug ein, dagegen sind wir kleine Fische.«

»Und auf Riesenrad ist vielleicht noch mal soviel Geld ...«

»Ja und? Was soll's? Unser Geld ist es nicht, wir haben nur ein Geschäft.« Sie verstummte. Jeschke kam aus dem Wohnwagen, lächelte, stieg in seinen weißen Porsche und fuhr los.

»Komm jetzt«, sagte Mirja. »Ich halte es hier nicht mehr aus.«

Sie gingen. Mirja schwieg. Sie war mit einer solchen Wut im Bauch zu Jeschke gegangen, und jetzt war auf einmal alles weg. Sie fühlte sich leer und machtlos. So wie es aussah, würde sich Jeschke nicht mehr länger gedulden. Eine Rettung war nicht in Sicht. Die Banken wollten nichts leihen, die Geschäfte gingen nicht gerade gut. Vater kümmerte sich um gar nichts mehr, außer um seinen Schnaps.

Am Riesenrad blieb Mirja stehen. »Ich glaube, wir müssen verkaufen«, sagte sie. »Wir schaffen es doch nicht.«

»Warum?« Edek erschrak. »Du willst doch noch mit Sparkasse in Renzberg sprechen, und die gibt Geld!«

»Das hat keinen Zweck. Ich hab's ja gestern gehört, daß uns die

Sparkasse kein Geld geben will. Warum soll ich da noch hinfahren?«

»Du mußt probieren! Vielleicht hast du Glück. Vielleicht gibt Sparkasse die Hälfte von Geld, und die andere Hälfte bekomme ich!«

»Vielleicht, vielleicht ...«

»Bestimmt!«

»Ich weiß nicht, Edek. Es ist alles so beschissen ...« Mirja biß sich auf die Unterlippe, und ihre Augen wurden feucht.

»Komm her!« Edek nahm sie in die Arme. »Du mußt erst noch einmal probieren. Bis Pforzheim haben wir noch Pause. Wir fahren beide nach Renzberg und sprechen mit Sparkasse. Und die gibt Geld. Und wenn nicht, dann müssen wir ...« Edek stockte, denn er sah gerade, wie hinter dem Riesenrad der graue Transporter mit Jeschkes Geld losfuhr.

»Was müssen wir?« hakte Mirja nach.

»... müssen wir woanders versuchen«, fuhr Edek fort. »Vielleicht gibt andere Möglichkeit, Geld zu bekommen. Wer weiß ...«

»Wie meinst du das?«

»Einfach so. Meine Onkel in Texas ist auch ganz, äh, ist egal ... Man muß selber probieren, und manchmal geht alles.«

»Ja, dein reicher Onkel«, sagte Mirja verbittert. »Aber hier ist nicht Texas. Und jetzt komm. Wir müssen gleich aufmachen. Es muß ja irgendwie weitergehen ...«

Edek sah das rote Tuch sofort, als er den Wohnwagen betrat. Es lag zerrissen auf dem Tisch, und Wilfried, der auf dem Bett saß, grinste.

Edek nahm mit ungläubigen Blicken den Tuchfetzen in die Hände. »Wilfried, du Idiot! Du großes Idiot! Was hast du bloß gemacht?«

»Ich habe den Löwenzahn gerettet, den Berthold kaputtgemacht hat!« sagte Wilfried stolz und zeigte auf den Zahnputzbecher, in dem der Löwenzahn stand.

»Ich spreche nicht von dein blödes Löwenzahn! Was hast du mit Tuch gemacht?«

»Zerrissen.«

»Das seh ich selber! Glaubst du, ich bin blind?«

»Nein, du hast das Tuch gleich gesehen, wie du hier reingekommen bist«, bestätigte Wilfried freundlich.

»Mann, o Mann, o Mann!« Edek war außer sich, er wußte gar nicht, was er sagen sollte.

»Wenn du traurig bist«, meinte Wilfried nach einer Weile ziemlich verunsichert und fingerte aus seiner Hosentasche ein paar Geldscheine heraus, »dann nimm das Geld. Du kannst dir dafür ein noch viel schöneres Tuch kaufen!«

»Ich will kein schöneres Tuch kaufen! Das war bestes Tuch von mir! Hab ich in Texas bei meine Onkel bekommen. Das ist ein echtes Cowboytuch, kriegt auf Ranch nur, wer ein guter Cowboy ist, und ich war bester Cowboy auf wildeste Pferd weit und breit!«

»Aber jetzt bist du kein Cowboy mehr, und ein Pferd hast du auch nicht mehr.«

»Das ist egal!!!« schrie Edek los. »Ein Cowboy bleibt immer ein Cowboy, egal, ob er hat Pferd oder nicht! Mit diese Tuch wollte ich meine erste Rallye gewinnen! Wie auf Ranch von meine Onkel das erste Reiten auf wildestes Pferd weit und breit!«

»Aber . . .«

»Das muß jetzt Schluß sein!« Edek warf das Tuch auf den Tisch zurück, ging zu seinem Schrank, riß ihn auf, daß die Tür gegen die Wand krachte, und holte den Revolver.

»Weißt du was, Wilfried?« Edek war ganz rot geworden. »In Texas schießt man so großes Idiot wie du in der Bar tot!«

Er entsicherte die Waffe und richtete sie auf Wilfried.

Wilfried blinzelte den Revolver eine Weile erstaunt an. Dann legte sich ein sanftes Lächeln auf sein Gesicht. »Peng!« sagte er.

»Was ›peng‹?« fragte Edek erstaunt zurück.

»Wenn du ›peng‹ sagst, fällt Wilfried tot um. Früher hat Wilfried immer mit Onkel Ludwig Indianer gespielt. Weil mit Mama und Papa durfte ich das nicht, die wollten nicht, daß ich mit Gewehren spiele. Aber mit Onkel Ludwig durfte ich. Wenn ich ›peng‹ oder ›peng-peng‹ machte, fiel Onkel Ludwig immer tot um. Und ich mußte ihn dann kitzeln, damit er wieder aufstand. Und dann hat er bei mir ›peng-peng‹ gemacht!« Wilfried war in eine solche Erzähllaune geraten, daß er gar nicht merkte, wie Edek am ganzen Körper zitterte.

»Ich mach keine Spiel«, zischte Edek, als Wilfried voller Freude an die Erinnerung ein glucksendes Lachen von sich gab. »Wenn gleich Kugel aus Revolver kommt, ist Wilfried wirklich tot!«

»Nein, nicht wirklich.«

»So sicher wie Amen in Kirche!«

»Nein«, sagte Wilfried, »du schießt nicht wirklich. Du machst nur ›peng‹. Und gleich danach kitzelst du mich!«

Edek legte den Zeigefinger auf den Abzug. Verdammt, was sollte er nur tun? Wenn er jetzt abzog, gab es nur einen lauten Platzpatronenknall und sonst nichts. Aber Gnade wollte er diesem Verrückten auf keinen Fall zukommen lassen! Mindestens zu Tode sollte er sich erschrecken! Dieses Tuch war unersetzlich. Ohne das Tuch fühlte sich Edek wie ein halber Edek. Warum nur hatte er ausgerechnet heute vergessen, es umzubinden? Alles nur wegen der zerschlitzten Plane. Alles nur wegen Jeschke ...

Wilfried lächelte erwartungsvoll.

Da plötzlich sah Edek aus dem Fenster Mirja. Sie rannte, als sei etwas Schlimmes passiert.

»Peng!« rief Edek schnell.

Wilfried schloß die Augen und ließ sich seitwärts auf das Bett fallen.

In diesem Moment flog die Tür auf. »Komm schnell, Edek«, rief Mirja. »Mit Vater stimmt etwas nicht. Er wacht nicht mehr auf. Wir müssen einen Notarzt rufen!«

5

Der Arzt packte das Blutdruckmeßgerät wieder zusammen und machte ein ernstes Gesicht.

»Es steht nicht gut um Ihren Vater«, sagte er zu Mirja. »Er hat eine hochgradige Alkoholvergiftung. Der Puls geht nur noch flach, die Lage ist insgesamt sehr instabil. Er muß sofort ins Krankenhaus.« Er winkte die Sanitäter herbei, die den leblosen Körper vorsichtig auf die Bahre legten. »Wann hat er denn zum letzten Mal getrunken, und was?«

»Gestern abend oder heute vormittag. Ich habe das gar nicht so mitbekommen. Hier, diese Flasche lag neben dem Bett.«

Der Arzt las das Etikett.

»Vierzigprozentiger Alkohol, und davon einen dreiviertel Liter. Ist Ihr Vater alkoholabhängig? Trinkt er täglich größere Mengen?«

Mirja nickte.

»Wir sollten keine Zeit mehr verlieren. Sie können mit uns fahren«, schlug der Arzt vor.

Mirja warf Edek einen ratlosen Blick zu.

»Fahr mit Vater«, sagte Edek, »und mach dir keine Sorgen. Ich mache Kasse, und Wilfried macht vorne Wagen.«

Die Sanitäter drängten sich mit der Bahre durch die schmale Tür des Wohnwagens und schoben sie in den Krankenwagen.

Mirja folgte dem Arzt, der neben der Bahre Platz nahm und ihrem Vater eine Sauerstoffmaske auf das Gesicht legte. Die Sanitäter schlugen die Türen zu und eilten in die Fahrerkabine. Einen Augenblick später fuhr der Wagen mit heulender Sirene über den Kirmesplatz.

Edek schaute ihm nach. Das hatte gerade noch gefehlt. Mirjas Vater im Krankenhaus. Was für ein schlimmer Tag! Erst die zerschnittene Plane, dann das Gespräch bei Jeschke, dann der verrückte Wilfried und das zerrissene rote Tuch. Es ging heute aber auch alles daneben.

Edek ließ die Arme hängen. Es war alles so schnell gegangen. Er hatte Mirja noch nicht einmal einen aufmunternden Blick zuwerfen können. Und wenn mit ihrem Vater etwas schiefging? Wenn er nicht wieder zu sich kam? Edek kramte in seiner Erinnerung, ob er schon mal von einem ähnlichen Fall gehört hatte. Hatte er nicht. Aber hieß es nicht, man könne sich zu Tode trinken? Andererseits ging das bestimmt nicht so schnell. Man würde Mirjas Vater bestimmt im Krankenhaus helfen. Es blieb ihm am Ende nichts anderes übrig, als zu warten und zu hoffen. So schwer es auch fiel.

Edek warf einen Blick auf die Uhr. Es war zehn vor zwei, gleich mußte das Geschäft geöffnet werden. »Komm, wir machen Geisterbahn auf«, sagte er zu Wilfried, der schon die ganze Zeit schweigend neben ihm stand. »Du arbeitest heute nicht bei ›Toter Mann‹. Ich mache Kasse, und du arbeitest bei die Wagen.«

Wilfried stand da, als habe er Edek nicht gehört, und rührte sich nicht.

»Was ist los, Wilfried?«

»Das ist sehr traurig, wenn ein Papa ins Krankenhaus kommt. Dann ist man ganz allein«, sagte Wilfried.

»Ja, das ist traurig. Aber was sollen wir machen? Geschäft muß laufen. Gleich ist zwei Uhr. Jetzt komm . . .«

Wilfried fuhr sich mit dem Handrücken über die Nase und schniefte.

Edek schaute verwundert nach oben. Über Wilfrieds Gesicht liefen tatsächlich Tränen.

»Äh, Wilfried«, sagte Edek, der plötzlich auch einen Kloß im Hals verspürte, »ein großes Junge wie du weint nicht.«

»Doch«, sagte Wilfried.

»Also gut, aber jetzt komm. Ist schon eine Minute nach zwei. Und putz dir Gesicht. Was sollen Leute denken? Daß Edek dich verhauen hat?«

»Nein, daß Wilfried traurig ist, weil Mirjas Vater im Krankenhaus liegt.«

»Er kommt doch wieder raus. Und dann ist alles gut.«

»Ganz bestimmt? Großes Ehrenwort von Gringo Edek?«

»Großes Ehrenwort!« Edek hob die Hand zum Schwur und lächelte, obwohl ihm gar nicht danach war.

Wilfried trocknete sich mit dem Ärmel die Tränen vom Gesicht und atmete erleichtert auf.

»So ist gut!« Edek klopfte Wilfried auf die Schulter. »Und jetzt machen wir Geisterbahn auf. Du machst vorne die Wagen. Und immer schön für Leute lächeln, klar?!«

»Immer lächeln, klar«, sagte Wilfried, verzog seine Mundwinkel grimassenhaft von einem Ohr zum anderen und stakste Richtung Geisterbahn los.

Es war schon spät in der Nacht, als Mirja zurückkam. Sie sah blaß aus und hatte dunkle Ringe unter den Augen.

»Und?« fragte Edek, der schon die ganze Zeit im Wohnwagen unruhig auf sie gewartet hatte. »Was ist mit deine Vater passiert?«

»Er liegt auf der Intensivstation.«

»Und was sagt Doktor?«

Mirja zuckte mit der Schulter. »Als ich ging, war Papa immer noch nicht bei Bewußtsein. Aber der Arzt meinte, er wäre außer Lebensgefahr und er würde wieder zu sich kommen, wenn man ihm den ganzen Alkohol aus dem Blut gewaschen hat.«

»Dann ist alles gut!« atmete Edek auf.

»Gut?« Mirja verschränkte die Arme. Sie fror. »Nichts ist gut. Als ich den Arzt gefragt habe, wann er denn wieder nach Hause könnte, sagte er, das würde schon noch ein paar Wochen dauern. Sie müßten seine Leber erst einmal total entgiften. So schnell ginge das nicht. Ausgerechnet jetzt mußte das passieren, als ob wir nicht schon Sorgen genug hätten.«

»Hab ich heute auch gedacht«, meinte Edek, »aber im Grunde ist alles kein Problem. Ich mache Kasse, und Wilfried macht vorne Wagen. Und du kannst immer zu deine Vater in Krankenhaus fahren. Bis ihm wieder geht besser.«

Mirja lächelte schwach. »Ich weiß. Ohne euch wäre jetzt alles vorbei. Aber wie ich heute an Papas Bett gesessen hab und die vielen Schläuche und Apparate gesehen hab, da dachte ich, das ist wie damals bei Mama. Die sah auch so aus, so blaß, so müde. Und kurz danach, da ist sie gestorben. Und . . .«

»Nein, nicht . . .«, Edek setzte sich zu ihr und nahm sie in den Arm, »deine Papa wird nicht sterben. Deine Papa wird lange in Krankenhaus bleiben. Dort gibt es kein Schnaps, nichts, nur Tee, immer nur Tee. Ich war auch mal in Krankenhaus. Hier« – Edek zeigte auf seinen Bauch – »der blinde Darm war kaputt . . .«

». . . der Blinddarm«, verbesserte ihn Mirja.

»Richtig, Blinddarm. Dann haben sie mir Bauch aufgeschnitten und Blinddarm rausgenommen. Und dann zwei Tage gar nichts zu trinken gegeben. Und dann immer nur Tee, morgens, mittags, abends. Und nach eine Woche bin ich einfach von Krankenhaus weggelaufen. In Schlafanzug! Gegenüber von Krankenhaus war ein Geschäft mit Limonade. Ich hab mir zwei Flaschen gekauft und alle beide sofort ausgetrunken. Als ich wieder zurück in Krankenhaus war, hat Schwester gesagt: ›Edek, du bist böses Kind! Du ziehst jetzt den Schlafanzug aus und bleibst zwei Tage nackt in Bett liegen!‹«

»Sie hat dir einfach den Schlafanzug weggenommen?«

»Weggenommen und versteckt! Und wenn ich auf Toilette mußte, dann bin ich nackt über Korridor gelaufen und die Leute haben gelacht!«

»Wie alt warst du denn da?«

»Neun.«

»Da wäre ich gern dabei gewesen. Klein Edek läuft nackt aufs Klo ...«, lächelte Mirja.

»Ist nicht lustig«, meinte Edek.

»Warum?«

»Weil nackt ist nicht lustig!«

»Ich bin als Kind im Sommer immer nackt rumgelaufen. Hinter dem Wohnwagen hat mir mein Papa ein kleines, aufblasbares Wasserbecken hingestellt, da hab ich den ganzen Tag drin geplanscht.«

»Ist was anderes als nackt in Krankenhaus, wo alle Leute lachen«, meinte Edek.

»Ja, da hast du recht. Im Krankenhaus ist es etwas anderes.« Mirja wurde wieder stiller und drückte sich fest an Edek.

»Morgen früh fahr ich gleich wieder hin«, sagte sie nach einer Weile.

»Kein Problem«, meinte Edek. »Morgen ist Montag, werden nicht viele Leute kommen, wird nicht viel Arbeit sein.«

»Da täusch dich mal nicht. Wenn eine Stadt die Kirmes bis Montag freigibt, ist oft noch der Teufel los!«

»Egal, dann gibt mehr Geld in Kasse, besser für uns. Ich nehme Telefon mit in Kasse, und du rufst von Krankenhaus an, wie es deine Vater geht. Sonst muß ich bis in Nacht warten ...«

»Klar, mach ich.«

»Und es wird alles wieder gut.«

»Sicher«, sagte Mirja, aber es klang nicht sehr überzeugt.

»Du glaubst nicht?«

»Doch. Aber es kommt irgendwie alles auf einmal. Der Jeschke, Papa... Heute hab ich die ganze Zeit auf der Intensivstation gedacht, daß das alles hier keinen Zweck mehr hat. Meine Mama ist schon tot, mein Papa ist gerade dabei, sich zu Tode zu trinken. Besser, ich suche mir etwas anderes. Ich kann vielleicht irgendwo in einem Laden arbeiten. Richtig gelernt hab ich ja nichts, ich hab noch nicht einmal einen Hauptschulabschluß...«

»Nein, Mirja. Das mit Jeschke ist jetzt nicht wichtig. Kommt Zeit, kommt Rat. Du kannst Edek glauben.«

»Möcht ich schon gern, aber...«

»Nichts aber!« Edek gab Mirja einen Kuß. »Und jetzt ist spät. Wir gehen schlafen, und morgen ist neuer Tag, sieht gleich alles ganz anders aus!«

»Ja, du hast recht. Ich bin auch total müde. Schon im Bus sind mir die Augen zugefallen...«

Edek küßte Mirja noch einmal und stand dann auf.

»Also bis morgen«, sagte er.

»Bis morgen, schlaf gut.«

»Du auch.«

»Liebst du mich?«

»Ja.«

»Viel?«

»Ganz viel.«

Mirja lächelte traurig.

»Soll ich noch bleiben?« fragte Edek.

»Ja, bleib. Bleib die ganze Nacht. Ich will hier nicht allein schlafen.«

»Äh...«, räusperte sich Edek. »Okay, ich hole nur Schlafanzug!«

»Gut, aber beeil dich!«

Wenige Augenblicke später war Edek schon wieder zurück.

»Ich bin schon im Bett, komm schnell, mir ist so kalt!« rief Mirja hinten aus dem Schlafabteil des Wohnwagens.

Edek schloß die Tür ab und ging zu Mirja. Sie hatte sich bis zum Kinn zugedeckt und zitterte.

»Mach schnell, ich erfriere!«

»Klar ...«

Edek löschte das Licht, legte die Jacke ab, knöpfte sein Hemd auf und zog es aus. Dann die Stiefel, die Hose und die Socken. Irgendwie war es hier plötzlich heiß im Wohnwagen. So als liefe noch die Heizung. Aber sie lief nicht. Auf einem Bein hüpfend, stieg Edek mit dem anderen in die Schlafanzughose hinein. Er schaffte es aber nicht. Ein Hosenbein des verdammten Schlafanzugs war auf unerklärliche Weise in das andere verkeilt, es ging nicht!

»Edek?«

»Ja?«

»Laß alles weg und komm einfach so. So wird es viel schöner.«

Edek blieb auf einem Bein wie eine Statue stehen.

»Du meinst, ich soll ...«

»Ja.« Mirja zog unter der Decke ihre Sachen aus und warf sie auf den Boden. »Du bist so nackt wie damals im Krankenhaus und ich wie im Planschbecken. Komm jetzt schnell!«

»Äh, genau, wie in Planschbecken ...«

Edek warf die mittlerweile hoffnungslos verknotete Schlafanzughose hinter sich, zog sich ganz aus und stieg unter die Bettdecke.

»Komm näher ...«

Edek rückte vorsichtig näher an Mirja heran.

»Noch näher!«

Edek schob sich noch näher heran, bis er ihre Haut spürte. Sie war so unglaublich weich, daß es ihm beinahe den Atem verschlug.

»Du bist ja ganz heiß!«

»Ich bin immer so heiß wie Ofen in warme Stube«, meinte Edek.

»Das ist schön!«

»Das ist wie bei Engel in Himmel!« Edek umfaßte Mirja und zog sie so fest an sich heran, bis sie sich ganz in ihm verkuschelt hatte.

»Wie im Sommer in der warmen Sonne«, flüsterte Mirja.

»Mhm.«

Edek schloß die Augen und atmete nur ganz vorsichtig.

»Weißt du was, Edek?« fragte Mirja nach einer Weile.

»Nein.«

»Vielleicht schaffen wir es doch.«

»Klar, hab ich schon immer gesagt.«

»Wenn es Vater wieder bessergeht, fahr ich noch mal nach Renzberg und rede mit der Sparkasse.«

»Wenn der Mensch will, kommt Glück von allein.«

»So wie jetzt?«

»So wie jetzt.«

Mirja drehte sich um und gab Edek einen Kuß.

»Schlaf gut«, sagte sie.

»Ich hab schon Augen zu«, sagte Edek. »Und ich schlafe.«

Aber das war nur so gesagt, denn einschlafen konnte er nicht. Ganz im Gegenteil: Er war plötzlich hellwach und hatte das Gefühl, er könnte losfliegen und für Mirja die Welt aus den Angeln heben. Er würde schon dafür sorgen, daß sie wieder glücklich wurde. Und wenn er dem Jeschke den Revolver an den Kopf hielt und ihn zwang, das ganze Geld herauszurücken, all die Tausender, die er mit seinen krummen Geschäften verdiente, dieser Bandit! Und überhaupt – sollte er sich noch ein einziges Mal an der Geisterbahn vergreifen oder Mirjas Vater mit den Schulden erpressen, dann würde ihn Edek endgültig zerquetschen. Wie eine Wanze. Und dann würde Mirja erkennen, wie sehr er sie liebte. Und daß er der Größte war. Er, der kleine große Gringo Edek.

Der größte Gringo

1

Edek stellte die Kasse auf den Wohnwagentisch und legte das Funktelefon zurück auf die Ladestation. Dann schaute er im Kühlschrank nach und in den Schränken. Außer einem kleinen Stück Brot, einem fast leeren Glas Marmelade und zwei Tüten Suppe fand er nichts. Sein Magen knurrte. Mirja hatte gestern recht gehabt. Trotz des Montags war noch so viel Publikum zur Kirmes gekommen, daß Edek und Wilfried pausenlos beschäftigt waren und keiner von beiden auch nur für eine Minute seinen Platz verlassen konnte.

Edek warf einen Blick auf die Uhr. Es war Viertel nach zehn. Um halb acht hatte Mirja angerufen und gesagt, ihr Vater sei jetzt nicht mehr auf der Intensivstation, es gehe ihm aber immer noch sehr schlecht. Sie wolle jedenfalls erst mit dem letzten Bus fahren, und Edek solle nicht auf sie warten. »Doch, ich warte, da wo gestern«, hatte Edek gesagt, und Mirja hatte ihm darauf mit ganz weicher Stimme geantwortet: »Gestern war sehr schön!«

Edek nahm aus der Kasse einen Hundertmarkschein, versteckte die Kasse dann an der üblichen Stelle im Schlafabteil, schloß den Wohnwagen ab und ging zum Mannschaftswagen. Nach der gestrigen Nacht kam es ihm vor, als schwebe er auf Wolken. Den ganzen Tag über hatte er Mirjas Wärme und ihre Haut gespürt, es war ihm, als liege sie immer noch ganz nah bei ihm und als träume er nur von all der Hektik auf der Geisterbahn. Jetzt, wo auf der Kirmes die lärmende Musik verstummt war und die Lichter nach und nach erloschen, erfaßte ihn dieses Gefühl erneut und ganz heftig, und er empfand die Regentropfen, die plötzlich auf sein Gesicht fielen, wie kleine, erregende Stiche, die ihm beinahe Zauberkräfte verliehen.

Edek sprang die beiden Stufen zum Mannschaftswagen auf einmal hoch und riß mit Schwung die Tür auf.

»Los, Wilfried! Wir gehen heute essen wie Könige in Märchen!« Er streckte Wilfried den Hundertmarkschein entgegen. »Eine Pizza für Wilfried, eine für Edek, dazu Faß Bier und Faß Wein! Und dann ganze Nacht . . .«

Edek verstummte. Wilfried hörte ihm gar nicht zu. Er saß auf dem Bett und hielt das Tagebuch auf den Knien. Seine Stirn war gekräuselt, und sein Blick ging irgendwo durch die Wohnwagenwände in die Ferne.

»Was ist, Wilfried? Willst du heute Tagebuch essen? Schmeckt garantiert nicht gut! Nur Papier und Blech!«

Wilfried kam langsam zu sich und schaute Edek an, als käme er von einem anderen Stern.

»Pizza essen!« wiederholte Edek und wedelte Wilfried mit dem Geldschein vor der Nase.

»Ich suche einen Reim für ›Urwald‹«, sagte Wilfried ernst.

»Ein was?«

»Einen Reim. Zum Beispiel ›Urwald – alt‹, aber ›alt‹ paßt nicht.«

»Schreib einfach ›kalt‹«, schlug Edek vor.

»Nein. ›Kalt‹ paßt auch nicht. Außerdem ist es im Urwald immer warm.«

»Egal, dann ›knallt‹ oder ›malt‹ . . . Wilfried, jetzt komm Pizza essen. Du kannst morgen noch schreiben über dein blödes Urwald!«

»Nein. Jetzt. ›Urwald... Urwald... Urwald...‹« Wilfried steckte den Kugelschreiber in den Mund.

»›Bald‹«, fiel Edek nach einigem Nachdenken ein.

Wilfrieds Miene erhellte sich. »›Bald‹ ist gut! Das ist sehr gut!« Er nahm den Kugelschreiber aus dem Mund und schrieb etwas in das Tagebuch. Edek schaute ihm über die Schulter. Die erste Zeile konnte er lesen, aber die zweite nicht. Alle Buchstaben waren verkehrt herum.

»Äh, Wilfried, warum schreibst du so komisch?« fragte Edek. »Ist nicht normal, kann niemand lesen...«

»Wilfried kann es lesen, Wilfried schreibt immer so«, sagte Wilfried.

»Und warum?«

»Weil es so viel schöner aussieht!«

Edek rollte die Augen. »Und? Was hast du geschrieben?« wollte er wissen.

»*Sonntag*«, las Wilfried, ohne zu stocken. »*In zwei Wochen, o wie bald, gibt's Geld für Flug zum Urewald!*«

»Für was?«

»Urewald. So klingt es besser.«

»Du mit deine Urewald!« regte sich Edek auf. »Du bist in Kopf krank, Wilfried!«

Wilfried faßte sich besorgt an die Stirn.

»Ich habe aber kein Fieber«, stellte er fest. »Und ich will zu Onkel Ludwig!«

»Ist okay! Kein Fieber, Kopf ganz gesund, und in zwei Wochen bist du in Urwald bei deine Onkel Ludwig«, gab Edek nach. Er hatte jetzt überhaupt keine Lust, sich mit irgendwelchen verrückten Diskussionen die gute Laune zu verderben. Außerdem machte die Pizzeria, die er vorgestern ein paar Querstraßen von der Kirmes entfernt entdeckt hatte, womöglich noch zu, wenn sie nicht bald gingen.

»Jetzt komm endlich!« Edek steckte den Geldschein in die Hosentasche und verließ den Wohnwagen.

Der Regen war heftiger geworden, schon bildeten sich auf dem von den schweren Wagen zerfahrenen Gelände der Kirmes die ersten Pfützen. Edek stellte den Kragen der Lederjacke hoch und ging schnell los. Wilfried stakste hinterher, wie üblich seltsam seine Schritte abbremsend, um Edek nicht umzurennen.

Immer heftiger prasselten die Regentropfen vom Himmel. Der Regen war frühlingshaft warm. An einem Sonntagnachmittag, auf einer grünen Blumenwiese in der Nähe eines blauen Sees, da würde Edek eines Tages Hand in Hand mit Mirja im Regen spazieren gehen. Sie würden bis auf die Haut naß werden, und dann würde es egal sein: Nackt würden sie in den kristallklaren See springen und weit hinausschwimmen, bis zu der einsamen, wunderschönen Insel, die ...

Scheinwerferlichter flammten vor Edek auf und rissen ihn aus seinen Träumen. Der Wagen fuhr ziemlich schnell zwischen den Geschäften und Wohnwagen durch die Pfützen, und Edek gelang es in letzter Sekunde, zur Seite zu springen. Auch Wilfried hätte es um Haaresbreite erwischt.

Edek schaute dem Wagen wütend nach. Es war Jeschkes Transporter gewesen. Mit all dem vielen Geld. Jetzt konnte man seine Bremslichter an der Achterbahn aufleuchten sehen. Dort lagen sicher noch ein paar tausend Mark abholbereit. Edek ballte die Fäuste und setzte sich wieder in Bewegung. Eines Tages würde er es dem Banditen von Jeschke schon noch zurückzahlen. Wagte er es noch einmal, Mirja anzumachen, dann war es soweit. Einem Banditen in der Bar an der mexikanischen Grenze ein Bierglas aus der Hand zu schießen oder einem Jeschke die freche Visage zu polieren, das war ein und dasselbe und beides kein Problem. Zumindest nicht für ihn, für Gringo Edek.

Der Regen kam nun, als schüttete jemand Kübel aus dem dunklen Himmel aus. Edek und Wilfried überquerten im Laufschritt die Straße, die um den Kirmesplatz herumführte, und liefen dann eilig an den Häuserblocks entlang. In der dritten Querstraße rechts konnte man am Ende das hell erleuchtete Reklameschild der Pizzeria sehen. Edek legte noch einen Schritt zu. Das mit dem Regen ging entschieden zu weit. Er hätte ja auch an einen Regenschirm denken können, aber welcher Gringo dachte schon an Regenschirme, nur weil ein paar Regentropfen vom Himmel fielen?

Plötzlich hörte Edek hinter sich einen Motor aufheulen. Ehe er reagieren konnte, raste der Wagen an ihm und Wilfried vorbei und spritzte sie naß.

Edek blieb stehen. Es war schon wieder Jeschkes Transporter gewesen.

»Scheiß Jeschke!« fluchte Edek laut.

»Naß ...«, sagte Wilfried, erstaunt seine Hosenbeine betrachtend.

Der Transporter fuhr mit heulendem Motor weiter, als wolle der Fahrer nicht in den nächsten Gang hochschalten. Dann mit einem Male flammten Bremslichter auf, und der Transporter blieb am Straßenrand stehen. Die Lichter erloschen, der Motor verstummte, beide Türen gingen auf, und der Fahrer und sein Beifahrer – Edek hätte schwören können, daß es der Berthold mit seinem künstlich blonden Haar war – verließen den Wagen. Sie liefen die Straße ein Stückchen hinauf und ... verschwanden in der Pizzeria.

»Jetzt ist genug!« entschied Edek. »Hast du gesehen, Wilfried? Bestimmt hat Berthold zu Fahrer von Transporter gesagt: ›Mach Edek und Wilfried naß, das ist lustig!‹ Jetzt gibt's eine auf dummes Maul von Berthold!«

»Berthold muß sich entschuldigen«, stellte Wilfried fest.

»Nichts entschuldigen! Berthold wird gleich in Pizzateig seine Zähne suchen. Los, komm mit!«

Edek zog den Reißverschluß seiner Lederjacke mit einem Ruck bis nach oben und ging entschlossen los.

»Besser ist aber, wenn sich Berthold entschuldigt«, blieb Wilfried bei seiner Meinung.

»Halt deine Mund!« fauchte ihn Edek wütend an. »Erst ich schlage dem Bandit alle Zähne aus Maul, und dann kann er sich entschuldigen!«

Wilfried sagte noch etwas, aber Edek hörte ihm nicht mehr zu.

Der Transporter und die Leuchtreklame der Pizzeria kamen immer näher.

Und wenn jetzt gleich ein Kampf auf Leben und Tod entbrannte, Edek war es egal. Lange genug hatte ihn Berthold provoziert, jetzt endlich war eine Lektion fällig. Ohne Umschweife würde er in das Lokal stürmen, geradewegs auf Berthold zugehen und ihm ohne Vorwarnung die Faust ins Gesicht rammen. Knochenhart, nach Gringo-Art, kurz, aber wirkungsvoll. Und dann, wenn Berthold vom Hocker geflogen war, dann würde sich Edek einmal kurz die Faust an der Jacke reiben, als müsse er sie saubermachen, sich gelassen umdrehen und...

Edek blieb so abrupt stehen, daß Wilfried beinahe über ihn gestolpert wäre. Die Beifahrertür des Transporters, sie war nicht richtig zu!

Edek hielt den Atem an und warf einen raschen Blick um sich. Außer ein paar Autos auf der Straße war niemand zu sehen. Er faßte den Türgriff und drückte ihn. Die Tür sprang mit einem leisen Knarren auf.

»Was machst du?« fragte Wilfried erstaunt.

»Sei ruhig«, sagte Edek, »Edek muß denken!«

Der Fahrer und Berthold hatten vor höchstens einer Minute den Transporter verlassen. Ohne die Geldtasche. Die hatten sie auf keinen Fall dabei gehabt, das hätte Edek ganz bestimmt gesehen.

Es war kaum zu fassen, aber wahr: Der Transporter stand mit all dem Geld vom Jeschke abfahrbereit da. Einfach so.

Jetzt oder nie!

Edek riß die Tür auf, sprang auf den Beifahrersitz und rutschte schnell hinter das Steuer durch.

»Los, Wilfried, steig ein!«

Wilfried machte große Augen.

»Mann, beeil dich! Jetzt machen wir Jeschke ein Spaß!«

»Was für einen Spaß?«

»Wir ... wir verstecken seine Auto!«

Wilfried zögerte.

»Dann bleib hier allein!«

Edek riß die Zündkabel unterhalb des Lenkrads aus der Halterung und schloß sie kurz. Das hatte er auf dem Schrottplatz so oft gemacht, daß er es fast im Schlaf konnte. Der noch warme Motor sprang sofort an. Jetzt mußte nur noch die Lenkradsperre überwunden werden. Auch das war für Edek kein Problem. Die meisten Schrottautos wurden ohne Zündschlüssel abgeliefert, und meistens genügten zwei, drei kräftige Stöße, dann war die Sicherheitssperre durchbrochen. Edek stemmte sich gegen das Lenkrad und riß es mit aller Gewalt herum. Ein trockener Knall war zu hören, dann war die Lenkung frei.

»Mach Tür zu, Wilfried! Ich fahr jetzt!«

»Nein, Wilfried will nicht allein bleiben. Wilfried kommt mit!« Wilfried hievte sich auf den Beifahrersitz und warf die Tür zu. Im gleichen Augenblick legte Edek den Rückwärtsgang ein, ließ die Kupplung kommen und drückte das Gaspedal. Er fuhr ein ganzes Stück zurück, schaltete dann die Scheinwerfer an, rammte den ersten Gang ins Getriebe, wendete und gab Gas.

2

Die Scheibenwischer schaufelten die dicken Regentropfen von der Scheibe weg, die gegen sie platschten. Edek schaltete in den vierten Gang hoch, dann in den fünften.

So alt und kaputt, wie der Fahrer letztens den Transporter beim Jeschke dargestellt hatte, war er gar nicht. Der Motor zog kraftvoll an, und nichts klapperte. Nur hinten, im Laderaum, da rumpste ständig etwas gegen die Blechwände in den Kurven. Die große lederne Tasche mit den Geldbomben. Wieviel Geld mochte darin sein? 20 000 Mark, 30 000?

Edek schüttelte den Kopf. Immer wieder. Es war nicht zu fassen. Vergaß der Berthold einfach, die Tür zu schließen. Ließ den Transporter mit all dem Geld offen herumstehen. Bediene sich, wer will, bitte schön! Na, die beiden würden sich wundern. Nur zu gerne würde Edek ihre dummen Gesichter sehen, wenn sie aus der Pizzeria kamen. Und dann erst einmal das wütende Gesicht vom Jeschke. Transporter weg, Geld weg! So wie es heute auf der Kirmes zugegangen war, würde bestimmt noch viel mehr in den Geldbomben sein. 40 000 Mark, vielleicht sogar 50 000!

Edek schaltete in den vierten Gang herunter, dann in den dritten und fuhr an der Ampel links. Auf der Fahrt nach Augsburg war er mit dem Tieflader ein Stück an der Wertach entlanggefahren. An ihrem Ufer gab es genug stille Plätzchen, wo er sich in Ruhe an die Geldbomben machen konnte. Und wenn er sie geknackt hatte, konnte er gleich die Spuren restlos beseitigen. Er würde einfach alles in den Fluß werfen. Den Transporter würde er in irgendeiner kleinen Straße abstellen. Bis ihn die Polizei gefunden hatte, war er schon längst auf der Kirmes in Pforzheim.

Edek hatte schon die ganzen letzten Tage gespürt, daß so etwas passieren würde. Wer an das Glück glaubte, zu dem kam es auch. Und einmal im Leben mußte der Mensch ja Glück haben. Mirja würde staunen. Natürlich würde er ihr nichts davon erzählen, daß er den Transporter vom Jeschke ausgeraubt hatte. »Ausgeraubt« war überhaupt das falsche Wort. Im Vergleich dazu, wie Jeschke Mirjas Vater ausgenutzt hatte und ihn nun mit allen Mitteln fertigzumachen versuchte, war Edeks kleiner Raub geradezu harmlos. Beinahe ausgleichende Gerechtigkeit. Trotzdem sollte sich Mirja darüber keine Gedanken machen. Er würde ihr in ein paar Tagen einfach sagen, daß ihm seine Bank das Geld geliehen habe. Sie würde es schon annehmen. Schließlich liebte sie ihn. Später einmal, wenn sie alt und grau geworden waren, würde er ihr die Wahrheit sagen. Eine amüsante Geschichte aus weit zurückliegenden Tagen ...

»Was sagst du?«

Wilfried hatte Edek schon zweimal etwas gefragt, aber Edek hatte ihm gar nicht zugehört. Er war so sehr in seine Gedanken versunken gewesen, daß er ihn völlig vergessen hatte.

»Wo fahren wir hin?« wollte Wilfried wissen. Ihm schien die Fahrt keinen Spaß zu machen. Er kauerte verunsichert auf dem Beifahrersitz und hielt sich mit beiden Händen an dem Haltebügel über der Tür fest.

»Wir machen eine Rallye, Wilfried! Bis Paris oder New York oder Rio de Janeiro!« verkündete Edek gutgelaunt. Ein bißchen Spaß mußte an einem solchen Glückstag wie heute sein.

»Bis Rio de Janeiro?« Wilfried schaute Edek ungläubig an.

»Klar«, amüsierte sich Edek, »wohin Wilfried will!«

»Dann muß ich aber noch zurück zum Wohnwagen und meine Sachen holen.«

»Später, Wilfried, jetzt gibt Edek erst einmal Gas!«

»Nein. Ich brauche das Foto von Onkel Ludwig. Ohne das Foto kann ich ihn nicht suchen!«

»Er ist doch in Urwald, bei Affen!«

»Ja, aber der Urwald ist groß! Erst muß ich von Rio de Janeiro nach Manaus fliegen. Dort muß ich zu Señor Belmonte gehen. Der bringt mich dann mit seinem Flugzeug nach Itacoatiara. Dort muß ich dann Lebensmittel einkaufen und Träger und einen Führer finden. Ohne Träger und ohne Führer kommt man nicht den Amazonas hinauf. Und dann muß ich überall fragen. Allen Leuten muß ich das Foto zeigen, damit sie verstehen, daß ich Onkel Ludwig suche.«

Edek ging ein wenig vom Gaspedal runter. Wilfried hatte sich richtig in Fahrt geredet, er war ganz aufgeregt.

»Äh, Wilfried. Warst du schon mal wirklich in Urwald bei Affen und Krokodilen?«

»Ja, mit Mama und Papa.«

»In Urlaub, was?«

»Nein. Mein Papa hat die Canalaria-Pflanze gesucht.«

»Die was?«

»Die Canalaria-Pflanze. Die hat Onkel Ludwig einmal mitgebracht. Von den Kayapós. Die heilen damit viele Krankheiten. Mein Papa wollte die Pflanze untersuchen und später zu Hause züchten. Damit alle kranken Menschen wieder gesund werden. Aber dann sind Papa und Mama mit einem Flugzeug geflogen, ohne Wilfried. Ich mußte zu Hause bleiben, weil ich Mumps hatte und Fieber. Und das Flugzeug ist in ein Gewitter gekommen und abgestürzt. Und später sind Leute gekommen und haben gesagt, daß Papa tot ist und ...« Wilfried sprach nicht zu Ende.

»Was und?« fragte Edek.

»Nichts.« Wilfried schüttelte heftig den Kopf. »Ich wollte dableiben, aber ich durfte nicht. Aber Onkel Ludwig hat gesagt, daß ich immer zu ihm kommen kann. Wann ich will.«

»In den Urwald?«

»Ja, in den Urwald. Dort gibt es viele schöne Pflanzen. Die *heliconia*, die ...«

»Du bist verrückt, Wilfried«, unterbrach ihn Edek. »Das hast du alles in Kino gesehen, bei Tarzan-Film. Da ist auch Wissenschaftler mit Frau und Urwald, und ein Flugzeug fällt von Himmel. Und ein lustiger Affe spielt mit Tarzan, und Tarzan kämpft mit böses Krokodil in Fluß!«

»Nein, aber Onkel Ludwig hat einmal auch ein Krokodil erschossen. Eigentlich einen Mohrenkaiman, weil richtige Krokodile gibt es in Brasilien nicht. Und dann ...«

»Wilfried, halt mal Mund!«

Edek trat auf die Bremse. Die Geldtasche rumpste gegen die Vorderwand. Sie waren jetzt weit genug gefahren, Augsburg lag schon ein, zwei Kilometer hinter ihnen. Ein kleiner Weg führte von der Straße zur Wertach hinunter, wie es schien auf einen Parkplatz, der von ein paar Bäumen umrahmt wurde. Das war eine geradezu ideale Stelle. Um diese Zeit und bei dem Wetter mußte man hier nicht mit ungebetenem Besuch rechnen, und von der Straße war sie auch nicht einzusehen.

Edek ließ den Transporter im Leerlauf weiterrollen, bis er den Parkplatz erreicht hatte. Dann würgte er den Motor ab und löschte die Scheinwerfer.

»So, Wilfried. Jetzt fängt Rallye erst richtig an!«

Wilfried schaute sich verunsichert um, er verstand nicht.

»Weißt du, was hinten in Transporter liegt?« fragte Edek.

Wilfried schüttelte den Kopf.

»Ganzes Geld von Jeschke. 40 000 oder 50 000 Mark!«

Wilfried verstand immer noch nicht.

»Mann, Wilfried! Ganzes Geld gehört jetzt uns! Warte hier!«

Edek öffnete die Tür, sprang nach draußen, geradewegs in eine Pfütze, aber das war jetzt egal, und lief nach hinten, zur Laderaumtür. Der Regen hatte ein wenig nachgelassen, die Wertach rauschte leise, kaum einen Steinwurf entfernt, der graue Himmel glänzte schwach, von den Lichtern der nicht weit entfernten Stadt erhellt. Ein Griff noch, und ... Die Tür war abgeschlossen, da half auch kein Rütteln und Schütteln. Edek fluchte laut. Das hätte er sich eigentlich denken können, so dumm war der Fahrer vom Jeschke ja nun auch wieder nicht. Aber noch war nicht aller Tage Abend!

Edek lief wieder zurück und klappte die Lehne des Fahrersitzes um. Irgendwo mußte es hier einen Werkzeugkasten geben.

»Wilfried will zurück!« sagte Wilfried entschieden.

»Mhm«, brummte Edek nur. Der Verrückte sollte ihn bloß in Ruhe lassen. Im schwachen Licht der Deckenlampe durchsuchte Edek den hinteren Teil der Fahrerkabine. Eine Jacke lag hier herum, sogar ein Regenschirm, ein paar Zeitungen, eine leere Bierflasche, aber kein Werkzeug, nichts. So ein Pech aber auch! Fluchend ging Edek wieder nach hinten und rüttelte an der Tür. Nichts geschah. Die Tür hielt, als hätte sie jemand an die Karosserie geschweißt. Stahlhände müßte man hier haben, Stahlpranken!

Genau! Daß ihm die Idee nicht gleich gekommen war. Edek hastete zur Beifahrertür und riß sie auf. »Komm raus, Wilfried, du mußt mir helfen!«

»Wilfried will zurück.«

»Wilfried, komm jetzt raus, oder ich reiß dir Kopf ab!«

Wilfried stieg unwillig aus. »Du hast mir versprochen, daß du mir niemals den Kopf abreißen wirst«, sagte er ziemlich enttäuscht.

Edek zog den sich sträubenden Wilfried am Ärmel nach hinten zur Laderaumtür. »Pack mit deine riesige Hände die Tür und reiß sie auf!«

Wilfried schüttelte den Kopf.

»Mach schon!«

»Nein. Wilfried will nicht das Geld vom Jeschke stehlen. Man darf kein Geld stehlen!«

»Wilfried, du Blödmann! Jeschke hat selber Geld gestohlen! Von Mirja, von Geisterbahn! Ist großer Bandit. Ich habe dir schon mal erzählt. Ach, du verstehst nicht!«

Wilfried überlegte. »Wenn Jeschke das Geld gestohlen hat, dann muß er es zurückgeben!«

Edek atmete auf. »Genau, Wilfried!«

»Dann fahren wir jetzt zurück zu Jeschke und sagen ihm, daß er das Geld zurückgeben soll. Er wird sich schämen!«

Edek hätte Wilfried auf der Stelle erwürgen können. Aber es ging nicht. Er mußte ihn irgendwie überreden, doch wie?

»Weißt du was, Wilfried?« fiel Edek ein. »Du willst doch in zwei Wochen zu deine Onkel Ludwig in Urwald fliegen?«

Wilfried nickte heftig.

»Wieviel Geld hast du dann?«

»Mirja gibt mir 800 Mark.«

»Brasilien ist doch so weit wie Amerika, stimmt?«

Wilfried nickte wieder.

»Wie Edek zu seine Onkel nach Texas geflogen ist, hat Flugzeug gekostet zwölfhundert Dollar. Das ist auf polnische Zlotys fast zwei Millionen und auf deutsches Geld fast zweitausend Mark! Woher willst du nehmen zweitausend Mark?«

»Wilfried wird sparen.«

»Und wie lange muß Wilfried sparen?«

Wilfried dachte angestrengt nach, aber so schwierige Rechnungen konnte er nicht auf Anhieb.

»Du mußt sparen ein Jahr oder länger!«

Wilfried ließ die Schultern hängen. Mit solchen Schwierigkeiten hatte er nicht gerechnet. Und dabei hatte er sich schon so gefreut.

»So, und jetzt paß gut auf, Wilfried. Wenn du Tür aufmachst, haben wir 50 000 Mark. Und ich gebe dir gleich zweitausend Mark und noch dreitausend Mark dazu. Sind zusammen fünftausend. Und damit fliegst du schon morgen zu deine Onkel Ludwig!«

»Schon morgen?« staunte Wilfried.

»Genau! Und schon übermorgen kannst du mit deine Onkel Ludwig auf Krokodile schießen oder spielen mit Affen in Urwald!«

Wilfried lächelte. »Und du lügst nicht?«

»Nein, niemals. Großes Ehrenwort von Gringo Edek!« schwor Edek.

»Also gut!«

Endlich, endlich hatte Edek es geschafft!

Wilfried packte mit seiner Rechten den Türgriff, stemmte sich mit seiner Linken gegen die Karosserie und zog. Das Blech verbog sich quietschend, als würde es in einer Presse zermalmt. Dann plötzlich flog die Tür mit einem lauten Scheppern auf, und oben, an der Decke des Transporters, ging ein kleines Licht an.

Eine kleine Weile stand Edek verdutzt da. Den Anblick hatte er nicht erwartet. Quer gestellt und zwischen den Seitenwänden verkantet, befand sich auf der Ladefläche ein seltsamer, langer Blechbehälter. Und statt der dicken Tasche, die Edek beim Jeschke gesehen hatte, lag nah an der Tür nur eine dünne Aktentasche.

Edek nahm sie verunsichert in die Hände. Sie war federleicht. Niemals steckten in ihr 50 000 Mark. Aber dann bestimmt in dem Behälter!

Edek legte die Tasche weg und stieg auf die Ladefläche. Wilfried folgte ihm neugierig. Der Behälter war oben breiter und unten schmaler, und er war durch einen Deckel verschlossen. Der Deckel hatte an der einen Seite Scharniere, an der anderen Griffe und wurde durch drei Flügelschrauben festgehalten. Eine so seltsame Geldbombe hatte Edek noch nie gesehen. Er löste die Flügelschrauben, das dauerte einen Moment, denn Edek war so aufgeregt, daß seine Hände zitterten und er sein Herz bis in die Ohren schlagen hörte. Dann endlich waren die Schrauben ab, und Edek klappte den Deckel auf.

Im gleichen Augenblick hörte er hinter sich einen Schrei. Zwei, drei Herzschläge lang verstand Edek nicht, was er hörte und schlimmer noch, was er sah. Aber dann wurde ihm schlagartig alles klar. Wilfried schrie, außer sich vor Freude, und unten, in dem Blechbehälter, da lag ein nackter Toter, und der grinste Edek an.

Alles andere geschah, als wäre Edek gar nicht mehr dabei. Ein mächtiges Meeresrauschen brauste in seinen Ohren auf, seine Knie wurden weich, vor den Augen tanzten ihm riesige, schwarze Schneeflocken auf, und dann flog er irgendwo in ein dunkles Loch hinein, in dem es vollkommen still war.

3

Die kleine, gelbe Sonne brannte hoch am Himmel. Sie brannte in einem fort, verschleiert durch einen leichten Nebel, der sich aber langsam verzog. Das Korn auf den texanischen Feldern rauschte im Wind so stark wie ein Fluß. Edek machte seine verdiente Mittagspause. Gleich würde er wieder die große Erntemaschine besteigen und im Staub der endlosen Felder versinken, den nur die härtesten Männer überstanden. Edek starrte die Sonne an. Sie war seltsamerweise kalt wie Eis und blendete ihn überhaupt nicht. Und sie hatte auf ihrer Oberfläche Ringe und in der Mitte einen spiralförmigen Draht.

Eigentlich sah sie aus wie eine Lampe. Eine Autolampe. Edek wandte erstaunt den Kopf und erblickte hoch über sich, scheinbar in endloser Ferne verloren, das besorgte Mondgesicht von Wilfried.

Seine Stirn schmerzte an der Seite. Er war gefallen. Aber warum? Was war geschehen?

Mühsam versuchte sich Edek daran zu erinnern, aber er fühlte sich müde, und immer wieder fielen ihm die Augen zu. Doch dann, so als liefe in seinem Kopf nach und nach ein Film an, tauchten die Ereignisse der Nacht in seiner Erinnerung auf: der Regen, die Pizzeria, der vorbeifahrende Transporter, der Rallyespaß mit Wilfried, seine verrückten Erzählungen über den Urwald, die verschlossene Tür, die kleine Tasche, der große Blechbehälter, der grinsende Tote...

Der grinsende Tote?! Edek fuhr in die Höhe. Der Tote lag vor ihm in dem Blechbehälter, grinste immer noch und verbreitete einen leicht beißenden, alkoholischen Geruch. Edek schloß die Augen, in der Hoffnung, er träume das alles genauso wie den Traum von der Sonne und den Feldern. Als er sie wieder öffnete, lag der Tote immer noch da. Also träumte er nicht, ganz bestimmt nicht. Doch das, was er sah, konnte auch nicht stimmen. Der Mann war sicher gar nicht tot. Er schlief nur einen Alkoholrausch aus und hatte angenehme Träume. Schließlich konnten Tote nicht lächeln. Das wußte Edek, seitdem er als kleiner Junge seinen verstorbenen Großvater im Schlafzimmer aufgebahrt gesehen hatte. Obwohl auf seinen Lippen eine Fliege herumkroch, was bestimmt sehr kitzelig war, verzog Großvater keine Miene mehr.

Edek streckte vorsichtig die Hand aus. Wenn er den Mann berührte und dieser dann zuckte und vielleicht sogar aufsprang...

Edeks Zeigefinger kam am Fuß des Mannes an. Der Fuß war eiskalt, und der Mann sprang nicht auf. Wilfried aber strahlte über das ganze Gesicht.

»Das ist mein Onkel Ludwig!« erklärte er stolz.

»Der ist ja tot...«, sagte Edek, und es war ihm, als komme seine Stimme von anderswoher.

»Ja«, stimmte Wilfried zu, »aber er ist jetzt endlich da!«

»A-a-aber er ist t-t-tot!« Edek versuchte, sich zusammenzunehmen, doch der plötzliche Schauer, der ihn erfaßt hatte, war so stark, daß er am ganzen Körper zitterte und seine Zähne klapperten.

»Onkel Ludwig ist tot, und er ist zu Wilfried gekommen ...« Wilfrieds Stimme klang plötzlich gerührt, Edek wußte nicht, ob vor Trauer oder vor Freude. »Jetzt brauche ich deine fünftausend Mark für das Flugzeug nicht mehr, danke!«

Edek schaute Wilfried an, dann den grinsenden Onkel Ludwig, dann wieder Wilfried. Zweifelsohne war er in einem Irrenhaus gelandet. Der Transporter vom Jeschke konnte es jedenfalls nicht sein. Auch wenn er im Laderaum eines Transporters saß. Es war sicher eine Irrenhauszelle, die wie ein Transporter aussah, und zwei Verrückte spielten ihm einen unglaublichen Streich.

Nein. Er hatte Jeschkes Transporter vor der Pizzeria gestohlen. Was da draußen rauschte, war die Wertach, und der Transporter stand auf einem einsamen Parkplatz. Edek schaute hinter sich. Die Laderaumtür stand offen, und man konnte die dunklen Schatten der Bäume sehen, die den Parkplatz zur Straße hin abschirmten. Das also stimmte schon mal, darauf konnte Edek sich verlassen.

Doch was zum Teufel hatte ein Toter in Jeschkes Transporter zu suchen? Und wo war das ganze Geld?

An der Tür lag immer noch die kleine Tasche. Edek kroch auf allen vieren zu ihr und öffnete sie mit zitternden Händen. Sie enthielt nichts außer einer Klemmappe, in der ein Blatt Papier steckte. Edek hielt es ein wenig schräg, so daß er es in dem schwachen Licht lesen konnte.

Es war ein Formular.

»Gerichtsmedizinisches Institut, Stadt Augsburg«, stand dort ganz oben und weiter unten, in den entsprechenden Spalten: »Lieferung Nr. 105. An: Universitätsklinik München, Abteilung Humanmedizin, Präparationskurs Prof. Dr. E. Schmidt. Name: Unbekannt. Vorname: Unbekannt. Geburtsdatum: Unbekannt. Todesursache: Ertrinken. Freigegeben von der Staatsanwaltschaft aufgrund § 122, Abs. 4 (medizinische Übungen am Objekt zu Lehr- und Forschungszwecken), Konservierungsstoff: Formalin ...«

Das genügte. Schlagartig wurde Edek dreierlei klar: Erstens hatte er den falschen Transporter gestohlen, zweitens war der grinsende Tote mehr als tot, und drittens mußte er hier weg, und zwar ganz schnell!

»Los, Wilfried, wir hauen ab!« Edek warf die Klemmappe in die Ecke und war im nächsten Augenblick schon draußen.

»Warte!« rief Wilfried. Er klappte den Deckel des Blechbehälters herunter und begann die Flügelschrauben zuzuschrauben.

»Was machst du da?« rief Edek ungeduldig zurück.

Wilfried biß sich auf die Zunge und mühte sich, die Schrauben schneller zu drehen.

»Wilfried, bist du verrückt? Laß Schrauben und komm!«

»Gleich«, sagte Wilfried, »sonst fällt Onkel Ludwig raus!«

»Wo fällt Onkel Ludwig raus?«

Wilfried antwortete nicht. Er hatte die Schrauben angezogen, packte den Blechbehälter mit seinen riesigen Armen wie eine kleine Brotdose und verließ mit eingezogenem Kopf den Transporter. »Jetzt können wir gehen!« sagte er und stakste los.

Edek blieb wie angewurzelt stehen. Er war doch in einem Traum. Einem Irrenhaustraum, der anscheinend nicht enden wollte, egal, wie er sich mühte!

Wilfrieds Gestalt entfernte sich immer mehr, das Geräusch seiner schweren Schritte verschwand schon im Rauschen des Flusses. Gleich würde er die Straße erreichen, und dann ...

Edek gab sich einen Ruck, rannte los und holte Wilfried ein.

»Wiiilfriiied!!!« schrie er ihn an.

»Ja?«

»Wo willst du hin mit toten Mann?«

»Nach Hause«, sagte Wilfried.

»Wo nach Hause???« Edek schrie immer lauter.

Wilfried blieb stehen. Edek hatte recht, in der Tat. Wenn Onkel Ludwig jetzt tot war, dann mußte er in einen schönen Sarg gelegt und beerdigt werden. Und auf dem Grab mußten viele wundervolle Blumen liegen. Ein ganzes Meer davon . . .

»Wiiilfriiied!«

Wilfried kam zu sich. »Ich muß Onkel Ludwig nach Bonn bringen«, erklärte er.

»Nach wo???«

»Nach Bonn. Dort kommt er in das Grab zu Papa, zu seinem Bruder, und zur . . .«

»Bonn, Wilfried?« unterbrach ihn Edek schreiend. »Weißt du, wo Bonn ist? Nach Bonn muß man mit Auto fahren!«

Wilfried schaute hinter sich, zu dem Transporter.

»Nein. Nicht mit Transporter! Transporter ist geklaut! Bestimmt sucht schon die Polizei. Wir kommen ins Gefängnis!«

»Ins Gefängnis?« erschrak Wilfried. »Aber ich habe den Transporter nicht gestohlen. Du hast gesagt, daß wir ihn verstecken wollen, und später hast du mir versprochen, daß wir eine Rallye bis Rio de Janeiro machen!«

»Das war nur große Spaß! Denk doch in deine verrückte Kopf einmal nach! Nach Rio de Janeiro kann man nicht mit Transporter fahren! Kann Transporter über Meer schwimmen?«

»Nein. Aber ich will auch gar nicht mehr nach Rio de Janeiro«, sagte Wilfried, um Edek zu beruhigen. »Onkel Ludwig ist ja jetzt bei mir. Ich muß ihn nicht mehr im Urwald suchen.«

Edek hatte das Gefühl, er müßte gleich durchdrehen. »Wie kommt deine Onkel Ludwig von Urwald nach Augsburg, Wilfried, wie? Sag, sonst reißt dir Edek Kopf ab!«

»Bestimmt mit einem Flugzeug«, erklärte Wilfried rasch, aus Angst, der wütende Edek könnte seine Drohung wahr machen.

»Mit Flugzeug? Ha!« tobte Edek. »In Papiere steht: Name unbekannt, alles unbekannt, toter Mann ist ertrunken! In Flugzeug, was?«

»Wenn Onkel Ludwig ertrunken ist, dann in einem Fluß. Er wollte sicherlich jemanden retten«, sagte Wilfried stolz. »Wie damals, als das Boot auf dem Amazonas umkippte, und Wilfried und Mama und Papa . . .«

»Wilfried!« Edek ließ ihn nicht ausreden. »Hör Edek endlich zu! Das ist nicht deine Onkel Ludwig! In Papiere steht: Name unbekannt, alles unbekannt! Deine Onkel lebt in Urwald bei Affen, und morgen gibt dir Edek fünftausend Mark, und du kannst fliegen nach Urwald. Und jetzt, Wilfried, leg toten Mann zurück in Auto, und wir laufen weg!«

»Nein, das ist mein Onkel Ludwig.« Wilfried blieb stur. »Ich kenne meinen Onkel, ich habe ein Foto im Wohnwagen. Onkel Ludwig kommt mit!«

Edek wollte wieder losschreien, aber plötzlich – er wußte gar nicht, wie ihm geschah – fühlte er sich wie leergefegt. Sekundenlang starrte er Wilfried an, der entschlossen den Blechbehälter umklammerte, und nach und nach wurden seine Gedanken so kalt, wie der Wind, der jetzt wieder aufkam und der ein paar neue Regentropfen brachte. Er saß in der Falle. Daran gab es keinen Zweifel. Durch irgendeinen verfluchten Zufall hatte er den falschen Transporter gestohlen und einen toten Onkel gleich dazu. Das war zwar unglaublich verrückt, aber wahr. Nach dem Transporter und nach dem toten Onkel suchte bestimmt schon die ganze Augsburger Polizei. Es konnte sich also nur noch um eine ganz kurze Zeit handeln, bis man sie hier auf dem Parkplatz fand, verhaftete und ins Gefängnis warf. Ihn, Edek, der nur an dem Banditen von Jeschke Gerechtigkeit üben wollte, für Mirja, die er über alles in der Welt liebte. Wieviel Jahre bekam man für einen gestohlenen Transporter mit einem Toten? Fünf, zehn, Lebenslang?

Er mußte hier weg, und zwar ganz schnell. Mit dem verrückten

Wilfried und seinem toten Onkel Ludwig. Morgen früh wurde die Kirmes abgebaut, und dann ging es weiter nach Pforzheim. Dort würde er den Toten schon noch loswerden. Irgendwie. Wenn der Irre, der immer noch regungslos vor ihm stand, nachts schlief, würde er den Toten packen und auf dem erstbesten Friedhof aussetzen. Wo er auch hingehörte. Er war schon in viel schlimmeren Situationen gewesen und hatte immer seinen Kopf aus der Schlinge gezogen. Immer! Wäre doch gelacht, wenn er sich ausgerechnet von einem Verrückten in die Knie zwingen ließ. Wirklich gelacht!

Edek prustete unwillkürlich los. Wilfried rührte sich erstaunt.

»Okay, Wilfried«, sagte Edek, wobei es ihm schwer fiel, das Glucksen, das seinen Bauch erschütterte, zu unterdrücken. »Deine Onkel Ludwig kommt mit zu Kirmes. Pack Behälter zurück in Transporter. Wir fahren!«

Wilfried räusperte sich überrascht. »Danke«, sagte er, »das ist sehr lieb, wirklich sehr lieb von dir, Edek! Und gleich morgen früh kauft Wilfried für Onkel Ludwig einen Sarg und schöne Blumen ...«

»Edek hat schon ein Sarg für deine Onkel Ludwig«, sagte Edek und klopfte belustigt auf den Blechbehälter.

»Wirklich?« staunte Wilfried. Gerade erst war Edek wütend gewesen und wollte ihm den Kopf abreißen, und nun war er fröhlich und gab sich solche Mühe.

»Sarg steht schon in Geisterbahn«, fuhr Edek fort. Wir schmeißen alte ›Tote Mann‹ raus und legen neue tote Mann rein. Ganz einfach!«

»Ja genau!« begeisterte sich Wilfried. »Dann ist Onkel Ludwig immer dabei, wenn Wilfried arbeitet!«

»Richtig«, stimmte ihm Edek zu. »Wilfried arbeitet mit ›Eiskaltes Händchen‹ und Onkel Ludwig arbeitet als ›Toter Mann‹. Ha, ha, ha!« Edek lachte los, daß ihm die Tränen in die Augen schossen.

Dann plötzlich hörte er wie abgeschnitten auf. Irgendwie hatte er ein ganz seltsames Gefühl. So als stehe er neben sich. Als sei er zweimal Edek: ein normaler und ein verrückter. Als sei er ein ganz normaler Verrückter.

4

Eine Tür schlug zu, und Edek wachte auf. Eine Weile lag er mit offenen Augen da und schaute Wilfrieds Bett an. Das Bett war leer. Also hatte Wilfried gerade die Tür hinter sich zugeschlagen. Sicher war er schon frühstücken gegangen.

Frühstücken?!

Edek schreckte hoch. Mit einem einzigen Schlag war er hellwach und erinnerte sich an alles, was in der Nacht geschehen war. Er sprang aus dem Bett. Wenn Wilfried jetzt bei Mirja am Frühstückstisch saß, dann war die Katastrophe sicher schon voll im Gange. Beschäftigt mit dem Wegbringen des Transporters und dem Beseitigen aller Spuren, hatte Edek vollkommen vergessen, Wilfried zu verbieten, über seinen Onkel auch nur ein einziges Wort zu verlieren.

Edek zog sich an, stürzte nach draußen und eilte zum Wohnwagen. Dort fiel ihm ein Stein vom Herzen. Mirja war allein, sie deckte gerade den Frühstückstisch.

»Hallo!« sagte sie und lächelte. »Komm schnell rein, es ist kalt!«

»Ich hole eben Wilfried«, meinte Edek.

»Willst du mir keinen Guten-Morgen-Kuß geben?« wunderte sich Mirja.

»Doch . . .« Edek kam in den Wohnwagen und küßte sie einmal kurz.

Mirja schaute ihn erstaunt an. Er war nicht wie sonst morgens rasiert, hatte dunkle Ringe unter den Augen und seitlich auf der Stirn ein paar blutige Kratzer, sogar eine Beule.

»Ist gestern in Geisterbahn passiert«, kam Edek rasch einer Frage zuvor. »Mußte mich schnell beeilen, Wagen war aus Schiene gesprungen, hab dickes Rohr nicht gesehen.«

»Sag mal, hast du getrunken?« fragte Mirja. »Du riechst so komisch nach Bier oder Wein...«

»Ja, Wein. Ich war mit Wilfried Pizza essen, war nichts mehr da in Kühlschrank.«

»Und ich habe mich schon gewundert, wo ihr bleibt. Warum bist du nicht mehr gekommen?«

»Ich war ganz müde. War gestern viel Streß auf Geisterbahn, viel Leute, ganz viel Leute...«

»Ich war gestern auch völlig fertig. Den ganzen Tag im Krankenhaus, das strengt beinahe mehr an als die Geisterbahn. Ich wollte noch auf dich warten, aber dann bin ich wohl eingeschlafen, ich weiß gar nicht, wann.«

»Und ich hab gesehen, daß schon Licht aus war«, erklärte Edek, froh darüber, daß Mirja offensichtlich nicht mitbekommen hatte, wann er wirklich zurückgekehrt war. »Und jetzt hole ich Wilfried!«

»Gut, der Kaffee ist gleich fertig.«

Edek verließ den Wohnwagen, lief zur Geisterbahn, hob eine der Planen hoch und rief nach oben, Wilfried solle auf der Stelle frühstücken kommen.

»Gleich«, rief Wilfried zurück, »ich muß meinem Onkel nur noch die Jacke zuknöpfen!«

Die Jacke zuknöpfen? Fluchend kletterte Edek das Gestänge hoch. Als er oben am »Toten Mann« ankam, verschlug es ihm die Sprache: Wilfried hatte doch tatsächlich seinem Onkel die Sachen des »Toten Mannes« angezogen und ihm sogar die große, grüne

Perücke über den Kopf gestülpt. Sie war ihm bis über die Augen gerutscht, und das ewige Grinsen wirkte jetzt fast so, als amüsiere sich Onkel Ludwig über das kleine Mißgeschick.

Edek stürzte sich auf den Sarg. »Bist du verrückt, Wilfried!« tobte er los und schlug den Deckel mit aller Wucht zu. »Was meinst du, wenn Mirja kommt nach oben? Willst du, daß Mirja tot umfällt?«

»Nein«, sagte Wilfried, ziemlich erschrocken über Edeks heftige Reaktion.

»Komm jetzt in Wohnwagen frühstücken! Und wehe du sagst auch nur ein Wort von deine tote Onkel! Edek reißt dir gleich ganzen Kopf ab! Und wasch dir vorher Hände. Alles stinkt nach deine tote Onkel, Mirja glaubt schon, Edek hat gestern ganzes Faß Wein getrunken!«

»Mein Onkel stinkt nicht«, wehrte sich Wilfried. »Er riecht nach Formalin, weil man ihn konserviert hat. Das hat mein Papa auch manchmal mit Pflanzen gemacht.«

»Halt M-m-mund, Wilfried!« Das zähneklappernde Stottern von gestern nacht war wieder da, und Edek konnte nichts dagegen machen.

»Aber ...«

»Ich w-w-will nichts mehr hören!« unterbrach ihn Edek, der nicht nur am ganzen Körper zitterte, sondern plötzlich auch wieder das seltsame Gefühl hatte, er sei zwei verschiedene Edeks. »Und wehe, du sagst bei F-f-frühstück auch nur ein W-w-wort!« Er machte mit den Händen eine Gebärde, als drehe er Wilfried den Hals um, und ließ ihn dann einfach stehen.

Sobald Mirja zu ihrem Vater ins Krankenhaus gefahren war, würde er mit diesem Verrückten endgültig abrechnen. Aus welchem Irrenhaus hatte man den bloß entlassen? Urwald, Flugzeugabsturz, Onkel Ludwig! Es war einfach nicht mehr zum Aushalten!

Am Wohnwagen zurück, blieb Edek erst einmal stehen und

atmete tief durch. Er mußte sich jetzt unbedingt zusammennehmen und so tun, als sei alles in bester Ordnung. Ein ganz normaler Morgen mit einem ganz normalen Edek.

Edek rückte seine Jacke zurecht, verzog das Gesicht zu einem Lächeln, betrat den Wohnwagen und setzte sich an den Tisch.

»Wilfried kommt gleich«, sagte er.

Mirja schüttete ihm Kaffee ein. »Was will der schon so früh in der Geisterbahn?« fragte sie.

»Weiß nicht ...«, antwortete Edek mit einem Schulterzucken und fragte dann rasch: »Wie geht es deine Papa? Geht besser?«

Mirja setzte sich. »Gestern war schlimm«, meinte sie, »Papa muß eine Entgiftungskur machen. Das geht ganz schön an die Nieren. Gestern abend hat er so gestöhnt und getobt, daß ihn die Schwestern ans Bett schnallen mußten, damit ihm nichts passierte. Der Arzt sagte, das sei normal, so ginge es die ersten Tage allen, die auf Entzug wären. Aber ich dachte, ich sterbe ...«

Edek zuckte zusammen.

»Geht es dir nicht gut?« fragte Mirja besorgt.

»Nur ein bißchen Kopfschmerzen«, sagte Edek, »ist nicht schlimm.« Er trank etwas Kaffee. Ein neues Thema mußte her, und zwar so schnell wie möglich. Bloß keine weiteren Fragen, wie es ihm gehe. »Gestern waren viele Leute da!« versuchte er es. »In Kasse ist ganz viel Geld, vielleicht sechstausend, oder bestimmt mehr ...«

»Ja, das habt ihr gut gemacht.« Mirja legte ihre Hand auf seine und drückte sie. »Wenn ich euch beide nicht hätte, könnten wir das Geschäft wirklich gleich zumachen. Jeschke wäre dann fein raus. Wundert mich sowieso, daß er nicht schon nachgefragt hat.«

»Nein, Jeschke war nicht da, hat auch nicht gefragt.« Die Unterhaltung nahm schon wieder eine schlechte Wendung, es war wie verhext. An Jeschke mochte Edek im Moment gar nicht denken. An gar nichts mochte er denken.

Zum Glück erbebte in diesem Augenblick der Wagen, und Wilfried kam mit eingezogenem Kopf herein. Er wischte sich die noch nassen Hände eilig an der Hose ab und setzte sich wortlos an den Tisch.

»Guten Morgen!« begrüßte ihn Mirja und reichte ihm die Kaffeekanne.

Wilfried lächelte ihr zu, ohne etwas zu sagen. Dann belegte er sich ein Toastbrot mit Käse und begann zu frühstücken. Trotz der langen und turbulenten Nacht sah er frisch aus, seine Wangen waren gerötet, und um seine Augen lag ein freudiges Strahlen.

»Beeil dich, Wilfried«, sagte Edek trocken, kaum hatte dieser den ersten Bissen getan. »Gleich müssen wir anfangen, Geisterbahn abbauen, ist nicht viel Zeit!«

Wilfried nickte eifrig und kaute schneller.

»An das Abbauen hab ich gar nicht mehr gedacht«, fiel Mirja ein. »Wenn ich hier alles weggespült habe . . .«

»So viel Arbeit ist auch wieder nicht!« beeilte sich Edek. »Ich spüle, und du kannst ruhig zu deine Papa in Krankenhaus fahren.«

»Nein, das kann ich auch heute nachmittag machen, wenn hier das Gröbste weg ist.«

»Edek und Wilfried machen schon allein, nicht wahr, Wilfried?«

Wilfried nickte und lächelte.

»Du . . . du kannst besser einkaufen gehen. Nichts ist mehr da in Kühlschrank. Und heute mittag kannst du etwas für mich kochen. Etwas Gutes, zum Beispiel etwas mit Fleisch und Soße. Wenn Wilfried und ich arbeiten allein, geht alles schneller, ist mehr Platz, wirklich! Und deine Papa geht auch besser, wenn du in Krankenhaus bist!«

»Wenn du meinst . . .«, sagte Mirja. »Es ist wirklich nichts mehr da.« Sie trank etwas von ihrem Kaffee und überlegte dann laut weiter: »Das wird jetzt ganz schön schwierig werden mit meinem

Vater. Wenn wir erst mal in Pforzheim sind. Ich weiß gar nicht, wie ich das dann machen soll?«

»Kein Problem. Edek hat schon alles überlegt. Wohnwagen bleibt hier in Augsburg, und du kannst auch bleiben, bis es deine Vater wieder gutgeht.«

»Aber ich kann euch doch nicht die ganze Zeit allein lassen!«

»Doch, kein Problem. Edek und Wilfried machen alles allein, nicht wahr, Wilfried?«

Wilfried nickte wieder nur und lächelte.

»Na ja, vielleicht erholt sich Papa diese Woche«, meinte Mirja. »Das Geschäft muß schließlich weitergehen. In zwei Wochen, auf der Kirmes in Bonn, da bin ich dann auf jeden Fall wieder ganz dabei!«

Wilfried hörte schlagartig auf zu kauen.

Edek wurde blaß.

Wilfried richtete sich auf und holte Luft.

Edek gefror das Blut in den Adern.

Wilfried öffnete halb seinen Mund, erinnerte sich dann jedoch an etwas... und kaute weiter, wenn auch langsamer.

Nach der ersten Schrecksekunde glaubte Edek, Tausende von heißen Nadeln stürzten auf ihn ein. Die verdammte Kirmes in Bonn hatte er völlig vergessen! Das fehlte noch, nichts blieb ihm erspart, aber auch wirklich gar nichts! Doch wenn Wilfried glaubte, daß sein Onkel Ludwig bis Bonn in der Geisterbahn bleiben durfte, dann täuschte er sich gewaltig! Morgen in der Nacht, in Pforzheim, wenn dieser Verrückte schlief, würde er seinen Onkel zum Friedhof bringen. Das war beschlossene Sache, daran gab es nichts zu rütteln! Mochte ihn dort endlich der Teufel holen, den Urwaldonkel, das grinsende Ungeheuer, den...

»Brauchst du noch etwas aus der Stadt?« frage Mirja und riß Edek damit aus seinen Gedanken.

»Nein«, sagte Edek.

»Und du, Wilfried?«

Wilfried schüttelte den Kopf und lächelte.

»Sag mal«, fiel Mirja auf, »sprichst du nicht mehr mit mir?«

Wilfried schaute ratlos Edek an. Er hatte ihm verboten, auch nur ein einziges Wort zu sagen, und so wie die Dinge standen, wollte er sich unbedingt daran halten.

»Was guckst du so?« fuhr Edek Wilfried an. Er hatte seine Drohung schon längst vergessen.

Wilfried machte ein gequältes Gesicht und preßte die Lippen aufeinander. Da fiel es Edek wieder ein. Nichts als Scherereien hatte er mit diesem Irren. Alles, was man ihm auch sagte, ging garantiert daneben. Es war zum Aus-der-Haut-Fahren!

»Sag endlich ja oder nein!« Edek durchbohrte Wilfried mit einem tödlichen Blick.

»Nein«, sagte Wilfried erleichtert, »Wilfried braucht nichts.«

Mirja erhob sich vom Tisch und sah im Kühlschrank nach, was alles fehlte. Irgendwie war Edek heute nicht in bester Laune. Wahrscheinlich hatte er sich gestern wieder mächtig über Wilfried geärgert. Wer weiß, was dieser mit seinen Riesenkräften alles angestellt hatte. Heute abend würde sie jedenfalls nicht so lange im Krankenhaus bleiben. Und Edek würde keine Pizza essen gehen. Wenn er morgen früh nach Pforzheim fuhr, sah sie ihn ein paar Tage nicht. Daran mochte sie im Augenblick gar nicht denken. Auf jeden Fall würde Edek heute abend eine bessere Laune bekommen, ganz sicher, dafür würde sie schon sorgen.

Mirja notierte sich auf einem Zettel, was sie alles besorgen mußte, und nahm die Einkaufstasche. »Ich beeile mich«, sagte sie. »In einer Stunde bin ich wieder zurück!« Sie lächelte Edek zum Abschied zu und ging.

Kaum hatte sie die Tür hinter sich geschlossen, erstrahlte Wilfrieds Gesicht, und er öffnete den Mund, um etwas zu sagen. Doch Edek ließ ihn erst gar nicht anfangen. »Nein, Wilfried! Nein!« Er sprang auf. »Deine Onkel bleibt nicht bis Bonn in Sarg von ›Tote Mann‹! Deine tote Onkel kommt ganz schnell weg!«

»Aber . . .«, versuchte es Wilfried.

»Nein, nein, nein! Edek denkt schon, er wird in Kopf verrückt! Edek will nicht in Geisterbahn arbeiten und deine tote Onkel in Sarg von ›Tote Mann‹ sehen! Schluß!«

»Aber der ›Tote Mann‹ war doch auch tot, und da hat Edek nichts gesagt . . .«, widersprach Wilfried.

»Wilfried! Noch ein Wort, und du bist auch tote Mann! Und jetzt los, Arbeit wartet, Geisterbahn muß weg, nach Pforzheim, nach Hölle!«

Edek stürzte aus dem Wohnwagen und schlug die Tür hinter sich zu. Er mußte jetzt unbedingt anfangen zu arbeiten. Sofort. Ganz schnell. Nur nicht mehr denken.

Als erstes mußte der Tieflader nach vorne. Edek hievte sich hinter das Steuer, zündete den Motor, legte den Gang ein, gab Gas und fuhr den Tieflader so scharf um die Kurve, daß eines der hinteren Räder abhob und mit einem lauten Knall wieder auf den Boden zurückschlug.

So war es recht! Wilfried sollte bloß nicht glauben, daß er alles mit Edek machen konnte! Wo blieb der Verrückte überhaupt, warum kam er nicht endlich? Na warte! Dem würde er es gleich zeigen!

Edek rannte zurück zum Wohnwagen und riß die Tür auf. »Los, Wilfried! Arbeiten, hat Edek gesagt, arbeiten, nicht schlafen!«

Wilfried, der mit dem Rücken zur Tür am Tisch saß, rührte sich nicht.

»Was ist? Sitzt du auf deine große Ohren?« tobte Edek.

Wilfried schüttelte langsam den Kopf. »Wilfried ist traurig«, sagte er leise.

»Wilfried ist was?«

»Traurig«, wiederholte Wilfried lauter.

»Ah, und Edek ist lustig!« platzte es aus Edek giftig heraus.

»Edek kann lustig sein, weil Edeks Onkel nicht tot ist«, sagte Wilfried ohne eine Spur von Vorwurf und drehte sich um. »Aber wenn Wilfried Onkel Ludwig ins Grab bringt, dann wird Wilfried weinen.« Er schniefte und fuhr sich mit dem Handrücken über die Nase. »Dann ist Onkel Ludwig für immer weg, und Wilfried kann ihn nicht mehr sehen. Niemals mehr. Schade, daß Onkel Ludwig nicht noch ein bißchen bei Wilfried bleiben kann. Bis Bonn, wo Wilfried dann einen Sarg kauft und schöne Blumen und ...« Wilfried verstummte, denn sein Kinn begann heftig zu zittern, und über seine Wangen liefen Tränen.

Edek wollte etwas sagen, aber plötzlich wurde ihm ganz seltsam zumute. Der verrückte Riese von Mensch saß vor ihm und weinte. Weil sein Onkel tot war. Ganz einfach.

»Äh«, sagte Edek nach langem Schweigen, und seine Kehle fühlte sich irgendwie zugeschnürt an, »äh, Wilfried. Warum weinst du immer? Ein großes Mann wie du weint nicht, du bist verrückt ...«

Wilfried schwieg. Immer mehr Tränen liefen über sein Gesicht.

»Äh, Wilfried, hör auf. Edek will deine Onkel nicht wegschmei..., äh, deine Onkel kann liegenbleiben bei ›Toter Mann‹ bis Bonn. Ist egal. Jetzt kannst du wieder lustig sein ...«

Edek stieg in den Wohnwagen und klopfte Wilfried auf die Schulter.

»Danke«, sagte Wilfried. Er atmete tief durch und wischte sich mit dem Ärmel die Tränen aus dem Gesicht. Dann erhob er sich vom Stuhl. »Ich gehe jetzt zu Onkel Ludwig und sage ihm, daß er noch ein bißchen bei mir bleiben darf. Du bist ein guter Freund, Edek. Danke!« Seine Stimme zitterte noch.

»Ja, sag deine Onkel Bescheid.« Edek nickte zustimmend. »Und dann fang an mit Arbeit. Bring schon mal alle Wagen auf Tieflader, du weißt, wie.«

»Immer vier Wagen mit der Nase nach vorne, und ohne Rampe!« sagte Wilfried, wobei ihm ein erleichterter Seufzer entfuhr. Dann putzte er sich noch mal das Gesicht und verließ den Wohnwagen mit so heftigen Schritten, daß dieser ins Schaukeln geriet wie ein kleines Boot auf dem Ozean.

Herr Eduardo Stermann

1

Daß Mirja heute zum ersten Mal beim Aufbauen nicht mithalf, hatte Edek schon zu spüren bekommen. Zwar arbeitete Wilfried wie immer für drei, aber die vielen Kleinigkeiten, die Mirja sonst erledigt hatte, mußte Edek jetzt zusätzlich machen. Hinzu kam, daß er heute nacht sehr schlecht geschlafen hatte. Ständig hatte er an den toten Onkel Ludwig denken müssen. Noch nicht einmal richtig küssen konnte er Mirja, weil er immer nur dessen grinsendes Gesicht vor sich sah, wenn er die Augen schloß. Herausgeredet hatte er sich schließlich damit, daß er müde sei. Und dann wach gelegen. So lange, bis er es nicht mehr ausgehalten hatte. Aufgestanden war er gegen fünf Uhr und hatte den ersten Tieflader hierher nach Pforzheim gefahren. Dann mit dem Antriebswagen zurück und gleich nach dem Frühstück den zweiten Tieflader geholt. Der andere Antriebswagen und der Wohnwagen waren erst einmal in Augsburg geblieben. Wenn Mirja in zwei, drei Tagen nachkam, würde Edek mit dem Zug nach Augsburg fahren und den Rest holen. Alles ganz schön umständlich. Aber vorläufig war es so besser. Edek mußte sich wenigstens keine Gedanken darum machen, was wäre, wenn Mirja den toten Onkel Ludwig im Sarg des »Toten Mannes« entdeckte.

»Hey, Mann!« rief jemand vom Autoskooter-Geschäft. »Kannst du den Tieflader mal ein Stück vorfahren? Wir kommen sonst nicht vorbei!«

»Mach ich!« rief Edek zurück. Er legte die Lichterkette, die er gerade anbringen wollte, auf den Boden und ging nach unten. Auf halbem Weg kam ihm der strahlende Wilfried entgegen. »Mach schneller, Wilfried, schlaf nicht!« fuhr ihn Edek an. Wilfried nickte eifrig und ging schneller. Edek hätte ihn samt seinem Onkel auf den Mond schießen können, so wütend war er auf ihn. Doch es ging nicht. Der Verrückte machte mit ihm, was er wollte. Heute mittag schon wieder. Da hatte Edek beim Einbau des Sarges gesagt, der Deckel bliebe zu, er habe den entsprechenden Mechanismus abgestellt. Daraufhin meinte Wilfried, der Deckel müsse offen bleiben, sonst könne er seinen Onkel nicht mehr sehen.

»Bist du verrückt!« hatte Edek losgeschimpft. »Willst du mit deine tote Onkel Leute erschrecken?«

»Aber beim ›Toten Mann‹ hat sich auch keiner erschreckt, oder nur ein bißchen«, versuchte es Wilfried.

»›Toter Mann‹ ist eine Puppe, aber deine Onkel ist richtige Mensch! Das ist nicht Spielzeug für Geisterbahn!«

Wilfried überlegte. Dann meinte er: »Du hast recht, Edek. Ich nehme Onkel Ludwig besser mit in den Wohnwagen.«

»In was???« Edek glaubte, er habe sich verhört.

»In den Wohnwagen, ein Bett ist ja noch frei ...«

Edek lief rot an. »Wilfried! Ich reiß dir gleich Kopf ab! Edek will nicht mit deine tote Onkel in Wohnwagen schlafen! Und wenn Mirja deine Onkel sieht, bist du selbst toter Mann!«

»Ich kann meinen Onkel ja zudecken, und abends, wenn Mirja schläft, da kann ich ihn ja dann sehen.«

Und da hatte Edek aufgegeben. Was anderes blieb ihm übrig? Wenn er Onkel Ludwig nicht im Sarg des »Toten Mannes« ließ, stellte Wilfried mit Sicherheit etwas Verrücktes an. Also hatte Edek den Mechanismus wieder eingerichtet und den grünen Scheinwerfer so eingestellt, daß er dem toten Onkel nicht direkt ins Gesicht leuchtete. Mehr konnte er nicht tun. Er konnte nur hoffen, daß keiner von den Fahrgästen auf die Idee kam, es mit einer richtigen Leiche zu tun zu haben.

Edek hatte den Tieflader hinter die Geisterbahn gefahren und ging wieder zurück. Es war windig, die Plane an der Geisterbahn flatterte, und von dem Platz, wo das Autoskooter-Geschäft aufgebaut wurde, kam ihm eine halb zerfetzte Zeitung vor die Füße geflogen. Wütend wollte Edek dagegentreten. Da entdeckte er die riesige, fette Schlagzeile:

»Augsburg: Leiche gestohlen – Tat eines Wahnsinnigen?«

Edek wurde es schlagartig heiß. Er hob die Zeitung auf und hielt die zerrissene Stelle zusammen. »Perverser Diebstahl!« stand unter der Schlagzeile und weiter in dem Artikel: »Erwin B., Fahrer des gerichtsmedizinischen Instituts von Augsburg, will am späten Montag nachmittag die konservierte Leiche eines unbekannten Toten in der medizinischen Abteilung der Universität München abliefern. Er bleibt aber auf der Autobahn im Stau stecken. Erwin B.: ›Das ist mir um diese Zeit schon öfter passiert, da kann man nichts machen. Ich stelle dann die Lieferung am nächsten Morgen zu, weil um 18 Uhr in München keiner mehr da ist, der sie mir abnimmt.‹ An der nächsten Ausfahrt kehrt Erwin B. um und fährt mit dem Transporter zu seinem Schwager, dem er bei der Renovierung der Wohnung hilft. Erwin B.: ›Wenn man den Job so lange macht wie ich, denkt man nicht ständig an die Toten im Auto.‹ Gegen 22.30 Uhr wollen beide noch schnell eine Pizza essen. Als sie eine halbe Stunde später die Pizzeria verlassen, ist der Transporter weg. Mit dem Toten. Der Augsburger Polizeipräsident: ›Wir haben den Transporter in den Morgenstunden gefunden. Er ist nicht mit einem Werkzeug aufgebrochen worden, sondern von jemandem, der über Riesenkräfte verfügen muß. Die Leiche – besonderes Kennzeichen ein Grinsen wegen Muskelverletzung – ist weg.‹ Der Leiter der Gerichtsmedizin: ›Der unbekannte Tote wurde vor drei Monaten ertrunken im See des Stadtparks gefunden. Irgendwelche äußeren Einwirkungen waren nicht festzustellen, lediglich ein hoher Alkoholpegel im Blut. Ein Unfall also. Nach Verstreichen der gesetzlichen Frist werden die konservierten Körper solcher Menschen grundsätzlich der medizinischen Abteilung der Universität zu Lehr- und Forschungszwecken überlassen.‹ Der Polizeipräsident: ›Die Ermittlungen laufen auf Hochtouren, aber wir tappen bis jetzt absolut im dunkeln. Es muß sich entweder um einen bösen Scherz oder um die Tat eines Geisteskranken handeln. Die Art, wie der Transporter aufgebrochen wurde, spricht für das Letztere!‹«

Edek faltete die Zeitung und steckte sie ein. Tat eines Wahnsinnigen! Jetzt reichte es! Endgültig! Länger hielt Edek es nicht mehr aus! Es mußte etwas geschehen. Jetzt sofort, bevor ihm die Polizei auf die Schliche kam. Wie hatte er nur annehmen können, daß eine solche Sensation nicht auf der ganzen Welt bekannt würde? Hunderte, nein Tausende von Polizisten durchkämmten sicher schon die Städte, den ganzen Erdball. Wie lange würde es noch dauern, bis man ihn entdeckt hatte? Einen halben Tag, eine Stunde, eine Minute?

Tat eines Wahnsinnigen! Das war es! Wilfried war wahnsinnig, ein Verrückter, der aus irgendeinem Irrenhaus ausgebrochen war, mit seinen Riesenkräften die Gitter zerfetzt und alle Wächter umgebracht hatte. Edek mußte etwas unternehmen, unbedingt. Er mußte herausfinden, was mit Wilfried wirklich los war. Bestimmt fand er etwas in seinem verrückten Tagebuch.

Edek rannte zum Mannschaftswagen, schlug die Tür hinter sich zu und riß Wilfrieds Schrank auf. Die Plastiktüte, in die Wilfried stets das Tagebuch steckte, lag ganz oben. Edek nahm sie heraus und fluchte. Beinahe wäre sie ihm auf die Füße gefallen, so schwer war das verdammte Tagebuch. Er legte die Tüte auf das Bett und drehte sie um. Das Tagebuch plumpste heraus und eine dicke Mappe. Aus der Mappe glitt ein Foto auf das Kissen.

Edek setzte sich. Auf dem Foto war Onkel Ludwig zu sehen, Edek erkannte ihn sofort. Er war in einen Khakianzug gekleidet, trug auf der einen Schulter ein Gewehr, auf der anderen eine Tasche und grinste. Hinter ihm befand sich ein dicker Baumstamm, neben ihm standen ein paar kleine, dunkelhäutige Menschen mit Pfeil und Bogen, seltsamen Federn im Haar und einer bunten Bemalung im Gesicht. Im Hintergrund war ein brauner Fluß zu sehen. Edek drehte das Foto um. »Für meinen Neffen Wilfried«, stand dort geschrieben. Und: »Zur Erinnerung an die gemeinsamen Tage am Amazonas.«

Edek legte das Foto zur Seite und schlug die Mappe auf. Sie war voller Formulare und handgeschriebener Zettel, die Edek kaum etwas sagten, weil er sie nicht entziffern konnte. Aber ganz hinten, da fand er einen auf der Schreibmaschine geschriebenen Brief abgeheftet. Er war an den »Leiter der privaten psychiatrischen Klinik« in München gerichtet und von einer Dr. Vanessa Jagenberg in Bonn geschrieben. Nach ein paar einleitenden Zeilen stand weiter unten: »Ich hoffe also, meinen Sohn Wilfried nun endgültig und zufriedenstellend bei Ihnen untergebracht zu haben, nachdem er in der Vergangenheit bereits zwei Mal die Kliniken in einem unbeobachteten Augenblick verlassen konnte. So bedauerlich es auch ist, aber meinem Sohn Wilfried kann nur durch eine dauerhafte Verwahrung geholfen werden, da er sonst imstande ist, sich selber und anderen großen Schaden zuzufügen. Wie sehr mir sein Wohl am Herzen liegt, können Sie daran ersehen, daß ich Ihrer Klinik in den nächsten Tagen eine Spende in Höhe von 50 000 DM zukommen lassen werde, über die Sie frei verfügen können. Mit herzlichen Grüßen, Ihre Dr. Vanessa Jagenberg.«

Also bitte. Hatte es Edek nicht bereits geahnt? Schon zweimal war Wilfried aus Kliniken ausgebrochen! Und was war wohl damit gemeint, daß er sich selbst und anderen großen Schaden zufügen konnte? Wilfried war ein gefährlicher Irrer, ein Koloß mit Riesenkräften, an dem man nicht vorbeikam. Edek betrachtete noch einmal das Foto. Ohne jeden Zweifel waren Wilfrieds Geschichten über den Urwald wahr. Aber was alles war dort wirklich geschehen? Wissenschaftliche Forschungen, Krokodiljagden, Flugzeugabstürze. Und jetzt plötzlich der tote, konservierte Onkel in Augsburg. Eine verrückte Welt mit einem verrückten Wilfried und mittendrin Edek, auch schon nah am Irrewerden.

Damit mußte endgültig Schluß sein. Sofort. Gleich würde Edek Wilfrieds Mutter anrufen und ihr sagen, was alles passiert sei. Sie solle kommen und ihren verrückten Sohn abholen, zusammen mit dem toten Onkel Ludwig. Was dann weiter geschah, war Edek gleichgültig. Mochte ihn die Polizei verhaften und ihn fragen. Er würde alles auf Wilfried schieben. Er habe ihn überredet, den Transporter zu stehlen, nein, gezwungen habe er ihn. Er, der kleine Edek, konnte gar nichts dagegen machen. Ihm würde man bestimmt glauben, er war ganz normal. So normal, wie nur ein Mensch sein konnte.

Edek griff entschlossen zum Funktelefon. Die Telefonnummer von Dr. Vanessa Jagenberg befand sich oben im Briefkopf. Er wählte. Im Hörer tackerten der Reihe nach die angewählten Zahlen. Dann ertönte das Rufzeichen. Fünfmal, zehnmal, fünfzehnmal. Edek wurde nervös. Warum meldete sich keiner? Plötzlich war eine Stimme am Apparat. »Klinik am Venusberg«, sagte sie, »Sekretariat Dr. Jagenberg.«

»Ich . . .«, räusperte sich Edek, »ich . . ., äh, ist Doktor Jagenberg da?«

»Wer spricht da bitte?«

»Äh, ist Doktor Jagenberg da?« wiederholte Edek.

»In welcher Angelegenheit rufen Sie an?« Die Stimme am anderen Ende der Leitung klang ein wenig ungeduldig.

»In Angelegenheit von Wilfried«, sagte Edek. Seine Hände schwitzten.

»Einen Augenblick!« Im Hörer klickte es, nur ein leises Rauschen war zu hören. Dann war die Stimme wieder zurück. »Bleiben Sie bitte am Apparat. Wir versuchen, Frau Dr. Jagenberg so schnell es geht zu erreichen!«

»Ich warte«, sagte Edek. Er mußte schlucken. Seine Kehle fühlte sich trocken an. Die Stimme hatte nun hektisch geklungen, und im Hintergrund waren noch andere, gleichfalls hektische Stimmen zu hören gewesen. Hatte man schon auf seinen Anruf gewartet? War vielleicht schon die Polizei da? Nein, er bildete sich alles nur ein. In der Zeitung stand, die Polizei tappe noch im dunkeln. Er mußte jetzt die Ruhe bewahren, auch wenn sein Herz aufgeregt schlug und er mit einem Male das Gefühl hatte, seine Gedanken nicht ordnen zu können.

Da schepperte es im Hörer, so als habe jemand auf der anderen Seite ungeschickt den Hörer von der Gabel gerissen, und eine außer Atem geratene Stimme meldete sich: »Doktor Jagenberg hier! Wer spricht da? Was ist mit Wilfried?«

»Äh, Ed..., äh, Eduard Ostermann hier an Telefon«, sagte Edek.

»Was ist mit Wilfried? Wo ist er?« rief Dr. Jagenberg ängstlich, bevor Edek weitersprechen konnte.

»Wilfried ist hier, bei mir, mit seine Onkel Ludwig...« Edek unterbrach sich, denn er mußte schon wieder schlucken.

»Onkel Ludwig...« Dr. Jagenberg sagte es so seltsam tonlos, als habe es ihr die Sprache verschlagen.

»Mit Onkel Ludwig, ja. Und, und Onkel Ludwig, der ist in Sarg und ist t-t-tot!« Das verdammte Stottern war plötzlich wieder da, und nicht nur das – Edek zitterte, er fror, als habe jemand Eisstücke in ihn hineingeschüttet.

»Ludwig ist tot«, wiederholte Dr. Jagenberg. Ihre Stimme klang immer noch tonlos, schon fast geisterhaft.

Edek schwieg verunsichert. Er hatte dummerweise vorher gar nicht daran gedacht, daß die Nachricht vom Tod des Onkels Wilfrieds Mutter schockieren würde. Was sollte er jetzt nur sagen? Vergeblich suchte er nach einem vernünftigen Satz.

Aber da meldete sich Dr. Jagenberg am anderen Ende der Leitung. »Was verlangen Sie, Herr Eduardo Stermann?« fragte sie.

»Äh, verlangen, ja«, sagte Edek, ziemlich erstaunt darüber, mit welch seltsamer Betonung Wilfrieds Mutter seinen Namen aussprach. »Ich verlange, Sie sollen Wilfried abholen und seine t-t-t…, seine Onkel Ludwig auch!«

»Gut. Und wie lauten Ihre Bedingungen, Herr Eduardo Stermann?«

»Lauten Bedingungen?« Edek verstand nicht, was Dr. Jagenberg meinte. »Keine lauten Bedingungen, äh …«

»Selbstverständlich soll alles im stillen und ohne Aufsehen geregelt werden. Die Polizei bleibt aus dem Spiel.«

»Ja, keine Polizei.« Das hatte Edek wieder verstanden. »Ohne Polizei ist besser.«

»Wohin soll ich kommen und wann?«

Das war eine gute Frage. Nachdem Dr. Jagenberg so überraschend darauf bestand, daß alles ohne Aufsehen geregelt werden sollte, konnte sie Edek unmöglich hier zur Kirmes bitten. Er mußte es irgendwie schaffen, Wilfried und seinen Onkel an einen stillen Ort zu bringen. Aber wie? Der Onkel mußte in einen ordentlichen Sarg. Doch wo sollte Edek einen kaufen? Er hatte keine Ahnung.

»Äh«, sagte Edek, »gibt Problem. Wenn Polizei nichts erfahren soll, braucht Onkel Ludwig neue Sarg, weil in alte Sarg liegt andere ›Toter Mann‹ …«

»Selbstverständlich, Sie …, Sie müssen einen neuen Sarg kaufen und brauchen Geld. Habe ich das richtig verstanden?«

An Geld hatte Edek nicht gedacht, aber Wilfrieds Mutter hatte recht. »Ja, neue Sarg ist bestimmt nicht billig, bestimmt ziemlich teuer sogar...«

»Teuer, natürlich. Nennen Sie mir Ihre Summe, Herr Eduardo Stermann, ich bin mit allem einverstanden.«

Das verstand Edek nur zum Teil. Irgendwie war Wilfrieds Mutter äußerst seltsam. Nicht ganz normal, ein bißchen verrückt.

»Summe ist...«, überlegte er laut. Was mochte so ein Sarg kosten? Er hatte noch nie einen gekauft. »Summe ist bestimmt tausend..., tausend, ääh...« Ein warnendes Piepsen des Funktelefons unterbrach ihn. Die Batterie drohte auszugehen, er hatte in der Hektik des Tages vergessen, sie zu laden. »Hier ist gleich Schluß«, erklärte Edek.

»Nein«, rief Dr. Jagenberg, »legen Sie bitte nicht auf. Ich habe Sie schon verstanden: tausend Tausender, also eine Million. Kein Problem! Ich kann eine Million in Tausendern besorgen. Und jetzt sagen Sie mir endlich, wohin ich das Geld bringen soll und wann?«

Edek schwieg. Sein Kopf war plötzlich wie zugemauert, und er fand nicht ein einziges Wort. Dafür sank seine Hand, die den piepsenden Apparat hielt, langsam nach unten, und der Zeigefinger, der ihm nicht mehr zu gehören schien, drückte auf den »Aus«-Knopf.

2

Vanessa Jagenberg hielt den Hörer noch eine Weile in der Hand, als könne sie das abrupte Ende des Gesprächs nicht begreifen, dann legte sie auf.

Seitdem sie heute früh im »Bonner Anzeiger« die Nachricht von der verschwundenen Leiche in Augsburg gelesen hatte, war sie sich sicher, daß etwas Schreckliches geschehen würde. Eine bohrende Unruhe, die sich schließlich bis zur Panik steigerte, hatte sie erfaßt, und sie war nicht in der Lage gewesen, auch nur einen einzigen vernünftigen Gedanken zu fassen. Aber als man sie vor ein paar Minuten zum Telefon gerufen hatte, als sie das gebrochene Deutsch und den harten Akzent des Mannes vernommen hatte, der ihr mitteilte, Wilfried und Ludwig befänden sich in seiner Hand, da waren ihr innerhalb von Sekunden alle Zusammenhänge klargeworden. Da hatte sie endlich eine Antwort auf die quälenden Fragen, warum Wilfried sich nicht meldete, warum seine komplette Akte aus der Klinik verschwunden war, warum er, der geistig behinderte Riese, nirgendwo aufgefallen war: Die brasilianische Mafia war auf den Plan getreten, sie forderte ihren Tribut für die Million Dollar, die ihr Ludwig schuldete.

Vanessa Jagenberg spürte, wie sie eine Welle von Angst erfaßte. Die Mafia kannte keine Gnade. Noch hatte sie den Anblick der geisterhaften Goldmine vor Augen, in die sie zusammen mit Ludwig vor vielen Jahren geraten war. Die Holzhütten waren niedergebrannt, und überall lagen grausam zugerichtete menschliche Körper. Der Eigentümer hatte sich geweigert, das Erpressungsgeld zu zahlen, die Mafia hatte nach den ihr eigenen Gesetzen brutal zugeschlagen. Auch wenn Ludwig tatsächlich verheimlicht hatte, daß er nach Deutschland flog, konnte ihm das am Ende nicht gelungen sein. Die Mafia war überall. Sie beherrschte die gesamte Verwaltung, das gesamte Transportwesen. Niemand konnte das Land verlassen, ohne daß sie es früher oder später erfuhr. Nur die Mafia konnte es durch ihre dunklen Hintermänner und Informanten schaffen, einen geistig Behinderten *und* die konservierte Leiche eines Ermordeten in ihre Gewalt zu bringen.

Vanessa Jagenberg fuhr sich mit den Händen über das Gesicht. Sie waren eiskalt, erschreckend eiskalt. Ihr Blick fiel auf die gerahmte Fotografie von Gernot Jagenberg. Mit ihm hatte alles angefangen. Diesen Mann hatte Vanessa Jagenberg geliebt, auch noch geliebt, als sie ihn langsam zu hassen anfing, für seine Gleichgültigkeit ihr gegenüber und die Unfähigkeit, seine eigene Genialität zu begreifen und zu nutzen.

In nächtelangen und aufreibenden Experimenten hatte Gernot Jagenberg versucht, mit Hilfe eines giftigen Pilzes diejenigen Teile der Canalaria-Pflanze zu isolieren und haltbar zu machen, die für ihre entzündungshemmende Wirkung bekannt waren. Vanessa Jagenberg war ihm dabei behilflich gewesen. Tag und Nacht hatte sie ihm beigestanden, ihn immer wieder seelisch aufgerichtet, wenn er eine Niederlage erlitten hatte. Und sie war auch dabei gewesen, als Gernot Jagenberg mehr durch Zufall herausfand, daß bei einer anderen Vorbehandlung des Pilzes das dann entstandene Produkt eine verblüffende Wirkung auf den Menschen ausübte: Es versorgte die Hautzellen mit Wasserpartikeln und führte, wenn auch nicht dauerhaft, zu einer jugendhaften Glättung der Haut. Das sensationelle »Juventin« war entdeckt.

Aber Gernot Jagenberg hatte an einer Vermarktung dieses Wundermittels kein Interesse. Reichtum, Macht und Geltung waren ihm gleichgültig. Er war ein Idealist, der glaubte, der ganzen Menschheit helfen zu müssen. Die neue Medizin, meinte er, würde durch ihre hohen Herstellungskosten nur den Reichen dienen und lediglich ihren – so seine Worte – hohlen Wunsch nach einer schönen Hülle befriedigen. Seine Forschungsarbeiten aber sollten eine Medizin hervorbringen, die für jeden erschwinglich war und die wirkliche Krankheiten heilte. Für ihn stand fest, daß er noch weiter forschen mußte, egal, wie sehr er sich dafür verschuldete.

Und dennoch – Vanessa Jagenberg hätte es beinahe geschafft, ihn für ihre Pläne zu gewinnen, damals, vor acht Jahren, als Gernot Jagenberg am Ende war und verkündete, er wolle noch ein letztes Mal in den Urwald zurück, um nach einer anderen Sorte von Pilz zu suchen. Sie hätte es geschafft, wenn ihr nicht ihre Schwester im Wege gestanden hätte. Aber daran mochte Vanessa Jagenberg jetzt nicht mehr denken. Das war vorbei. Sie hatte ihre Chance gehabt und sie genutzt. Gernot war tot, ihre Schwester war tot, und die Jagenberg-Klinik hatte sich unter ihrer Leitung so entwickelt, wie sie es schon immer gewollt hatte: Sie war groß, berühmt und bescherte ihr den Reichtum, die Macht und das Ansehen, nach denen sie schon immer gestrebt hatte.

Eine erneute Welle von Angst erfaßte plötzlich Vanessa Jagenberg und schnürte ihr die Kehle zu. Sie sprang von ihrem Sessel auf, eilte zum Fenster und schaute nach draußen. Ihre Augen hasteten unruhig von einem Punkt zum anderen. War die Mafia schon hier? Lauerten bereits hinter den Bäumen bewaffnete Verfolger, die jeden ihrer Schritte zu überwachen hatten? Nichts regte sich. Der Park, die breite, von Bäumen gesäumte Zufahrt und die weißen Gebäudeflügel der Klinik lagen vor ihr so ruhig wie immer. Die Sonne beschien die Kieswege. Sie mußte zur Besinnung kommen, das Gefühl der Angst in sich niederkämpfen. Es war normalerweise nicht ihre Art, so schnell in Panik zu geraten, so nervös und überspannt zu reagieren. Aber die großen Mengen von »Juventin«, die sie in letzter Zeit zu sich genommen hatte, entfalteten jetzt ihre volle Wirkung. Und auf die entsprechenden Beruhigungsmittel konnte sie nicht zurückgreifen. Sie würde die Dosis so hoch ansetzen müssen, daß sie in eine Art Halbschlaf verfallen würde. Genau das durfte nicht geschehen.

Vanessa Jagenberg trat wieder vom Fenster zurück und begann unruhig im Zimmer auf und ab zu laufen. Sie versuchte, sich daran zu erinnern, was genau der Erpresser gesagt hatte. Daß Wilfried bei ihm sei und auch Ludwig. Nein, er hatte »Onkel Ludwig« gesagt, ganz bestimmt. Warum hatte er das gesagt? So nannte Ludwig Jagenberg immer nur Wilfried, sonst keiner. Dann hatte er gesagt, Ludwig sei tot. Dabei war er seltsamerweise ins Stottern geraten.

Warum? War er verunsichert? Nervös? Kam es daher, daß er Sprachschwierigkeiten hatte? Andererseits – seine Sprache war eindeutig gewesen, mochte er noch so nervös gewirkt haben. Er wollte eine Million in Tausenderscheinen. Genau die Million, die Ludwig der Mafia schuldete. Obwohl – er hatte nicht gesagt, daß er eine Million *Dollar* verlangte. Aber das war sicher selbstverständlich. Eine Million Dollar für einen Sarg, in dem sonst ein anderer »Toter Mann« lag. Wer war überhaupt dieser Mann? Ein Kompagnon von Ludwig, den die Mafia bereits umgebracht hatte? Und überhaupt – wie hatte die Mafia erfahren können, daß der unbekannte Tote in Augsburg Ludwig war? Daß Wilfried sie auf die Spur gebracht hatte, war ausgeschlossen. War die Mafia vielleicht Ludwig die ganze Zeit gefolgt und hatte den Mord beobachtet? Warum hatte sie dann aber so lange gewartet und sie nicht schon früher erpreßt? – Lauter Fragen, auf die Vanessa Jagenberg im Augenblick keine Antwort fand.

Aber eines wurde ihr nach und nach immer klarer, während sie unruhig ihr Zimmer durchwanderte. So einfach wollte sie nicht aufgeben. Niemals. Wenn man sie derart in die Enge trieb, würde sie sich wehren. Was blieb ihr anderes übrig? Alle Erpressungsgeschichten der Welt verliefen immer nach dem gleichen Muster: Erst verlangte man eine Million, dann die zweite, dann die dritte. Erpresser ruhten niemals, egal, ob sie von der Mafia kamen oder nicht. Sie machten so lange weiter, bis sie den Erpreßten in den Ruin getrieben hatten. Der Ruin bedeutete das Ende. Es war, als setze man sich eigenhändig eine Kugel. Auf eine solch endlose, qualvoll zermürbende Geschichte wollte sich Vanessa Jagenberg nicht einlassen. Besser, sie kämpfte gleich richtig. Wenn es sein mußte, auf Leben und Tod. Und sie wußte auch schon, wie.

Der seltsame Eduardo Stermann würde bald wieder anrufen. Sie würde ohne Wenn und Aber auf seine Bedingungen eingehen. Wenn alles nach dem üblichen Erpressungsmuster ablief, würde er ihr einen einsamen Treffpunkt vorschlagen. Und spätestens dann, in dem Augenblick, wo sie ihm gegenüberstand, würde sie handeln. Eiskalt und bedingungslos. Es war die einzig mögliche Rettung.

Vanessa Jagenberg blieb vor dem Spiegel stehen, erneuerte ihr Make-up und ordnete ihr Haar. Dann verließ sie festen Schrittes ihr Zimmer. Im Sekretariat warteten schon gespannt die Sekretärin und ein paar Mitarbeiter.

»Haben Sie etwas von Wilfried erfahren, Frau Doktor?« wollte die Sekretärin wissen. »Wo ist er?«

»Das ist noch völlig unklar. Dem Anrufer ist plötzlich das Geld ausgegangen«, erklärte Vanessa Jagenberg mit einem besorgten Lächeln. »Wenn ich ihn richtig verstanden habe, glaubt er übrigens nur, Wilfried gesehen zu haben, sicher ist er sich nicht. Er hat mir versprochen, sich bald wieder zu melden. Ich hoffe nicht, daß er sich einen Scherz mit mir erlaubt. Auf jeden Fall nehme ich das Piepsgerät mit, damit Sie mich in Zukunft schneller erreichen können!«

»Ich rufe sofort den Hausmeister an und sage ihm, daß er die Funkfrequenz für Sie freihält, Frau Doktor!« Die Sekretärin reichte ihr den kleinen schwarzen Funkapparat und griff zum Hörer.

»Ja, sehr gut, veranlassen Sie das. Ich bin in einer Viertelstunde zurück. Dann fahren wir mit den Behandlungen fort.« Vanessa Jagenberg steckte den Funkapparat in die Brusttasche des Ärztekittels und ging.

Ein paar Minuten später hatte sie die hinter der Klinik liegende Park- und Wiesenanlage durchquert und war in ihrer Villa angekommen. Zielstrebig ging sie in den Keller und schob dort unter einiger Anstrengung das schwere Regal von der Wand, auf dem immer noch, verpackt in verschiedene Schachteln, Gernot Jagenbergs Pflanzenproben lagen. Hinter ihm stand, in einer kleinen

Nische, Ludwigs große Sacktasche. Sie zerrte sie hervor. In ihr befand sich noch das ganze Geld, das sie damals, um unnötige Nachfragen und weitere Komplikationen zu vermeiden, bei der Investitionsbank in Augsburg abgeholt hatte. Überrascht von der großen Menge des Geldes, hatte sie spontan Ludwigs Tasche aus dem Wagen geholt und das Geld dort verstaut. Später einmal, wenn sie ganz sicher sein konnte, daß keine Gefahr mehr drohte, wollte sie das Geld wieder unauffällig ins Ausland bringen.

Vanessa Jagenberg griff in eine der Seitentaschen und holte den Revolver heraus, mit dem Ludwig sie noch kurz vor seinem Tod hatte erschießen wollen. Ein spöttisches Lächeln zuckte um ihren Mund. Auch wenn sie von derartigen Geschichten nichts hielt, war diese schäbige Tasche tatsächlich eine Art von Lebensretter. Hätte sie sie nach dem Mord, wie eigentlich geplant, samt ihrem Inhalt beseitigt, hätte sie im Augenblick gar nicht so recht gewußt, wo man sich unauffällig eine richtige Waffe besorgte. So fiel sie ihr einfach in die Hände. Wie ein Geschenk des Himmels.

Sie klappte das Munitionsmagazin heraus und zählte nach. Sechs Kugeln steckten darin. Sechs Chancen. Chancen, die sie auf jeden Fall wahrnehmen wollte.

3

Edek hatte die Morgenzeitung schon dreimal aufmerksam gelesen, aber nichts mehr über den verschwundenen Toten in Augsburg gefunden. Im Grunde genommen gab es auch nichts Neues zu berichten. Onkel Ludwig lag noch immer im Sarg des »Toten Mannes«, und gestern an der Kasse hatte Edek nicht eine einzige Bemerkung von den Fahrgästen gehört. Alle waren sie an dem

Sarg vorbeigefahren und hatten sich von Onkel Ludwig erschrecken lassen oder sich über ihn amüsiert, ohne zu merken, daß es ein wirklicher Toter war.

Edek faltete die Zeitung zusammen und legte sie weg. So recht konnte er immer noch nicht glauben, was er vorgestern am Telefon gehört hatte. Die Polizei solle aus dem Spiel bleiben, und eine Million Mark wolle ihm Wilfrieds Mutter für den Sarg geben! Selbstverständlich hatte Edek sofort begriffen, daß dahinter irgendeine andere, seltsame Geschichte steckte. Aber welche? Schon die ganze Zeit ging ihm diese Frage im Kopf herum, er dachte beinahe an nichts anderes mehr. Als erstes war ihm natürlich gleich die Idee gekommen, Wilfrieds Mutter habe den Onkel umgebracht. Aber genau das konnte es nicht sein. Zum einen hatte sie viel zu überrascht reagiert, zum anderen stand in der Zeitung eindeutig, der Onkel sei ohne äußere Einwirkungen und unter Alkoholeinfluß ertrunken. Ein Unfall. Aber welch ein seltsamer! Warum war der Onkel aus dem brasilianischen Urwald nach Deutschland gekommen und warum ausgerechnet in Augsburg ertrunken? Und warum wußte niemand, wer er war? Es mußte also ein anderes, verrücktes Geheimnis dahinterstecken, aber Edek mochte überlegen, soviel er wollte, er kam nicht darauf.

Deshalb war Edek auch gestern, nach Kirmesschluß, zu Wilfried gegangen, der gleich nach oben zu seinem Onkel verschwunden war, und hatte versucht, etwas aus ihm herauszubekommen. Erfahren hatte er nichts. Wilfried berichtete freudig von tagelangen Urwaldmärschen mit seinem Onkel, von Überquerungen des Amazonas und von seltsamen Ameisen, die nach Genuß eines giftigen Pilzes verrückt wurden, auf den Gipfel eines Baumes kletterten und dort starben. »Mein Papa hat ihn entdeckt, den einzigen kletternden Pilz der Welt«, sagte Wilfried stolz. »Wenn die Ameise tot ist, wächst der Pilz aus ihrem Körper, bildet Sporen, und der Wind verstreut sie über den ganzen Urwald!« Nur als Edek Wilfried über seine Mutter aushorchen wollte, da sagte er nichts mehr. Es war wie abgeschnitten. Genau wie in seinem verrückten Tagebuch, wo mittendrin ein paar Seiten fehlten und wo danach nicht ein Wort mehr über sie zu finden war.

Edek goß sich noch etwas Kaffee in die Tasse und schaute auf die Uhr. In einer Stunde begann die Kirmes. Heute abend würde er es noch einmal mit Wilfried versuchen. Irgendwie mußte der Verrückte doch zu übertölpeln sein. Da hatte Edek schon ganz andere Sachen geschafft. Die eine Million, das stand für Edek fest, würde er auf jeden Fall versuchen zu bekommen. Er hatte sogar schon ein paar Mal die Zahl auf ein Stück Papier geschrieben. Eine Eins mit sechs Nullen. Und wenn es funktionierte, dann war er reich. So richtig reich. Dann hatte er tausend Tausendmarkscheine! Als erstes würde er seine und Mirjas Schulden abzahlen. Dann würde er sich ein schnelles Auto kaufen. Nein, vorher würde er mit Mirja nach Paris fliegen. In das teuerste und beste Hotel.

Edek träumte den Gedanken nicht zu Ende. Er sah plötzlich durch das Fenster Jeschke an der Geisterbahn auftauchen. Er schaute sich um und entdeckte den Wohnwagen. Raschen Schrittes kam er auf ihn zu. Edek überlegte kurz. Auf einen solchen Augenblick hatte er schon lange gewartet. Jetzt würde er dem Banditen zeigen, was Sache war! Er sprang auf und stürzte zum Schrank. Als Jeschke wenig später, die übliche Zigarre im Mund, den Wohnwagen betrat, saß Edek schon wieder am Tisch.

»Wo ist der Chef?« fragte Jeschke ohne Umschweife.

»Erst einmal ein schönen guten Tag«, wies ihn Edek zurecht.

Jeschke tat so, als würde er das überhören. »Ich hab gefragt, wo der Chef ist«, wiederholte er.

Edek fuhr sich über das Schnauzbärtchen. »Weiß nicht«, meinte er, »ich hab den Chef heute noch nicht gesehen.«

»Willst du mich auf den Arm nehmen?«

»Nee, aber du kannst zu mir auf Schoß kommen!«

Jeschke bückte sich über den Tisch, ganz nah an Edek heran, und blies ihm den Rauch ins Gesicht. »Paß mal auf, du kleine Ratte«, zischte er, »laß die dummen Sprüche! Und für dich bin ich immer noch ›Sie‹ oder ›Herr Jeschke‹, klar?«

»Klar, Sie oder Herr Jeschke.«

»So ist besser. Also, wo ist der Chef?«

»Weiß nicht.«

»So, du weißt es nicht. Aber ich. Mit Blaulicht haben sie ihn in Augsburg abgeholt, stockbetrunken. In welchem Krankenhaus liegt er? Los, wir haben noch etwas miteinander zu besprechen, ich hab nicht viel Zeit!«

»Weiß nicht, welches Krankenhaus, hab alles vergessen. Sie oder Herr Jeschke muß raten!« Edek rückte den Stuhl weg und legte bequem die Beine auf den Tisch.

Jeschke schoß das Blut in den Kopf. »Ich geb dir genau drei Sekunden Zeit. Dann hast du's ausgespuckt.«

Er zählte bis drei. Als er fertig war, spuckte Edek wortlos neben sich auf den Boden.

Das war für Jeschke zuviel. Er machte eine Bewegung, als wolle er Edeks Beine vom Tisch reißen und ... erstarrte. Er blickte in die Mündung eines Revolvers.

»Mach Zigarre aus, Jeschke, das stinkt!« sagte Edek.

Jeschke zögerte.

»Mach, sonst gibt Loch in deine Birne!« Edek entsicherte den Revolver.

Jeschke schaute sich verunsichert auf dem Tisch um. »Ist kein Aschenbecher da«, meinte er.

»Dann geh mit deine stinkende Zigarre raus. Edek zählt jetzt bis drei. Eins ... zwei ...«

»Immer mit der Ruhe, Junge«, meinte Jeschke rasch und lächelte verkrampft. »Wir wollen hier keinen Lärm machen. Nicht nötig. Ich bin schon weg!«

»So ist besser. Und nächstes Mal schön ›Guten Tag‹ sagen, wenn du hier reinkommst!«

»Klar, kein Problem!« Jeschke heftete seine Augen auf den Revolver und ging langsam rückwärts zur Tür. Als er draußen war, brauchte er erst eine kleine Weile, um sich von dem Schrecken zu erholen, dann fluchte er los. Ihm war schon alles mögliche unter die Hände gekommen, aber so etwas noch nicht! Jeschke schleuderte die Zigarre zu Boden, trat sie wütend aus und machte sich auf den Weg zur Achterbahn. Dort holte er Berthold, der gerade zu Mittag aß, aus dem Mannschaftswagen.

»Ist was, Chef?« fragte Berthold.

»Der Kleine mit dem Schnauzbärtchen«, wollte Jeschke wissen, »der von der Geisterbahn, was ist das für einer?«

»'n kleiner Angeber«, meinte Berthold und spuckte verächtlich durch seine Zahnlücke.

»Ein kleiner Angeber mit einem großen Revolver.«

Berthold lächelte. »Ach, der. Ist bloß eine Spielzeugpistole mit Platzpatronen. Hab sie mir mal genauer angeguckt. Der Kleine wollte mir weismachen, daß er damit in Mexiko einen erschossen hat.«

»Spielzeugpistole ...« Jeschke wurde noch wütender. Von einem Spielzeug hatte er sich ins Bockshorn jagen lassen. Es war kaum zu glauben.

»Paß mal auf, Berthold ...« Jeschke schaute sich um, ob ihnen niemand zuhörte. »Willst du dir wieder mal ein paar Mark extra verdienen? Bist ein guter Mann!«

»Klar, Chef! Was soll's denn diesmal sein? Soll ich der Laus eine Lektion erteilen? Der geht mir auch schon lange auf die Nerven. Ein Krankenhausaufenthalt vielleicht?«

»Das hast *du* gesagt!«

»Logisch, Chef! Sie zahlen, und ich denke!«

Jeschke lächelte und zündete sich eine neue Zigarre an. Er sog den Rauch genüßlich ein. Sie schmeckte viel besser als die vorige. »Gut, mach mit ihm, was du willst. Hier hast du schon mal« – er suchte in seiner Jackettasche nach der Geldmappe, fand sie aber nicht. »Komm mal mit zum Auto«, fiel ihm ein.

Sie gingen zwischen den Wohnwagen hindurch zu dem weißen Porsche. Jeschke öffnete die Beifahrertür und langte ins Handschuhfach.

»Chef«, meinte Berthold, »der Schlüssel steckt noch im Zündschloß. Eines Tages ist das schöne Auto weg!«

Jeschke zog den Zündschlüssel ab und ließ ihn in der Tasche verschwinden. »Das ist der Streß, Berthold«, sagte er. »Überall laß ich das Auto offen herumstehen ... Dabei haben sie mir schon vor einem Jahr das schöne Mercedes-Cabrio gestohlen, ich war richtig traurig. Aber die Versicherung hat gezahlt, hab's ihr anders erzählt ...« Er lachte.

»Ganz schön clever, Chef!« bemerkte Berthold anerkennend.

Jeschke nickte zufrieden. Dann holte er aus einer Geldmappe einen Hundertmarkschein heraus und gab ihn Berthold. »Mach dir dafür ein paar schöne Stunden. Und wie gesagt: Ich weiß von nichts!«

»Aber der Kleine wird's bald wissen. Oder soll ich gleich die ganze Geisterbahn auseinandernehmen? Wär auch kein Problem ...«

»Nein, nein«, meinte Jeschke, »die laß mal vorläufig schön in Ruhe. Wenn ich sie erst mal gekauft hab, dann sehen wir weiter. Letzte Saison hab ich auch mein Geld in so ein abbruchreifes Ding gesteckt, ein Space-Lab ... Das ist nachher leider abgebrannt. Kurzschluß. Kann immer mal passieren. Die Versicherung war nicht gerade begeistert, aber sie mußte zahlen. So, und jetzt klemm ich mich mal ans Telefon. Muß noch ein bißchen herumtelefonieren, einen alten Freund anrufen. Er wird sich freuen.«

Jeschke steckte die Geldmappe ein und ging. Berthold betrachtete den Hundertmarkschein. Er war nagelneu und nicht ein bißchen zerknittert. Ganz anders als das Gesicht von Edek. Das würde heute abend alt aussehen. Ziemlich alt sogar.

Edek löschte alle Lichter bis auf die innere Beleuchtung der Geisterbahn, nahm die Kasse aus der Schublade und ging nach oben zu Wilfried. Dieser beugte sich gerade über den Sarg und schüttelte den Kopf.

»Die Jacke von Onkel Ludwig ist kaputt«, meinte er erstaunt.

»Zeig mal.« Edek schaute nach. Tatsächlich. Die linke Kragenhälfte der Jacke und ein Teil der linken Schulter waren angerissen. Der verdammte Teleskoparm, der den echten »Toten Mann« aus dem Sarg springen ließ, war schuld. Er wurde durch eine starke Stahlfeder nach oben gedrückt, die später, wenn der Sarg zurückfuhr, mit Hilfe von Preßluft in ihre Ausgangsposition gebracht wurde. Damit diese Feder nicht mehr arbeitete, hatte Edek an dem entsprechenden Ventil für eine dauerhafte Zufuhr von Preßluft gesorgt. Offensichtlich mußte sich das überbelastete Ventil durch das ständige Vor- und Rückwärtsfahren des Sarges gelockert haben. Jedenfalls war der Arm seitdem immer wieder an Onkel Ludwig vorbeigeschossen und hatte ihn leicht angehoben. Edek atmete tief durch. Er hatte noch einmal Glück gehabt. Nicht auszudenken, wenn der Arm Onkel Ludwig wirklich erfaßt und aus dem Sarg gestoßen hätte. Womöglich geradewegs in einen der vorbeifahrenden Wagen! Er mußte jedenfalls die Sache demnächst scharf im Auge behalten.

Edek holte den Schraubenschlüssel aus der Tasche, kroch hinter den Sarg und schraubte das Ventil fest.

»Alles wieder okay«, meinte er zu Wilfried, als er fertig war. »Morgen früh nimmst du Nadel und Faden und nähst Jacke wieder zu. Du kannst doch nähen, oder?«

Wilfried schüttelte den Kopf.

»Warum kannst du nicht nähen? Hat dir Onkel Ludwig in Urwald nicht gezeigt, wie Nähen geht?«

»Nein«, sagte Wilfried, unsicher lächelnd.

»Dann mußt du deine Mama fragen, wie Nähen geht! Deine Mama kann doch nähen?« Edek warf von der Seite einen aufmerksamen Blick auf Wilfried.

Wilfrieds Lächeln verschwand. So kam Edek nicht an ihn heran. Er mußte es anders versuchen.

»Na gut, egal, Wilfried, ob deine Mama nähen kann oder nicht. Erzähl noch was von deine Onkel. Ist er immer nur durch Urwald gegangen oder durch Fluß geschwommen?«

»Nein«, sagte Wilfried, und sein Lächeln kam wieder zurück, »Onkel Ludwig hat nach Gold gesucht.«

»Nach Gold?« staunte Edek. Vom Gold hatte Wilfried in seinem Tagebuch nicht ein Wort erwähnt.

»Ja. Am Amazonas gibt es viele Goldminen. Aber man muß lange nach dem Gold graben. Und dann muß man die ganze Erde, die man ausgegraben hat, waschen.« Wilfried rückte die grüne Perücke, die Onkel Ludwig durch die Erschütterungen tief ins Gesicht gerutscht war, sorgfältig zurecht.

»Und dann?« wollte Edek wissen, weil für Wilfried das Thema anscheinend schon beendet war.

»Dann findet man das Gold.«

»Richtiges Gold?«

Wilfried nickte.

»Hast du auch nach Gold gegraben?« bohrte Edek weiter.

Wilfried nickte wieder.

»Und? Hast du Gold gefunden?«

»Ja.«

»Und dann?«

»Ich habe es Onkel Ludwig gegeben.«

Edek kniete sich auf der anderen Seite des Sarges hin. Wilfried hatte offensichtlich überhaupt keine Ahnung davon, was Gold war. Jedenfalls erzählte er die ganze Geschichte so, als hätten er und Onkel Ludwig nach Kartoffeln gegraben.

»Äh, Wilfried«, versuchte es Edek weiter, »hat deine Onkel Ludwig viel Gold gefunden?«

Wilfried überlegte. »Weiß ich nicht«, meinte er schließlich.

»Warum weißt du nicht? Wenn deine Onkel ganze Tag gegraben hat, hat er dann zwei Stück Gold gefunden, oder drei oder zehn?«

»Mein Onkel hat nicht gegraben.«

»Nicht? Gerade hast du Edek erzählt, deine Onkel hat gegraben!«

»Wilfried hat gegraben!«

»Und deine Onkel?«

»Mein Onkel hat zugeschaut und gesagt: ›Wilfried, du bist mein bester Arbeiter! So müßten alle hier sein!‹«

»Aha, deine Onkel hatte Arbeiter. Er war der Chef, oder?« überlegte Edek.

»Ja, er war der Chef!« Die Bezeichnung gefiel Wilfried anscheinend, denn er gluckste freudig.

Edek rückte auf den Knien noch ein wenig näher an den Sarg. »Sag mal, Wilfried, dann war deine Onkel Ludwig doch bestimmt ganz reicher Mann, oder?«

Wilfried grinste. »Reich« und »arm« waren wieder so Begriffe, mit denen er nichts anfangen konnte.

»Ich meine, deine Onkel hat bestimmt viel Geld gehabt. Große Autos, große Haus ...«

»Ein großes Auto hat mein Onkel gehabt, einen Jeep. Damit ist er manchmal durch den Urwald gefahren, dort, wo man fahren konnte.«

»Und eine große Haus?«

»Das hat er nicht gehabt.«

Edek wurde ungeduldig. Man mußte Wilfried aber auch alles aus der Nase ziehen. »Und warum hat er keine große Haus gehabt?«

»Weil er überall gewohnt hat«, stellte Wilfried fest, aber so, als ob es ihm gerade erst klarwürde.

»Wo überall?«

»Er hatte überall eine Hütte, auf jeder Goldmine.«

»Auf jeder Goldmine??? Wie viele Goldminen hatte denn deine Onkel Ludwig?«

Wilfrieds Stirn legte sich in Falten. Er murmelte und zählte etwas an den Fingern ab. »Ich weiß nicht«, meinte er dann. »Aber einmal waren wir auf einer Goldmine, dann sind wir mit dem Flugzeug zu einer anderen geflogen, dann wieder zu Fuß zu einer anderen, dann mit Booten über den Amazonas noch zu einer anderen ... Mehr weiß ich nicht.«

»Also mindestens vier Goldminen! Dann war deine Onkel Ludwig eine ganz reiche Mann! Der ist bestimmt in Gold geschwommen!«

»In Gold geschwommen?« wunderte sich Wilfried. Dann fiel ihm etwas ein. »Einmal, da hat es zwei Wochen lang geregnet. Tag und Nacht. Und dann war ein See entstanden, mitten im Wald. Und da hat Onkel Ludwig gesagt: ›Komm, Wilfried, wir müssen jetzt ein Floß bauen, sonst kommen wir nicht weiter!‹ Und Wilfried hat eine Axt genommen, und ...«

Edek hörte Wilfried nicht mehr zu. Er sah vor seinem geistigen Auge Onkel Ludwig grinsend von Goldmine zu Goldmine fahren und das Gold einsammeln. Sicher hatte er mit der Zeit ein riesiges Vermögen angehäuft. Berge von Goldbarren, verteilt auf die Tresore von großen Banken. In Rio de Janeiro? In New York? In Augsburg? Nach und nach wurde Edek die Sache klar. Das war es also! Wilfrieds Mutter versuchte, an die Reichtümer des toten Onkels ranzukommen. Und bestimmt war es dabei ganz wichtig, daß keiner außer ihr von seinem Tod erfuhr. Edek merkte, wie ihm unter der Lederjacke heiß wurde. Daher auch die Million, die sie ihm anbot! Wie groß mußte dann die Summe sein, die sie selbst erwartete? Zehn Millionen? Hundert Millionen? Eine Milliarde?

Edek versuchte, sich die Menge von Geld vorzustellen, aber er schaffte es nicht. Statt dessen unterbrach er Wilfried, der mittlerweile auf dem frisch gebauten Floß unterwegs war, und fragte: »Wenn deine Onkel jetzt tot ist, wer bekommt ganzes Gold? Deine Mutter?«

»Meine Mutter ...?« meinte Wilfried, von Edeks Frage offensichtlich überrascht, fuhr aber nicht fort. Statt dessen versteinerte sich sein eben noch strahlendes Gesicht. Er erhob sich, klappte den Sargdeckel zu und erklärte: »Wilfried geht jetzt ins Bett. Wilfried ist müde.«

»Warum erzählst du mir nichts von deine Mutter?« fuhr ihn Edek an.

»Weil Wilfried nicht will«, sagte Wilfried.

»Und warum nicht?« bedrängte ihn Edek.

»Weil sie böse ist und weil sie lügt!« platzte es aus Wilfried heraus. Dann ging er.

Edek horchte auf. Eine Lügnerin also, eine Betrügerin!

»Äh, warte!« Edek stürzte Wilfried hinterher. So erbost hatte er ihn noch nie erlebt. Das mußte er schnell wiedergutmachen, damit Wilfried um Himmels willen nicht irgendeinen Blödsinn anstellte. »Morgen früh« – Edek zog Wilfried am Ärmel, bis dieser endlich stehenblieb – »morgen früh zeig ich dir, wie Nähen geht. Ist jetzt alles okay?«

Wilfried schnaufte unwillig.

»Nähen ist ganz einfach, Wilfried. Nadel hat Loch. In Loch kommt Faden. Dann kommt Nadel mit Faden in Loch von Anzug von deine Onkel, nein, nicht in Loch, neben Loch, da wo noch kein Loch ist . . .«

». . . in Loch von Anzug, wo noch kein Loch ist«, wiederholte Wilfried unsicher.

»Äh, nein. Ich hab falsch erklärt. Noch einmal: Du nimmst Nadel. Nadel hat oben Loch . . .«

»Der Anzug hat ein Loch«, meinte Wilfried.

»Ja, Anzug hat auch Loch. Nadel hat Loch, und Anzug hat Loch, sind aber zwei verschiedene Löcher . . .«

Wilfried schnaufte. Diesmal angestrengt.

»Ist okay«, gab Edek auf. »Komm mit in Wohnwagen. Ich zeig dir gleich, wie Nähen geht. Geht ganz einfach, du wirst sehen!«

Wilfried schaute nicht gerade begeistert drein.

»Und wenn du nicht kannst«, ließ Edek nicht locker, »dann, dann näh ich Loch von Anzug zu. Ganz einfach!«

»Gut«, sagte Wilfried erleichtert, »ich will es versuchen.«

Edek atmete innerlich auf, löschte das Licht in der Geisterbahn und schloß das Kassenhäuschen ab. Dann gingen beide.

Im gleichen Augenblick löste sich von der anderen Ecke der Geisterbahn ein Schatten. Es war Berthold. Verächtlich spuckte er zu Boden. Wie man zerrissene Klamotten von irgendeinem Onkel flickte, wollte der große Revolverheld dem Riesen zeigen. Es war einfach zum Totlachen. Trotzdem machte Berthold ein eher verbissenes Gesicht. Er hätte den kleinen Angeber heute gerne auseinandergenommen. Doch in Anwesenheit des Riesen traute er sich nicht. Er mußte noch warten, bis er ihn mal allein erwischte. Das fiel ihm nicht gerade leicht. Wirklich nicht. Aber wenn es dann soweit war, würde er gleich doppelt oder dreifach zuschlagen. So, daß Edek nicht mehr wußte, wo oben und wo unten war. So, daß er alle seine Zähne einsammeln konnte. So, daß die Ärzte Mühe haben würden, ihn wieder zusammenzuflicken.

4

I love your life, I love my life. I love your life, I love my life . . .

Mirja wippte mit dem Fuß zum Takt der Musik, die vom Autoskooter-Geschäft nebenan tönte. Es ging ihr schon ein wenig besser. Eine Woche hatte sie Tag für Tag bei ihrem Vater im Krankenhaus verbracht, am Ende war es ihr vorgekommen, als seien es Monate gewesen. Jede Stunde eine Ewigkeit. Und die letzten drei Tage nur Vaters deprimierendes Schweigen. Vorgestern, als klar war, daß nichts mehr passieren konnte, war Mirja beinahe soweit, daß sie Edek Bescheid geben wollte, er solle sie sofort abholen. Zum Glück war sie aber noch geblieben, denn Freitag nachmittag kam eine der Schwestern und rief Vater zum Telefon. Da er gerade nicht aufstehen konnte, nahm Mirja auf der Station den Anruf entgegen. Es war Jeschke. Ob er denn ihren Vater bald mal besuchen könne, meinte er, er könne nämlich nicht mehr länger auf das Geld warten und brauche es sofort. Endgültig. Mirja hängte wütend ein, ohne auch nur ein Wort zu sagen. Als sie aufs Zimmer zurückkam, fragte der Vater: »Jeschke will sein Geld, nicht wahr?«

»Das will er schon lange«, sagte Mirja. Darauf erwiderte ihr Vater nichts und starrte nur wieder die Decke an.

»Alles okay?« Es war Edek. Er kam immer mal wieder am Kassenhäuschen vorbei und fragte. Mirja lächelte. Edek wirbelte den Schraubenschlüssel in die Luft, fing ihn geschickt wieder auf und verschwand mit einem Augenzwinkern.

I love your life, I love my life. I love your life, I love my life . . .

Edek war wie aufgedreht. So kannte Mirja ihn gar nicht. Schon heute früh, als er mit der Bahn gekommen war und sie abgeholt hatte, war es ihr aufgefallen. Er war irgendwie anders als sonst. Mal wollte er etwas über ihren Vater wissen, dann erzählte er von der Geisterbahn, dann plötzlich, wie schön es in Paris würde, wenn sie dort mal hinführen, dann fragte er wieder nach dem Vater, und so in einem fort. Und als Mirja ihm von Jeschkes Anruf berichtet hatte, hatte er laut gelacht und gemeint, Jeschke solle sich nicht so anstellen, er werde schon noch zu seinem Geld kommen.

»Und wie?« hatte Mirja erstaunt gefragt.

»Irgendwie ...«, meinte Edek und fügte dann noch schnell hinzu: »Jeschke muß warten, bis deine Vater aus Krankenhaus kommt. Oder kann er deine Vater besuchen?«

»Nein, ich hab dem Arzt alles erzählt. Er hat mir versprochen, daß er keinen Besuch zu Papa läßt und schon gar nicht den Jeschke.«

»Dann alles klar. Wir werden noch mit Jeschke sprechen. Später. Ich hab keine Angst vor Jeschke. Vor ein paar Tagen ist Jeschke gekommen, und ich hab ihn aus Wohnwagen geworfen!«

»Du den Jeschke?«

»Ja, kein Problem. Wenn Jeschke von dir was will, sag, er soll zu mir kommen. Du wirst sehen, wie er Angst hat. Ist nur kleine Bandit. Und jetzt ist erst mal schön, daß du kommst und Wilfried und ich nicht mehr allein arbeiten müssen ...«

Das war es wohl. Edek war so überdreht, weil er die letzten Tage von früh bis abends im Streß gewesen war. Eigentlich war es ein Wunder, wie die beiden es allein geschafft hatten, die Geisterbahn von Augsburg nach Pforzheim zu bringen, aufzubauen und noch in Betrieb zu halten.

I love your life, I love my life. I love your life, I love my life ...

Die Menschenmenge drängelte sich durch die eng gewordene Gasse an den Geschäften vorbei.

»Vier Chips!«

»Zwanzig Mark!«

»Nicht gerade billig ...«

»Nehmen Sie fünf, dann wird's billiger.«

»Und was soll ich mit dem einen?«

»Verschenken!«

Der Mann schüttelte den Kopf, lachte und zahlte.

Wilfried bediente vorne an den Wagen. Er lächelte ohne Unterlaß und war zu jedem freundlich. Und die randalierenden Halbwüchsigen, die Betrunkenen, trauten sich nicht, Ärger zu machen. Hatten viel zuviel Respekt vor dem Riesen. Das war gut. Wenigstens darüber brauchte sich Mirja keine Sorgen zu machen. Hoffentlich blieb Wilfried noch eine Weile bei ihnen...

»Einmal, bitte.«

»Fünf Mark.«

»Und wenn ich mich da drin zu Tode erschrecke?«

»Machen Sie einfach die Augen zu, dann kann nichts passieren!«

Ja, Mirja ging es schon viel, viel besser. Edek hatte recht. In den nächsten paar Wochen kam Jeschke an den Vater nicht heran. Und dann würde man schon weitersehen. Eines stand aber fest: In Bonn, wenn die Kirmes vorbei war, da würde sie Edek überreden, mit ihr tanzen zu gehen. Er würde es ihr nicht mehr abschlagen können. Mirja lächelte bei dem Gedanken. Ganz eng umschlungen würde sie mit ihm dann einen Blues tanzen...

Edek kam wieder zurück. Er lehnte sich gegen den Türrahmen und schaute Mirja zu, wie sie bediente. Scheinbar so, als habe er gerade jede Menge Zeit. Hatte er aber nicht. Verstohlen warf er einen Blick auf die Uhr. Zehn vor neun. Um neun Uhr mußte er anrufen. Das hatte er Vanessa Jagenberg gestern so angekündigt. Und vorher mußte er noch einmal das Ventil des Teleskoparms festschrauben. Immer öfter lockerte es sich. Hoffentlich hielt es noch bis Bonn.

Ansonsten hatte er alles im Griff. In einer Stunde war die Kirmes in Pforzheim beendet. Und dann trat sein Plan in Kraft. Der Plan war gut. Er war perfekt. Edek hatte sich ihn seit Freitag nacht immer wieder durch den Kopf gehen lassen. Alles stimmte bis ins letzte Detail. Nichts konnte mehr schiefgehen. Morgen, am Montag, wurde abgebaut. Am Mittwoch begann die Kirmes in Bonn.

Und Donnerstag, da würde Edek es tun. Da würde er das Geld kassieren. Nicht eine Million. Nein. Nicht zwei oder drei. Gleich fünf Millionen würden es sein, und keine weniger!

Edek schaute noch einmal auf die Uhr. Er hatte nur noch ein paar Minuten Zeit. Langsam entfernte er sich vom Kassenhäuschen. Dann, als Mirja ihn nicht mehr sehen konnte, rannte er los. Hinter die Geisterbahn, unter die Plane. Dort kletterte er, für die Fahrgäste unsichtbar, das Gerüst hoch und zog noch einmal sicherheitshalber das Ventil des Teleskoparms fest. Es war zwei Minuten vor neun. Edek stürzte nach unten, lief hinter den Geschäften quer über die ganze Kirmes zur Straße und erreichte die Telefonzelle um Punkt neun.

Die Telefonzelle gehörte zu seinem perfekten Plan. Wenn er schon soviel Geld bekommen wollte, dann mußte er professionell vorgehen, das war klar. Eine Telefonzelle konnte man mit einer Fangschaltung nicht so schnell orten wie ein anderes Telefon. Schließlich mußte Edek für den zwar unwahrscheinlichen, aber dennoch denkbaren Fall vorsorgen, daß Wilfrieds Mutter doch noch die Polizei ins Spiel gebracht hatte. Im übrigen mußte auch sie in diesem Augenblick vor lauter Spannung beinahe platzen. Gestern hatte Edek ihr nur ganz kurz gesagt, daß alles viel schwieriger werden würde und daß er sich noch mal am Sonntag Punkt neun Uhr melden würde. Sie solle sofort am Apparat sein und sich nicht erst in der Klinik suchen lassen. Dann hatte er eingehängt, obwohl sie noch ziemlich laut etwas in den Hörer gerufen hatte.

Edek warf ein paar Markstücke in den Schlitz und wählte. Schon nach dem ersten Freizeichen meldete sich am anderen Ende Vanessa Jagenberg.

»Hier ich«, sagte Edek knapp, wobei er seine Stimme künstlich tiefer klingen ließ.

»Sprechen Sie bitte lauter, Herr Stermann!« rief Vanessa Jagenberg in den Hörer. »Ich kann Sie so schlecht verstehen!«

Edek fluchte. Die Tür der ziemlich ramponierten Telefonzelle schloß nicht richtig, und der Lärm der Kirmes drang herein.

»Jetzt besser?« rief Edek in den Hörer.

»Ja, jetzt kann ich Sie verstehen!«

»Okay. Hören Sie gut. Eine Million ist zu wenig. Sie müssen fünf Millionen Mark geben!«

Edeks Herz klopfte wild.

»Fünf Millionen Mark«, wiederholte Vanessa Jagenberg, aber so, als würde sie die Forderung gar nicht besonders überraschen.

»Ja, fünf! Sonst Polizei!«

»Nein, keine Polizei! Fünf Millionen gehen in Ordnung!«

»Gut. Ich ru ...«

»Warten Sie!« unterbrach ihn Vanessa Jagenberg. »Quando você quêr o dinheiro e donde?«

Edek stutzte. Wie sprach Wilfrieds Mutter plötzlich zu ihm? Es hörte sich so ähnlich an wie bei seinem Onkel an der mexikanischen Grenze. Aber genauso wie dort verstand er auch hier kein einziges Wort.

»Äh«, stammelte Edek, »äh, *wait for my next call. Wednesday at nine o'clock!*« Dann hängte er ein.

Der Schweiß rann ihm von der Stirn. Er wußte gar nicht, warum er mit einem Male englisch gesprochen hatte. Es war ihm einfach so rausgerutscht, als befände er sich in der kleinen mexikanischen Bar in Laredo. Wilfrieds Mutter war verrückt. Sie war genauso verrückt wie ihr Sohn. Eine komplett verrückte Familie, ohne jeden Zweifel!

Edek verließ die Telefonzelle. In seinem Kopf schwirrte es. Aber eines war klar. Die fünf Millionen hatte Vanessa Jagenberg geschluckt. Ohne ein Wort des Widerspruchs. Also steckte hinter der Geschichte mit dem toten Onkel Ludwig genau das, was er sich gedacht hatte. Edek ballte die Fäuste. Sein Plan funktionierte hervorragend. So gesehen, hatte er schon genau den richtigen

Transporter gestohlen. Er hatte endlich das Glück mit beiden Händen am Schopf gepackt. Er war einfach der Größte unter den Gringos!

Edek schlenderte langsam zurück zur Geisterbahn. Diesmal nicht versteckt hinter den Geschäften, sondern vorne auf den Wegen, im Schein all der bunten Lichter und zwischen den Leuten, die sich ausgelassen treiben ließen. Gleich, wenn die Kirmes beendet war und er mit Mirja allein im Wohnwagen saß, würde er sie erst einmal lange küssen. Und später, wenn sie wieder eng aneinandergekuschelt unter der Decke lagen, da würde er sie streicheln und davon träumen, was sie alles mit dem vielen Geld machen würden. Dann war er wirklich reich. Der erste von den Ostermanns, der in Geld badete. Nicht so wie sein Onkel in Texas, der in Briefen mit seinen Reichtümern geprotzt hatte und der sich später als einfacher Vorarbeiter auf einer Ranch entpuppt hatte.

Edek blieb stehen. An der Kasse der Achterbahn wimmelte es vor Leuten, vorne hetzte Berthold von Wagen zu Wagen und sammelte die Chips ein.

»Na, Berthold«, rief Edek, indem er lässig seine Hände in die Hosentaschen steckte, »ganz viel Streß heute bei deine Chef, was?«

Berthold sagte nichts. Er spuckte nur von oben durch seine Zahnlücke, direkt vor Edeks Füße.

»Mach Mund zu, Berthold«, spottete Edek. »Wird sonst alles naß!«

Berthold wartete ab, bis das Signal ertönte und die Wagen losfuhren. Dann sprang er mit einem Satz über das Sicherheitsgeländer und stand vor Edek.

»Paß mal auf, Gringo«, zischte er wütend, »hat dir schon mal jemand richtig die Schnauze poliert?«

»Ne«, meinte Edek, »ich bin schon groß und kann mir Gesicht selber waschen!«

»Dann wart's ab. Vielleicht brauchst du bald eine neue Visage!«

»Willst du mir eine kaufen? Wird zu teuer. Kauf erst mal neue Zahn für dich!«

Berthold hielt sich nur mit äußerster Mühe zurück. Das ging entschieden zu weit. Wären sie jetzt allein gewesen, hätte er Edek das Springmesser an die Kehle gesetzt. Aber hier, inmitten all der Leute, konnte er nichts tun. Zudem stauten sich schon wieder die Fahrgäste am Eingang.

»Wir sehen uns noch«, drohte er, drehte sich um und ging.

»Bestell deine Chef schöne Grüße von Edek! Wenn du Zeit hast ...«, rief ihm Edek hinterher. Ein armes Würstchen wie Berthold kam einfach nicht mit. Er mochte sich anstrengen, wie er wollte, Edek behielt trotzdem immer das letzte Wort.

Zufrieden und ohne jede Eile ging Edek weiter, kaufte sich an einem Stand eine Portion Pommes und aß sie genüßlich auf. Als er an der Geisterbahn ankam, sah er, daß auch hier noch ordentlich was los war. Die Leute drängelten sich an den Wagen, und Wilfried stakste mit dem üblichen Lächeln eilig von Wagen zu Wagen und sammelte eifrig die Chips ein. Für Edek gab es heute nichts mehr zu tun, als auf das Ende der Kirmes zu warten. Er lehnte sich in den Türrahmen des Kassenhäuschens und betrachtete die Münzen und die Scheine – Zehner, Zwanziger, manchmal einen Hunderter –, die Mirja in die Kasse legte. Im Endeffekt war es lauter unwichtiges Kleingeld. Na ja, wer zahlte schon auf der Kirmes mit einem Fünfhunderter oder sogar mit einem Tausender. Wie sah so ein Tausender eigentlich aus? Edek überlegte, ob ihm schon mal einer unter die Finger gekommen war. Er konnte sich nicht erinnern. Also mußte er das bis Donnerstag noch erfahren, damit ihn Vanessa Jagenberg nicht mit falschen Scheinen hinters Licht führen konnte.

»Endlich, Schluß für heute!« Mirja reckte sich.

»Schon zehn Uhr?« wunderte sich Edek, der, in seine Überlegungen verloren, völlig die Zeit vergessen hatte.

»Schon zwanzig nach zehn!« meinte Mirja. »Wir müssen aufpassen, daß wir keine Schwierigkeiten mit dem Ordnungsamt bekommen, oder habt ihr immer länger gemacht?«

»Nein, immer genau zehn Uhr war Schluß.«

»Das ist gut. Am letzten Tag kann man noch mal überziehen, aber sonst kann es passieren, daß vom Amt eine dicke Abmahnung kommt. Letztes Jahr haben wir mal fünfhundert Mark Strafe zahlen müssen.«

»Fünfhundert Mark sind egal«, sagte Edek.

»Find ich nicht«, widersprach Mirja.

»Nein, nicht«, verbesserte sich Edek. »Und jetzt gehen wir schnell in Wohnwagen.«

»Du«, meinte Mirja, »wollen wir nicht erst noch eine kleine Runde spazierengehen? Meine Knochen sind von dem vielen Sitzen ganz steif geworden.«

Edek biß sich auf die Unterlippe. Normalerweise hatte er nichts gegen einen Spaziergang einzuwenden, aber heute war es zu gefährlich. Sicherlich war Wilfried gleich nach dem letzten Fahrgast wieder zu seinem Onkel verschwunden. Wenn Mirja nun nach der Rückkehr entdeckte, daß in der Geisterbahn noch Licht brannte – und man konnte es besonders deutlich sehen, sobald alle anderen Geschäfte ihre Beleuchtung gelöscht hatten –, dann war die Katastrophe so gut wie vorprogrammiert.

»Äh«, meinte Edek rasch, weil Mirja ihn wegen seines Zögerns schon erstaunt musterte, »heute hab ich aber bessere Idee.«

»Und welche?«

»Diese!« sagte Edek. Er zog Mirja an sich, umarmte sie und küßte sie. So lange wie noch nie. Und er hörte auch nicht dann auf, als jemand hinter ihnen pfiff.

»Edek«, sagte Mirja, als es ihr irgendwann gelang, richtig Atem zu holen, »du bist ja total verrückt!«

»Ich bin immer verrückt«, sagte Edek. »Ganz verrückt nach dich zu küssen! Gehen wir schnell in Wohnwagen.«

»Ja, schnell in Wohnwagen.«

Edek nahm die Kasse, schloß das Kassenhäuschen ab, ergriff Mirjas Hand und zog sie mit sich.

»Hey, nicht *so* schnell!« rief Mirja, die fast ins Stolpern geriet.

»Doch, noch schneller! Ist gut für deine steifen Knochen!«

Außer Atem kamen sie im Wohnwagen an und küßten sich wieder.

»Du hast mir sehr gefehlt«, sagte Mirja und schaute Edek tief in die Augen.

»Du mir auch.«

»Ich hab immer gedacht, ob ihr das allein schafft, ob nichts passiert . . .«

»Was soll passieren?«

»Ach, nur so. Wenn du immer im Krankenhaus bist, denkst du, es könnte ein Unglück passieren.«

»Unglück?« lachte Edek.

»Na ja, irgendein blöder Zufall . . .«

Edek schluckte. Das mit den blöden Zufällen war nicht ganz verkehrt. Wirklich nicht. Dummerweise hatte er nämlich vollkommen vergessen, Wilfried noch einmal einzuschärfen, daß er unbedingt den Sargdeckel schloß, sobald er da oben Schluß machte. Nicht auszudenken, wenn Mirja morgen früh zufällig in die Geisterbahn geriet und den toten Onkel Ludwig entdeckte!

»Äh«, meinte Edek, »ich hab noch ziemlich Hunger. Du nicht?«

»Nee, irgendwie ist mir nicht nach Essen.«

»Aber ich hol mir noch eine Portion Pommes, sonst knurrt immer Magen.«

»Wenn du jetzt noch welche bekommst. Ich kann dir doch auch schnell was zu essen machen.«

»Nein, ich hab große Lust auf Pommes!«

»Gut, aber beeil dich. Lust hab ich nämlich auch, aber auf was anderes.«

»Bin gleich wieder da«, sagte Edek lächelnd, küßte Mirja kurz und ging.

Als er die Wohnwagentür hinter sich geschlossen hatte, wollte er sofort zur Geisterbahn losrennen, aber da entdeckte er plötzlich, daß nebenan im Mannschaftswagen Licht brannte. War Wilfried heute nicht bei seinem Onkel?

Edek machte die Tür auf. Tatsächlich. Wilfried saß auf dem Bett und hielt das Tagebuch auf den Knien.

»Bist du nicht bei deine Onkel Ludwig?« fragte Edek verwundert.

Wilfried schüttelte den Kopf.

»Und warum? Ich denke, du erzählst deine Onkel wieder lustige Geschichten aus Urwald!«

»Nein«, sagte Wilfried und schaute auf. In seinen Augen standen Tränen.

»Äh, Wilfried, warum bist du traurig?«

»Weil«, sagte Wilfried mit belegter Stimme, »weil Wilfried heute ins Tagebuch schreiben mußte: ›*Sonntag. Wilfrieds schöne Zeit mit Onkel Ludwig ist vorbei, bald auf ewigimmer gehen sie entzwei.*‹«

»Entzwei? Warum entzwei?« verstand Edek nicht.

»Weil heute die Kirmes zu Ende ist«, sagte Wilfried. »Und wenn wir in Bonn sind, dann muß Wilfried Onkel Ludwig beerdigen. Für immer.«

»In Bonn?« Edek war völlig verdattert.

»Ja, in Bonn. Du hast gesagt, am Mittwoch sind wir in Bonn.«

»Klar sind wir Mittwoch auf Kirmes in Bonn. Aber das ist egal . . .« Edek überlegte fieberhaft. An alles hatte er gedacht, nur nicht mehr daran, daß der verrückte Wilfried seinen Onkel gleich am ersten Tag beerdigen wollte. Das mußte er unbedingt verhindern.

»Warum ist es egal?« Wilfried schaute Edek verständnislos an.

»Ist ganz egal!« versuchte es Edek weiter. »Kirmes ist bis Sonntag. Und bis Sonntag kann deine Onkel Ludwig bleiben! Sind noch ganze sieben Tage!«

»Sieben Tage?«

»Ja, sieben Tage kannst du noch deine Onkel sehen. Und später machen wir erst mal Pause, und du kannst immer noch deine Onkel sehen!«

Aber Wilfried schien nicht recht überzeugt. Offensichtlich hatte ihn der Gedanke, Onkel Ludwig bald beerdigen zu müssen, zu traurig gemacht.

»Äh, Wilfried«, gab Edek nicht auf. »Und dann kaufen wir für deine Onkel ein tolle Sarg! Aus Gold, weil deine Onkel hat immer nach Gold gesucht in Urwald. Wird so schön glänzen wie goldene Sarg von ›Toter Mann‹!«

Wilfried wurde aufmerksamer. ». . . wird schön glänzen«, wiederholte er.

»Und schöne Blumen kaufen wir und Kerzen und was Wilfried will!« geriet Edek in Fahrt. »Und alle Leute kommen . . .«

»Nein, nicht alle Leute!« sagte Wilfried erschrocken.

»Nein«, beeilte sich Edek, »deine böse Mutter kommt nicht!«

»Bestimmt nicht?«

»Nein, großes Ehrenwort von Gringo Edek!« Edek hob die Hand zum Schwur.

»Gut«, sagte Wilfried zufrieden. »Und du wirst Wilfried helfen?«

»Kein Problem. Wenn Kirmes ist zu Ende, ich helfe dir.«

»Und Onkel Ludwig darf wirklich noch bis Sonntag bleiben?«

»Bis Sonntag und noch wie lange Wilfried will«, sagte Edek erleichtert.

»Du bist ein guter Freund«, sagte Wilfried, wischte sich die Tränen aus dem Gesicht und lächelte. »Du bist wirklich ein guter Freund. Hier, ich habe es mir gestern sogar aufgeschrieben.« Er blätterte eine Seite in seinem Tagebuch zurück und las: »*›Samstag. Edek in Geisterbahn toten Onkel Ludwig brachte, damit Wilfried nicht weinte, sondern lachte!‹*«

»Geister... toten Onkel... bahn...«, wiederholte Edek durcheinander, wobei er es vermied, Wilfried anzuschauen. »Das ist gut, ist lustig... Und jetzt muß ich gehen. Und wenn du nachher mit deine Onkel fertig bist, mach fest Deckel zu, denk dran...«

Ohne abzuwarten, ob Wilfried noch etwas sagte, ging Edek. Er hatte wieder einmal verdammt Glück gehabt. Nicht auszudenken, wenn sich Wilfried auf einmal am Mittwoch darangemacht hätte, seinen Onkel zu beerdigen! Aber Edek hatte die Sache wieder in den Griff bekommen. Dieser Verrückte glaubte ihm auch alles. Edek, ein ›guter Freund‹. Und: ›toten Onkel in die Geisterbahn brachte, damit Wilfried lachte!‹ Es war zu komisch. Es war eigentlich zum Schieflachen. Und doch lachte Edek nicht. Irgendwie war es schon seltsam mit diesem Riesen. Irgendwie hatte er plötzlich ein ungutes Gefühl bei dem Gedanken, daß er Wilfried bald an seine Mutter verraten würde, die ihn sicher gleich wieder in ein Irrenhaus steckte. Aber was sollte es? Dort gehörte er schließlich auch hin, dieser Irre, der, wenn man nicht ständig aufpaßte, nur Ärger machte. Und damit war genug. Jetzt begann für Edek die Nacht. Eine wundervolle Nacht mit Mirja und mit seinen Träumen von einem unermeßlichen Haufen Geld.

Vanessa Jagenberg drückte in dem überquellenden Aschenbecher die Zigarette aus und zündete sich gleich eine neue an. Sie rauchte seit ein paar Tagen wieder, obwohl sie es eigentlich nicht wollte. Aber sie brauchte die Zigaretten, um ihre immer größer gewordene Anspannung ertragen zu können. Und sie brauchte immer mehr »Juventin«.

Vanessa Jagenberg warf die glühende Zigarette in den Aschenbecher, sprang auf und schaute in den Spiegel. Ihr Gesicht sah spitz aus, die Haut um Augen und Mundwinkel warf Falten, und die verdammten Narben am Haaransatz kamen immer mehr zum Vorschein. Und dann geschah plötzlich wieder das Schreckliche, das, was sie schon seit Tagen verfolgte und quälte: Aus ihrem Gesicht begann sie im Spiegel ein anderes Gesicht anzustarren. Ein unförmiges, blutiges, zerschundenes Gesicht. Ein Gesicht, das sie haßte, das sie wahnsinnig machte …

Ein Zittern erfaßte Vanessa Jagenberg, das sie nicht beherrschen konnte. Sie mußte sich noch einmal »Juventin« spritzen und die Dosis erhöhen. Sie wußte, daß sie in einen verhängnisvollen Kreislauf geraten war. Jede über das normale Maß hinausgehende Dosis der Medizin machte süchtig nach einer noch höheren Dosis. Aber sie mußte dieses Gesicht verbannen, um jeden Preis. Dieses Gesicht wollte verhindern, daß sie siegte. Das würde sie nicht zulassen. Niemals.

Mit naßgeschwitzten Händen griff Vanessa Jagenberg zu der Ampulle »Juventin«, zog die Spritze bis an den Rand auf und spritzte sich die Medizin. Gleich danach durchströmte sie schockartig eine heiße Welle, das Zittern hörte auf, und sie beruhigte sich.

Sie ließ sich auf das Bett fallen und wartete noch eine Weile. Dann kehrten ihre Gedanken zu dem seltsamen Eduardo Stermann zurück. Mit diesem Mann stimmte etwas nicht. Warum verlangte er plötzlich deutsches Geld und keine Dollar? Warum hatte er ihr nicht auf portugiesisch, wie jeder andere Brasilianer, sondern auf englisch geantwortet, als sie ihn gefragt hatte, wo und wann sie ihm das Geld bringen solle? Ganz offensichtlich hatte er sie nicht verstanden, jedenfalls tat er ziemlich überrascht. Und woher hatte er überhaupt angerufen? Diese Musik. Wie aus einer Bar, und doch war es mit Sicherheit keine gewesen. Es hatte eher wie aus einer Telefonzelle geklungen, sie glaubte, das Fallen der Münzen gehört zu haben. Lauter Fragen, auf die es keine Antwort gab. Noch nicht.

Über die fünf Millionen brauchte sie sich keine großen Gedanken zu machen. Die lagen noch immer in Ludwigs schäbiger Tasche. Außerdem war die Frage des Geldes sowieso zweitrangig. Im Gegenteil – je mehr es war, desto besser. Desto mehr Zeit brauchte der Erpresser, um es zu zählen. Und diese Zeit hatte dann sie, um zu handeln.

Vanessa Jagenberg schloß die Augen und sah, wie sich der Kopf des Erpressers über das viele Geld senkte. Sie würde ihn eine Weile zählen lassen. So lange, bis seine Aufmerksamkeit nachließ. Und dann würde sie schießen.

Sie mußte ihn nur noch so weit bringen, daß der Tausch an einem völlig abgelegenen Ort und Zug um Zug geschah. Daß er nicht erst mit dem Geld verschwand. Aber darüber machte sich Vanessa Jagenberg keine Sorgen mehr. Irgendwie hatte sie das Gefühl, sie würde es schaffen. Irgend etwas sagte ihr, daß der Mann am anderen Ende der Leitung bei weitem nicht so hartgesotten war, wie er sich gab.

5

Am Mittwoch abend kurz vor neun – der erste Kirmestag in Bonn steuerte seinem Ende entgegen – machte sich Edek auf den Weg zur Telefonzelle, die er schon gestern in einer kleinen Nebenstraße ausgekundschaftet hatte. Er lief am Rheinufer entlang, vorbei an dem chinesischen Schiffsrestaurant, von dem ihm Mirja in Augsburg erzählt hatte, dann hinter den Geschäften weiter und erreichte die Telefonzelle pünktlich um neun. Leider war sie besetzt. Zwei kichernde Mädchen, die sich gegenseitig den Hörer aus der Hand rissen, telefonierten mit jemandem, der sich am anderen Ende offensichtlich genauso albern benahm. Edek schaute auf die Uhr. Es war schon drei nach neun. Hoffentlich machten die beiden bald Schluß. Und hoffentlich ging nicht ausgerechnet jetzt etwas in der Geisterbahn kaputt.

Die Mädchen warfen noch eine Münze nach. Edek trat ungeduldig von einem Bein auf das andere und zeigte auf seine Uhr. Die Mädchen antworteten ihm etwas, aber Edek konnte nichts verstehen. Die Musik von der Kirmes war zu laut, dazu lärmte noch der Verkehr, der sich über die nahe Rheinbrücke wälzte. Über diese Brücke mußte Edek morgen fahren, um das Geld abzuholen. Gestern, als Mirja mit der anderen Hälfte der Geisterbahn noch in Pforzheim geblieben war, hatte er Wilfried allein gelassen und war mit dem entkoppelten Tieflader durch Bonn gefahren. Nach einigem Herumirren hatte er schließlich einen guten Übergabeplatz gefunden. In einem Stadtteil namens Lüdinghoven, den er schnell über die Autobahn erreichen konnte. Dort, in einem Wäldchen mit einem Bach und einem kleinen See, würde er Vanessa Jagenberg treffen. Alles andere war dann nur noch eine Frage von Minuten.

Edek schaute noch einmal auf die Uhr. Es war zehn nach neun, und die Mädchen wollten immer noch nicht aufhören. Edek fluchte. Es blieb ihm nichts anderes übrig, als zur Geisterbahn zurückzulaufen und kurz nach dem Rechten zu schauen.

Nachdem er sich dort durch einen Kontrollgang vergewissert hatte, daß alles problemlos lief, gelang es ihm zwanzig vor zehn, sich noch einmal in Richtung der Telefonzelle wegzuschleichen. Diesmal, das sah er schon von weitem, war sie leer. Edek rannte los und stürzte völlig außer Atem an den Apparat.

Er hob den Hörer ab und warf die Münzen in den Geldschlitz. Er wählte die erste Nummer, dann hängte er wieder ein. Er war noch nicht bereit. Er mußte sich erst kurz beruhigen. Sein Atem ging noch zu schwer, so konnte er nicht sprechen und schon gar nicht gelassen.

Eine Zeitlang versuchte Edek, langsamer zu atmen, dann merkte er, daß er es nicht schaffte. Er war zu aufgeregt. Das Hin und Her wegen der herumalbernden Mädchen hatte ihn aus der Bahn geworfen, und nun lief ihm auch noch die Zeit davon. Gleich mußte er wieder bei der Geisterbahn sein, denn um zehn Uhr war Schluß.

Edek warf wieder die Münzen in den Apparat und wählte. Am anderen Ende meldete sich Vanessa Jagenberg.

»Hier ich«, sagte Edek wie gewohnt, nur daß heute seine tiefe Stimme nicht so richtig funktionieren wollte. »Geld bringen Sie morgen um zwölf Uhr nach Lüdinghoven. Sie fahren Oberkasseler Straße ...«

»Einen Moment, Herr Stermann!« unterbrach ihn Vanessa Jagenberg heftig. »Ich muß mir das aufschreiben, damit ich nichts falsch mache!«

Der Hörer wurde hart auf den Tisch gelegt, dann war Vanessa Jagenberg wieder dran.

»Sprechen Sie langsam und vor allem lauter, ich kann bei dem Krach kaum etwas verstehen!« sagte sie ziemlich bestimmt.

»Gut«, rief Edek in den Hörer. »Schreiben Sie: Oberkasseler Straße und dann ...«

»Moment«, unterbrach ihn Vanessa Jagenberg schon wieder, »in Lüdinghoven, sagten Sie?«

»Ja.« Edek wurde ungeduldig. Wollte Vanessa Jagenberg das Gespräch künstlich verzögern? Hatte sie irgendwelche Hintergedanken? »Schreiben Sie schnell, ich hab wenig Zeit!«

»Ja, weiter!«

»Wenn Oberkasseler Straße zu Ende kommt, äh, kommt Allee, mit ... mit komischer Name ...« Verflucht. Edek hatte den Namen vergessen, es war nicht zu fassen!

»Sie meinen sicher Lützchens Allee«, half ihm Vanessa Jagenberg.

»Genau, Lützchens und so weiter. Sie parken Auto und gehen geradeaus weiter. Dann kommt Wald.«

»Ja, ich kenne den Wald, man kann dort schön spazieren.«

»Ja, spazieren ...« Edek stutzte. Die Unterhaltung mit Vanessa Jagenberg gefiel ihm nicht. Ganz und gar nicht. »Jetzt schnell weiter«, befahl er entschieden. »Sie gehen in Wald und biegen erste Weg links ein. Dann geradeaus. Dann kommt Bach. Dann rechts, kommt See. Dort warten Sie, und ich komme!«

»Gut, alles klar. Den Bach und den See kenne ich. Und wie erkenne ich Sie?«

»Gar nicht!« Edek hatte sich wieder im Griff. Darüber hatte er sich in seinem perfekten Plan natürlich schon jede Menge Gedanken gemacht. »Sie kommen mit große Koffer und warten. Und dann komme ich und nehme Koffer!«

»Selbstverständlich«, sagte Vanessa Jagenberg. »Ich schlage vor, die Übergabe erfolgt Zug um Zug. Erst bekommen Sie den Koffer, und dann führen Sie mich zu der Leiche von Ludwig. Dann zählen Sie das Geld nach, und anschließend findet der Austausch von Wilfried statt.«

Zug um Zug? Austausch von Wilfried? Edek glaubte, sich verhört zu haben. »Nichts Zug um Zug«, sagte er. »Ich nehme Koffer und zähle Geld später nach, und wenn alles ist in Ordnung, dann sage ich, wo Wilfried und sein tote Onkel sind!«

»Sie scherzen, Herr Stermann«, sagte Vanessa Jagenberg und lachte kurz auf. »Sie glauben doch wohl nicht, daß ich Ihnen einfach so die fünf Millionen übergebe? Ich brauche Beweise.«

»Keine Beweise!« sagte Edek. Die Frau machte ihn wütend. So hatte er sich die ganze Sache auf keinen Fall vorgestellt. Sollte er etwa Wilfried und den toten Onkel am hellichten Tage auf den Tieflader packen und mitnehmen?

»Dann gibt es kein Geld. Weiß ich, ob Sie überhaupt die Leiche meines Schwagers besitzen? Die Leiche ist das Mindeste, was Sie mir als Beweis liefern müssen!«

»Keine Leiche, kein Wilfried!« rief Edek in den Hörer.

»Dann bin ich eher geneigt, die Sache der Polizei zu übergeben. Oder glauben Sie, daß ich mich von einem dahergelaufenen Kriminellen einfach so übers Ohr hauen lasse?«

»Nein, keine Polizei«, erschrak Edek. »Gut. Leiche von tote Onkel kommt mit, aber Wilfried nicht!«

»Das ist eine vernünftige Lösung, damit bin ich einverstanden«, sagte Vanessa Jagenberg. »Ich übergebe Ihnen das Geld, und Sie zählen es nach. Anschließend bekomme ich die Leiche. Wenn Sie das Geld in Sicherheit gebracht haben, sagen Sie mir Bescheid, wo ich Wilfried finde. Oder noch besser: Sie schicken ihn einfach nach Hause. Er wird den Weg allein finden. Sie sind doch schon in Bonn, oder?«

»Zwölf Uhr Geld und Onkel Ludwig!« sagte Edek und hängte ein. Er verließ die Telefonzelle und trat wutentbrannt gegen einen Papierkorb, der umfiel und ein Stück auf die Wiese rollte. Das ging entschieden zu weit! Das hatte sich Wilfrieds Mutter fein ausgedacht! Aber noch war nicht aller Tage Abend. Morgen um zwölf würde ihr Edek schon noch zeigen, was Sache war. Wenn sie glaubte, ihm die Bedingungen diktieren zu können, dann täuschte sie sich gewaltig. Sie war verrückt, zweifelsohne genauso verrückt wie Wilfried. Und genauso wie Wilfried würde sie Edek schon noch dahin bringen, wo er sie haben wollte. Sie sollte es nur darauf ankommen lassen!

Als Edek an der Geisterbahn ankam, war bereits Schluß, und Mirja wartete vor dem Kassenhäuschen.

»Wo warst du denn?« fragte sie erstaunt, als sie Edek den Weg entlangkommen sah.

»Auf Toilette«, antwortete Edek ziemlich barsch.

»Bist du sauer?«

»Nein, warum?«

»Nur so, ich kann doch nichts dafür, wenn du mal mußt?« Mirja lachte.

Edek wurde rot. »Nein. Wenn ich muß, dann muß ich«, meinte er. Und wenn ich will, dann will ich, fiel ihm ein. Wilfrieds Mutter würde sich morgen jedenfalls noch wundern!

»Okay«, sagte Edek. »Und jetzt muß ich was anderes.«

»Und was?«

»Jetzt muß ich in Wohnwagen und mit Mirja küssen!«

Mirja sagte nichts, aber das Lächeln verschwand aus ihrem Gesicht. Sie nahm die Kasse, Edek schloß das Kassenhäuschen ab. Dann ergriff er Mirjas Hand, und sie gingen.

Doch gleich hinter der Geisterbahn blieb Mirja stehen und ließ Edeks Hand los.

»Was ist?« fragte Edek.

»Du, Edek«, sagte Mirja leise und schaute ihm in die Augen. »Du bist in letzter Zeit, ich weiß nicht, wie ich es sagen soll, du bist irgendwie so komisch ...«

»Warum komisch?«

»Na, wie du das gerade gesagt hast: ›Ich muß mit Mirja küssen‹, das war ... das war nicht schön ...« Ihre Stimme hörte sich jetzt belegt an, und Edek sah, daß in ihren Augen Tränen standen.

»Äh, ich hab nur gemeint, daß ich dich liebe.«

»Ja, ich weiß, daß du mich liebst. Aber trotzdem. Irgendwas ist mit dir seit Augsburg. Vorher warst du anders.«

»Vorher war weniger Streß auf Geisterbahn ...«

»Ja, aber die ganzen letzten Tage bist du irgendwie so, als ob du nicht ganz da wärst oder als ob ich nicht da wäre ...«

Edek ließ die Schultern sinken. Was sollte er tun? Mirja hatte recht. Er war eben nicht der alte Edek, wenigstens nicht im Moment. Und er hätte es tatsächlich besser gefunden, wenn Mirja unter diesen Umständen noch bei ihrem Vater geblieben wäre. Aber sollte er ihr jetzt erzählen, was er vorhatte? Das war unmöglich. Das konnte er erst tun, wenn er das Geld hatte. Wenn er die Geisterbahn von dem verdammten Jeschke freigekauft hatte. Wenn er sich alle seine Träume mit Mirja, die er wirklich liebte, erfüllen konnte. Er mußte seinen Mann stehen, kostete es, was es wollte. Das war der einzig mögliche Weg.

»Wenn Kirmes in Bonn vorbei ist«, sagte Edek und wischte ihr die Tränen aus dem Gesicht, »ist Pause. Und dann geht Streß wieder weg. Und jetzt komm in Wohnwagen.«

Er wollte Mirjas Hand ergreifen, aber da hörte er ein leises Geräusch. Verstohlen warf er einen Blick hinter sich. Irgend jemand schlich um die Geisterbahn. Ein Besucher der Kirmes, der sich verlaufen hatte? Ein Betrunkener? Oder hatte Wilfrieds Mutter jemanden geschickt? Hatte sie nicht ziemlich selbstsicher gefragt, ob Edek schon in Bonn sei? Woher wußte sie das? Hatte Wilfried vielleicht doch zwischendurch seine Mutter angerufen? Edek mußte dem unbedingt nachgehen, sonst fand er keine Ruhe.

»Geh schon mal in Wohnwagen«, sagte er zu Mirja. »Ich hab noch vergessen, Licht in Geisterbahn auszumachen. Ich komme gleich!«

Edek schaute Mirja noch nach, bis sie den Wohnwagen erreicht hatte. Dann zog er den Reißverschluß seiner Jacke hoch und ging in Richtung der Geräusche. Als er um die Ecke bog, stand plötzlich Berthold vor ihm.

»Na, Gringo!« meinte er, wobei sich sein Gesicht zu einem spöttischen Grinsen verzog. »So trifft man sich wieder!«

»Ach, du«, sagte Edek, erleichtert darüber, daß es nur Berthold war.

»Ja, ich! Ich soll dir noch schöne Grüße bestellen.«

»Von wem?«

»Du weißt schon, von wem!«

»Weiß nicht«, sagte Edek knapp. Er hatte keine große Lust, sich mit Berthold zu unterhalten.

»Wirst du aber gleich wissen, wenn du eine auf die blöde Schnauze kriegst!« Berthold spuckte zu Boden. Das Grinsen aus seinem Gesicht war verschwunden, und er hatte die Hände aus den Hosentaschen gezogen.

Edek wurde wach. Ganz offensichtlich hatte sich heute abend die Welt gegen ihn verschworen. Aber wenn Jeschke und Berthold glaubten, ihn, Edek, einfach so fertigmachen zu können, dann hatten sie sich gewaltig verrechnet! Bei seinem Onkel in Texas war er schon mit ganz anderen Banditen fertiggeworden.

»Okay«, sagte Edek. »Machen wir Kampf wie richtige Gringos. Ich zieh nur Jacke aus, damit sie nicht wird dreckig von deine Blut!«

»Jacke aus?« meinte Berthold überrascht.

»Genau«, sagte Edek, zog die Jacke aus und warf sie hinter sich. »Und Schuhe aus!«

»Schuhe aus?« Berthold glaubte, sich verhört zu haben.

»Genau. Bei meine Onkel in Texas Gringos kämpfen immer ohne Schuhe!« Edek bückte sich.

Eine Sekunde später lag Berthold auf dem Boden. Edek hatte ihm blitzartig den Kopf in den Bauch gerammt, sich auf ihn gestürzt, saß nun rittlings auf seinem Brustkorb und drückte ihm mit den Beinen die Arme zu Boden.

»Gringos kämpfen immer ohne Schuhe«, keuchte er, »und immer ohne Haare!« Er packte Berthold an den Haaren und zog, bis dieser vor Schmerz aufjaulte. »Nicht so laut, Berthold. Kommt noch Jeschke und lacht sich tot. Sag leise: ›Ich will nicht mit Edek kämpfen!‹«

»Ich will nicht mit Edek kämpfen!« schrie Berthold los, weil ihn Edek noch einmal mit aller Kraft an den Haaren zog.

»Leise, Berthold! Sag leise: ›Ich will nicht mehr mit Edek kämpfen!‹«

»Ich will nicht mehr mit Edek kämpfen«, flüsterte Berthold, obwohl ihm der Schmerz die Tränen in die Augen trieb.

»Weil Edek ist bessere Gringo!«

»Weil Edek ist besserer Gringo!«

»Du bist ein lieber Berthold«, meinte Edek. »Und jetzt geh zurück zu Jeschke und sag: ›Schöne Grüße von Edek!‹ Vielleicht schenkt er dir dann neue Kamm für deine schöne Haare!«

Edek ließ los und richtete sich auf. Das war ein Fehler. Noch ehe er begreifen konnte, was geschah, packte ihn Berthold an den Armen, bäumte sich auf und schleuderte ihn über sich hinweg. Edek wollte sich wegdrehen, aber Berthold war schneller. Er warf sich auf ihn, packte ihn mit der linken Hand an der Kehle und drückte ihn zu Boden.

»Du kleine Scheißratte«, keuchte er, »ich mach dich jetzt fertig! Ich mach Hackfleisch aus dir!« In seiner Rechten blitzte das Springmesser auf.

Edeks Herz blieb stehen. Er versuchte, sich aufzurichten, aber vergeblich. Berthold drückte ihm so stark die Kehle zu, daß Edek zu röcheln begann. Helle Funken leuchteten vor seinen Augen auf. Er hatte verloren! Schon näherte sich das spitze Messer seinem Gesicht ...

Plötzlich ruckte Berthold, als schüttele ihn ein Erdbeben, dann wurde er wie von einer riesigen Kraft zum Himmel emporgehoben.

Edek bekam wieder Luft. Noch tanzten vor seinen Augen die Funken wie helle Mücken. Aber dann sah er ihn immer deutlicher. Wilfried! Es war Wilfried! Er hatte Berthold an einem Bein hochgerissen, und dieser zappelte jetzt, mit dem Kopf nach unten hängend, hoch in der Luft und ruderte hilflos mit den Armen.

Edek rappelte sich auf. Seine Kehle schmerzte, und ihm war schwindelig.

»Laß los, du Scheißkerl«, fluchte Berthold. »Laß los!«

Aber Wilfried ließ nicht los. Sicherheitshalber hob er Berthold sogar noch ein Stückchen an.

»Au, mein Bein! Laß los!« Berthold wand sich wie ein gefangener, riesiger Vogel.

»Laß ihn los, Wilfried«, sagte Edek. Seine Zunge fühlte sich wie ein trockenes Stück Holz an.

Wilfried gehorchte und ließ los. Der völlig überraschte Berthold sauste wie ein abgeschnittener Sack nach unten. Es gelang ihm nicht mehr, sein Gesicht wegzudrehen, bevor er der Länge nach hinschlug. Er war auf etwas Hartes gefallen. Auf einen Stein. Und in seinem Mund hatte etwas geknackt. Berthold rappelte sich auf.

Er befühlte mit der Zunge die riesengroße Lücke, die in seinem Oberkiefer klaffte. »Wo ist mein Zahn? Mein Zahn ist weg!« jammerte er. Verzweifelt begann er seinen herausgebrochenen Zahn zu suchen.

»Mußt warten, bis Sonne kommt«, sagte Edek. »Oder mußt kaufen neues Gebiß für deine dumme Schnauze!«

Er nahm seine Jacke vom Boden auf und ging. Nach ein paar Schritten holte ihn Wilfried ein.

»Äh, danke«, sagte Edek. »Bist ein guter Freund. Hast mir gut geholfen. Woher hast du gewußt, daß ich mit Berthold kämpfe?«

»Ich habe es nicht gewußt«, meinte Wilfried. »Ich bin nur nach unten gekommen, weil du mir helfen sollst. Der Faden will nicht in das Loch rein.« Er hielt Edek eine Nadel und einen Faden entgegen.

»Wofür brauchst du Faden?«

»Die Jacke von Onkel Ludwig ist wieder kaputt. Ich muß das Loch zunähen.«

»Ist wieder Arm nach oben gekommen und hat Jacke zerrissen?«

Wilfried nickte.

»Ich schraub morgen Ventil wieder fest, jetzt ist zu spät. Komm mit in Wohnwagen. Hier seh ich Loch in Nadel nicht gut.«

Sie gingen in den Mannschaftswagen. Dort fädelte Edek für Wilfried den Faden ein, obwohl seine Hände ziemlich zitterten, und machte einen dicken Knoten.

»Danke«, sagte Wilfried. »Du bist ein guter Freund.«

»Ja, du auch, Wilfried. Du hast mir das Leben gerettet. Du kannst alles von mir haben ... Und denk später an Deckel, äh ... ist egal ...«

»Kein Problem«, sagte Wilfried wie sonst immer Edek, lächelte noch einmal dankbar und ging.

Edek schaute in den Spiegel. Seine Kehle war voller roter Striemen, und sie schmerzte. Unter seinen Augen hatten sich dunkle Schatten gebildet. Verdammt. Wenn Wilfried nicht gekommen wäre, hätte ihn Berthold ganz sicher umgebracht. Edek wusch sich das Gesicht. Es gab überhaupt keinen Zweifel: Er verdankte Wilfried sein Leben. Edek trocknete sich ab. Wilfried, Wilfried, Wilfried! Edek legte das Handtuch weg und betrachtete sein Gesicht noch einmal im Spiegel. Viel besser sah es nicht aus. Eher noch elender.

6

Seit drei Stunden – so lange schon beobachtete Berthold versteckt die Geisterbahn – ging ihm nur noch ein Gedanke durch den Kopf: Rache! Rache an Edek. Rache an den Riesen. Rache an der ganzen Welt!

Berthold prüfte noch einmal die Lage. Der Riese hatte vor gut einer halben Stunde die Geisterbahn verlassen, in der er sich – der Teufel wußte warum – so lange aufgehalten hatte. Das Licht im Mannschaftswagen war erloschen, und auch in Mirjas Wagen blieb es hinter den Fenstern dunkel. Nur in der Geisterbahn brannten oben noch die Lichter, der Riese hatte vergessen, sie auszumachen. Das traf sich gut. Das traf sich ausgezeichnet. Und nun hatte Berthold lange genug gewartet. Die Zeit war reif!

Er lief zur Geisterbahn und kroch unter der Plane hindurch. Obwohl er hier nur wenige Tage gearbeitet hatte, kannte er sich noch gut aus. Vorsichtig, damit ihn nicht zufällig ein Geräusch verriet, kletterte er zwischen den Rohren nach oben. Am »Toten Mann« mußte er anfangen. Dort saß der dicke Preßluftschlauch des Kompressors, an den die anderen Schläuche angeschlossen waren. Ihn würde er als erstes zerstören und damit alle beweglichen Attraktionen der Geisterbahn lahmlegen. Dann würde er sämtliche elektrischen Leitungen zerschneiden und die Figuren zerstören. Eine nach der anderen. Eine Geisterbahn würde es nach der heutigen Nacht jedenfalls nicht mehr geben! Da war ihm Jeschke ganz egal. Hier ging es um seine Ehre!

Und da war auch schon der Sarg des »Toten Mannes«. Berthold ging auf die Knie und kroch hinter ihn, dort, wo der Hauptschlauch aus der Rückwand kam. Er holte das Springmesser aus der Jackentasche, klappte es auf, setzte die Klinge an den Schlauch und drückte. Der Schlauch hielt stand. Berthold sägte hin und her, immer wilder und immer kräftiger, schaffte es aber nicht. Das verdammte Ding mußte doch endlich nachgeben! Voller Wut stach er auf den Schlauch ein. Endlich! Die Spitze des Messers blieb stecken, und ein scharfes Zischen ertönte. Berthold zuckte bei dem Lärm zusammen. Aber er mußte weitermachen. Fluchend drückte er noch einmal mit aller Kraft auf das Messer.

Plötzlich zerbarst der Schlauch mit einem lauten Knall. Dann, bedingt durch den heftigen Druckabfall, setzte sich der Sarg in Bewegung. Völlig überrascht sprang Berthold auf, stemmte sich gegen ihn und versuchte, ihn abzubremsen, damit er nicht noch mehr Lärm verursachte. Vergeblich. Die dicken Metallfedern in seinem Schiebemechanismus waren kräftiger, er kam nicht dagegen an! Schlimmer noch – der Sargdeckel flog an der vorgesehenen Stelle auf, und der »Tote Mann« begann sich zu erheben. Berthold sah zunächst nur seine Beine, aber dann gingen seine Blicke nach oben und... das Blut gefror ihm in den Adern.

Der »Tote Mann« stand langsam, beinahe widerstrebend und wackelig auf. Die Perücke glitt ihm vom Kopf. Er grinste. Mit vor Schrecken aufgerissenen Augen sah Berthold, daß es keine Puppe, sondern ein richtiger Mann war, der widerlich nach Alkohol stank. Und schon im nächsten Augenblick wankte er und beugte sich nach vorne. Das grinsende Gesicht kam immer näher. Der Mund klappte auf, die Arme pendelten aus und faßten nach Berthold...

An das, was dann geschah, konnte sich Berthold anschließend nicht mehr genau erinnern. Er kam erst wieder zu sich, als er den Mann im Sarg liegen sah, in den er ihn mit aller Gewalt zurückgestoßen hatte. Leblos lag er da, mit auf der Brust verschränkten Armen. Und Berthold hielt das Messer in der Hand. Verflucht. Er hatte den Mann doch nicht etwa umgebracht? Er hatte doch nur zwei- oder dreimal mit dem Messer zugestochen, ganz ohne Absicht, nur um sich zu wehren! Wie damals, vor drei Jahren, als er im Park mit ein paar Betrunkenen aneinandergeraten war, die ihn provoziert hatten.

Berthold begann am ganzen Körper zu zittern. Noch war seine Bewährungszeit nicht abgelaufen. Noch durfte er sich nichts zuschulden kommen lassen! Er schaute hinter sich, als suche er einen Zeugen dafür, daß er vollkommen unschuldig sei. Aber niemand war da. Nur er, der Mann und die Stille.

Berthold beugte sich über den Sarg. Der Mann war tot. Ohne

jeden Zweifel mausetot, nichts an ihm rührte sich. Wo kam er her? Ein Betrunkener, der wie schon oft den Weg nicht nach Hause gefunden hatte und irgendwo auf der Kirmes zu übernachten versuchte?

Panik erfaßte Berthold. Das war jetzt egal. Völlig egal. Er mußte hier weg. Ganz schnell weg!

Er stürzte nach unten. Draußen umfaßte ihn die kalte Nachtluft. Was sollte er tun? Wie sich retten? Ratlos stand Berthold eine Weile vor der Geisterbahn. Nichts fiel ihm ein. Er rannte einfach los. Weg von der Geisterbahn, weg von der Kirmes, weg von ...

Der weiße Porsche vom Jeschke! Berthold blieb stehen. Die Kirmes lag im Schlaf. Nichts rührte sich. Er bückte sich und schaute durch die Scheiben. Die Fahrertür war nicht abgeschlossen, und der Schlüssel steckte im Zündschloß. Jeschke hatte mal wieder vergessen, ihn abzuziehen. Berthold öffnete die Tür und ließ sich hinter das Steuer fallen. Das war die Rettung. Mit dem Wagen konnte er fliehen. Wohin, wußte er nicht. Hauptsache, er kam weg von hier. Nur weg, weit weg von dem Ort, wo man bald den Ermordeten entdecken würde.

»Du kommst jetzt mit!« sagte Edek, packte Onkel Ludwig an den Armen und schulterte ihn wie einen Verletzten. Dann trug er ihn nach unten, hinter die Geisterbahn, wo schon der Tieflader mit offener Beifahrertür bereitstand.

Edek erklomm mit Onkel Ludwig die Fahrerkabine. Ludwig war viel leichter, als Edek gedacht hatte, eigentlich fast federleicht. Und er machte keinerlei Schwierigkeiten. Edek legte ihn hinter die Sitze auf den Boden. Onkel Ludwig grinste nun beinahe so, als sei er Edek für diesen Ausflug dankbar.

»Jetzt mußt du nicht mehr verrücktes Gequatsche von Wilfried hören«, meinte Edek. Es machte ihm nichts aus, mit einem Toten zu reden. Überhaupt hatte Edek jegliche Scheu vor Onkel Ludwig verloren. Hätte er nicht fünf Millionen mit ihm erpressen können, hätte Onkel Ludwig seinetwegen bis zum Jüngsten Tag im Sarg des »Toten Mannes« bleiben dürfen. Und wenn Wilfried vorgeschlagen hätte, Onkel Ludwig mit in den Mannschaftswagen zu nehmen, hätte sich Edek bestimmt nicht quergestellt. Ein toter Mann blieb schließlich ein Mann. Ganz einfach.

Edek sicherte Onkel Ludwig noch mit einem Werkzeugkasten ab, falls er mal scharf bremsen mußte, und setzte sich dann hinter das Steuer. Er warf den Motor an und fuhr los. Die Sonne brannte wie auf den texanischen Feldern. Nur nicht so heiß. Eigentlich ganz kalt. Genauso, wie Edek sich fühlte – kalt und ruhig.

Edek lenkte den Tieflader auf die Rheinbrücke und gab Gas. Bald hatte er die Stadtmitte hinter sich gelassen und fuhr auf der Autobahn. Nach Lüdinghoven. Wo bereits Vanessa Jagenberg mit dem vielen Geld auf ihn wartete. Etwas entfernt von dem Wäldchen, wo er sie treffen wollte, aber noch in der Straße, deren seltsamen Namen Edek sich nicht merken konnte, parkte er den Tieflader. Er schloß sorgfältig die Türen ab und marschierte los.

Die Sonne hatte noch nicht ihren höchsten Punkt am Himmel erreicht und schien Edek leicht schräg von hinten in den Rücken. Das hatte er in seinem perfekten Plan so berechnet. Während er mit Vanessa Jagenberg verhandelte, sollte sie den gleißenden Strahlen der Sonne ausgesetzt sein. Ein geblendeter Gegner war nur halb so gefährlich. Ein geblendeter Gegner schoß fast immer daneben. Edek holte den Revolver aus der Jackentasche und prüfte ihn. Sechs Kugeln steckten schußbereit in seinem Magazin. Diesmal sechs echte, tödliche Kugeln.

Im Wald war es völlig still. Alles schien erstarrt in Erwartung dessen, was gleich geschehen würde.

Edek erreichte den Bach und folgte ihm bis zu dem kleinen See. Und da war auch schon Vanessa Jagenberg. Sie wartete mit einem großen Koffer, und sie trug eine Sonnenbrille.

»Nehmen Sie Sonnenbrille ab!« befahl Edek.

»Aber die Sonne blendet mich!« sagte Vanessa Jagenberg.

»Sonnenbrille ab!« wiederholte Edek scharf und richtete den Revolver auf sie.

Vanessa Jagenberg fügte sich. Sie nahm die Sonnenbrille ab.

»Laß Sonnenbrille fallen!«

Vanessa Jagenberg ließ die Sonnenbrille fallen.

»Schieb Sonnenbrille mit Fuß zu mir rüber!«

Vanessa Jagenberg gab der Sonnenbrille einen Stoß. Sie landete vor Edeks Füßen. Er trat drauf, das Glas splitterte. Sicher war sicher. Er durfte den Gegner nicht unterschätzen.

»Wo sind fünf Millionen?« fragte Edek.

»Hier, in dem Koffer«, sagte Vanessa Jagenberg. Ihr Kinn zitterte, und Edek sah, daß über ihr Gesicht Tränen liefen.

»Warum weinst du? Bist du kleines Kind?« fragte er wütend.

»Nein, aber die Brille, sie ist kaputt! Durch eine kaputte Brille kann man nichts mehr sehen!« Vanessa Jagenberg schluchzte.

Edek hatte es schon vorher gewußt – Vanessa Jagenberg war wie Wilfried. Verrückt. Und trotzdem mußte er aufpassen. Irgend etwas sagte ihm, daß er sich in einer außerordentlich gefährlichen Situation befand. Diese Tränen waren nicht echt. Edek ließ sich nicht so leicht täuschen!

»Bring Koffer!« befahl Edek.

Vanessa Jagenberg hob den Koffer an. Er war so schwer, daß sie Mühe hatte, ihn zu tragen.

»Genug!« entschied Edek. »Und jetzt mach Koffer auf!«

Vanessa Jagenberg folgte Edeks Anweisung und öffnete den Koffer. Zum Vorschein kamen in Reihen nebeneinanderliegende, gebündelte Tausendmarkscheine. Edeks Herz schlug höher. Erregt betrachtete er das viele Geld.

»Sind Tausendmarkscheine echt?« fragte er.

»Sie sind selbstverständlich echt«, antwortete Vanessa Jagenberg.

»Wenn Geld ist unecht, geh ich zu Polizei und erzähl alles von Onkel Ludwig!« drohte Edek.

»Nein, keine Polizei!« Vanessa Jagenberg brach wieder in Tränen aus. »Bloß keine Polizei!«

»Okay. Dann fang an, Geld zu zählen. Langsam, damit ich sehe, daß du richtig zählst!«

Vanessa Jagenberg ging auf die Knie und holte das erste Bündel von Scheinen heraus. Edek entsicherte den Revolver und richtete ihn auf ihren Kopf. Irgend etwas stimmte hier nicht. Irgendwie verlief das Ganze zu glatt. Er mußte höllisch aufpassen. Würde Vanessa Jagenberg jetzt auch nur eine falsche Bewegung machen, würde er gnadenlos auf den Abzug drücken.

Vanessa Jagenberg zählte. Bündel für Bündel. Für Edek blieb die Zeit stehen. Mit gleichbleibender Aufmerksamkeit verfolgte er ihre Bewegungen und kontrollierte die Beträge. Als Vanessa Jagenberg die fünfte Million zu Ende gezählt hatte, befahl er ihr, den Koffer zu schließen und wieder auf ihre alte Stelle zurückzugehen.

»Nein«, sagte Vanessa Jagenberg.

»Warum nein?« wunderte sich Edek.

»Weil das Spiel aus ist!«

Edek erschrak. Verdammt. Vanessa Jagenberg trug wieder eine Sonnenbrille, und er konnte ihr Gesicht nicht mehr erkennen. Außerdem waren ihre Haare plötzlich grün, so grün wie die Perücke von Onkel Ludwig im Sarg des »Toten Mannes«! Woher hatte sie die Brille? Woher die Perücke? Edek hatte mal wieder nicht aufgepaßt. Eine entscheidende Sekunde zu lang geträumt! Jetzt mußte er schießen, um sich zu retten!

Blitzartig richtete Edek den Revolver auf Vanessa Jagenberg und drückte ab. Ein leiser, beinahe schlaffer Knall ertönte. Danach rollte die Kugel träge aus dem Lauf und fiel vor Edeks Füße.

»Es ist doch bloß ein Spielzeugrevolver«, lachte Vanessa Jagenberg mit einer hell klingenden Stimme. »Einer, der mit Druckluft betrieben wird!«

Edek betrachtete erstaunt den Revolver. Selbstverständlich wurde er mit Druckluft betrieben. Mit Druckluft betriebene Revolver waren überhaupt die gefährlichsten. Aber er hatte vergessen, das Ventil festzuschrauben, er hatte einfach nicht mehr daran gedacht!

»Sie denken jetzt, Sie hätten vergessen, das Ventil festzuschrauben?« fragte Vanessa Jagenberg.

»Ja, woher wissen Sie?«

»Sie denken falsch, Herr Eduardo Stermann! Sie haben selbstverständlich das Ventil festgeschraubt. Sie sind schließlich ein guter Mechaniker und haben bei Ihrem Onkel in Texas sogar Hubschrauber repariert. Aber Sie haben nicht an Wilfried gedacht!«

»An Wilfried, äh, nicht gedacht???«

»Selbstverständlich. Wilfried hat das Ventil wieder aufgeschraubt, und zwar verkehrt herum!«

»Ja, Wilfried kann Linksgewinde nicht schrauben!« tobte Edek los. »Wilfried ist verrückt! Wilfried muß in Irrenhaus!«

»Ich bin keinesfalls verrückt, Edek!« sagte Wilfried.

Edek riß sich herum. Hinter ihm stand tatsächlich Wilfried! Er trug in der Hand einen blühenden Löwenzahn und sah sehr betrübt aus.

»Ich habe die ganze Zeit nur so getan, als ob ich verrückt wäre«, fuhr er fort. »Ich wollte einfach wissen, ob du ein wirklicher Freund bist. Aber du bist es nicht. Du hast mich an meine Mutter verraten, Edek. Und deshalb kommst du jetzt in ein Irrenhaus. Für immer!«

»Nein! Ich komme nicht in Irrenhaus! Ich bin nicht verrückt! Ich gehe zur Polizei und erzähle alles über deine tote Onkel Ludwig! Verrückte Wilfried hat Edek überredet, Transporter zu klauen, und da war sein tote Onkel drin, aus Urwald, und... und...«

Edek verstummte, denn Wilfried begann zu lachen. »Urwald?« meinte er, während er sich vor Lachen regelrecht schüttelte. »Mein Onkel aus dem Urwald? Onkel Ludwig hat nie im Urwald gelebt! Mein Onkel wohnt in Lützchens Allee, Edek! Lützchens Allee, merk dir endlich den Namen!«

Edek schaute in die Runde. Er befand sich gar nicht mehr in einem Wäldchen an einem See, sondern in einer Straße, die Lützchens Allee hieß. Genau dort, wo er den Tieflader abgestellt hatte. Aber der Tieflader war weg. Statt dessen stand an seiner Stelle Jeschkes grauer Transporter. Und aus dem Transporter stiegen jetzt Jeschke und Berthold aus. Und auch sie lachten.

Und dann – Edek stockte der Atem – stieg aus dem Transporter Onkel Ludwig und kam auf ihn zu.

»D-d-du b-b-bist nicht t-t-tot?« stotterte Edek entsetzt los. Er wollte einen Schritt zurückweichen, aber seine Beine waren festgewachsen, er kam nicht weg.

»Ich bin tot«, sagte Onkel Ludwig, »ganz tot. Aber ein toter Mann ist immer noch ein Mann. Ganz einfach!«

Ja, natürlich war das ganz einfach. Edek hatte es schon immer gewußt. Wenn ein Mann tot war, bedeutete es noch lange nicht, daß er nicht mehr lebte!

»Dann alles kein Problem«, lachte Edek.

»Selbstverständlich«, meinte Onkel Ludwig. »Ist alles kein Problem.« Er lehnte sich an den dicken Baum, der hinter ihm stand, holte einen Goldklumpen aus der Tasche seines braunen Anzugs, warf ihn geschickt in die Luft und fing ihn wieder auf.

»Dann geh ich jetzt nach Hause«, meinte Edek erleichtert. »Mirja wartet schon. Geschäft muß weitergehen.«

»Nicht so schnell, Gringo!« mischte sich hier Berthold ein und spuckte durch seine Zahnlücke einen dicken Strahl in den Amazonas, der gleich hinter dem Baum rauschte. »Du hast mir heute einen Zahn ausgeschlagen!«

»Der Zahn kostet eine Million Mark«, stellte Jeschke fest. »Mirja schuldet mir vier Millionen Mark. Macht zusammen fünf Millionen!« Er blies Edek den Rauch der Zigarre ins Gesicht.

Edek hustete. Er hatte das Gefühl, er müßte auf der Stelle ersticken.

»Wo ist das Problem?« mischte sich Onkel Ludwig ein. »Ich habe Zähne genug. In den Tresoren der Banken befinden sich Millionen von Zähnen, die ich in den Minen des Urwalds gefunden habe! Hier, Berthold, ich schenke dir einen Zahn! Er ist aus Gold!«

Onkel Ludwig riß seinen Mund auf. Er war voller goldener Zähne, die zu Boden regneten. Berthold stürzte sich auf sie und begann auszuprobieren, welcher in seine Zahnlücke paßte.

Edek bekam keine Luft mehr. Er mußte um jeden Preis fliehen! Seine Beine lösten sich nur schwer von der Stelle. Aber er mühte sich. Endlich lief er. Langsam, zäh, nach Atem ringend. Er ruderte mit den Armen. Gleich war er frei! Gleich war er an der Geisterbahn, wo Mirja auf ihn wartete.

Und da war auch schon die Kirmes. Wie immer am Abend voller Musik, voller Lichter, voller lachender Menschen. Edek hetzte an den Geschäften vorbei. Schon sah er die Geisterbahn.

Edek blieb stehen. Vor der Geisterbahn wartete bereits Vanessa Jagenberg. Und Onkel Ludwig. Und Wilfried. Und Jeschke und Berthold. Und ganz oben, neben dem Monster-Affen, da prangte in großen Leuchtbuchstaben die Überschrift: »Geister-Toten-Onkel-Bahn«.

»Ich habe es da oben hingeschrieben«, erklärte Wilfried freudig, »damit es niemand mehr vergißt!«

»Nein!« schrie Edek. »Nein! Keine Geister-Toten-Onkel-Bahn. Keine tote Onkel Ludwig!«

Er zog den Revolver. Diesmal mußte er funktionieren. Verdammt! Wenn Edek wollte, daß er funktionierte, dann hatte er das zu tun! Er drückte ab. Die Kugel schoß aus dem Lauf und zertrümmerte die Leuchtschrift.

»Und jetzt«, lachte Edek wild und stürzte sich auf Vanessa Jagenberg, »und jetzt bekomme ich fünf Millionen Mark!«

»Nein!« Vanessa Jagenberg gab den Koffer nicht her.

»Doch! Wenn ich will, dann will ich! Fünf Millionen Mark für tote Onkel!« Er schlug auf Vanessa Jagenberg ein. »Fünf Millionen Mark für tote Onkel! Ha, ha, ha!«

»Edek! Was ist mit dir los? Edek!«

»Fünf Millionen für tote Onkel . . .«

»Edek! Nun beruhige dich!«

»Gib fünf Millionen her! Sofort!« Er schoß auf Onkel Ludwig, der ihn plötzlich mit seinen goldenen Zähnen, in denen sich die Sonne spiegelte, zu blenden versuchte.

»Ich brauch keine Sonnenbrille!« höhnte Edek. »Ich kann auch so schießen! Peng-peng!«

»Edek! Wach endlich auf!« Vanessa Jagenberg hatte ihn an den Armen gepackt und rüttelte ihn.

Nein. Es war nicht Vanessa Jagenberg. Es war Mirja! Edek blinzelte erstaunt. Die Geisterbahn war verschwunden. Alle waren verschwunden. Er war im Wohnwagen, lag im Bett, und über ihm brannte nicht die Sonne, sondern ein Licht, das ihn blendete.

»Edek! Was ist mit dir los?«

Edek fuhr hoch und war schlagartig wach.

»Mensch, Edek!« sagte Mirja und schaute ihn verängstigt an. »Ich hab mich gerade zu Tode erschrocken! Du hast angefangen, um dich zu schlagen. Und von einem toten Onkel hast du was gerufen und von fünf Millionen! Und daß du schießt!«

»Äh, fünf Millionen? Tote Onkel?«

»Ja, ein paarmal hast du das gerufen! Edek, was ist mit dir los? Seit Augsburg bist du so komisch. Was ist mit dem toten Onkel? Was sind das für fünf Millionen?«

Edek ließ sich wieder in sein Kissen fallen. Er hätte sich ohrfeigen können. Es war einfach nicht zu fassen! Wegen eines blöden, verrückten Traums hatte er sich verraten. Es war alles vorbei. Vorbei für immer. Und dabei hatte er die fünf Millionen schon in der Hand gehabt. All die vielen schönen gebündelten Scheine in dem großen Koffer.

»Verdammt«, sagte Edek.

»Was ist verdammt? Edek, ich will jetzt endlich die Wahrheit wissen.«

»Ja, Wahrheit«, sagte Edek, hob resigniert die Hände und ließ sie wieder fallen. »Wahrheit ist, daß ... daß Onkel ist tot, aber schon lange ...«

»Wer? Dein Onkel?«

Edek schluckte. »Ja, meine Onkel ...«

»Dein Onkel in Texas???« Mirja war fassungslos.

»Ja, meine Onkel in Texas ist tot ...«

»Seit wann? Warum hast du mir denn nichts davon erzählt?«

»Weil, na, weil deine Vater war krank in Augsburg. War schon großes Unglück für dich.« Edek richtete sich auf. So wie es aussah, hatte er noch einmal eine Chance bekommen, sich zu retten. Er mußte sie nutzen, kostete es, was es wollte. »Und ich«, fuhr er rasch fort, »ich wollte dir nicht noch mehr von Unglück erzählen.«

»Mensch, Edek!« Mirja nahm ihn in die Arme. »Das hättest du mir doch ruhig erzählen können. Und ich hab schon die ganze Zeit überlegt, was mit dir los ist. Warum hast du es mir nicht erzählt, hm? Mir hättest du es doch sagen können.« Sie klang enttäuscht.

»Ist wieder nicht so großes Unglück ...«, beeilte sich Edek.

»Das soll kein großes Unglück sein?«

»Doch, ist großes Unglück. Aber Onkel in Texas war schon ganz alter Mann. Und immer krank. Und reich. Und vielleicht ich bekomme Geld.«

»Fünf Millionen ...?« lächelte Mirja bitter.

»Ja, nein, ich weiß noch nicht ... Aber wenn ich bekomme Geld, bin ich reich. Wir geben Jeschke Schulden, wir machen Geisterbahn neu, ich kaufe schönes Auto, und dann fahren wir nach Paris. In beste Hotel. Wird alles schön sein!«

»Ach, das sind doch nur Träume«, sagte Mirja. »Du hättest mir wirklich von deinem Onkel erzählen sollen. Ich hab mir die ganze Zeit den Kopf zerbrochen, weil du so anders warst, so, ich weiß nicht ...« Sie sprach nicht weiter.

Auch Edek schwieg. Ihm wollte nichts mehr über die Lippen kommen.

Mirja hielt ihn noch eine Weile im Arm. Dann lehnte sie sich zurück, schaute ihm in die Augen und sagte: »Du, ich will, daß du wieder so bist wie früher, vor Augsburg. Da war es schöner.«

»Ich bin schon wie früher!« sagte Edek. »Kannst du gleich sehen!«

Er beugte sich zu Mirja und küßte sie. Aber es war nicht so wie früher. Es war, als habe sich zwischen ihn und Mirja ein anderer Edek geschoben. Einer, der nicht mehr verschwinden wollte, so sehr Edek sich auch anstrengte. Einer, der darauf wartete, daß morgen zwölf Uhr mittags vorbei war.

7

»Trinken Sie das hier, es wird Ihnen helfen!« Vanessa Jagenberg reichte der Patientin ein Glas, in dem sie zuvor ein starkes Beruhigungsmittel aufgelöst hatte. Ihre Hand zitterte.

Die Patientin, die sehr nervös und überspannt wirkte, nahm das Glas dankbar entgegen und trank in kleinen Schlucken.

Vanessa Jagenberg schaute ihr zu. Nur noch drei Stunden mußte sie warten, dann war auch sie von ihren Qualen erlöst. Dann durfte auch sie von dem Beruhigungsmittel trinken und endlich einschlafen. Sie hatte eine grausam durchwachte Nacht hinter sich. Nie zuvor hatte sie so stark unter dem »Juventin« gelitten. Es war wie ein Fluch. Ruhelos war sie durch die vielen Räume ihrer Villa gewandert, bis ihr wieder dieses schreckliche Gesicht erschienen war, nicht mehr im Spiegel, nein, diesmal stand es vor ihr, als lebte es wirklich. Erst durch eine doppelte Dosis »Juventin« war sie dem Wahn entronnen und war dennoch nicht zur Ruhe gekommen. Verzweifelt und wie von fremder Hand gesteuert, hatte sie schließlich das Beruhigungsmittel in einem großen Glas Wasser aufgelöst. Was sie am Ende bewogen hatte, es nicht zu trinken, wußte sie nicht mehr. Vielleicht war es ein Rest von Vernunft gewesen, vielleicht aber auch die panische Angst, daß sie dann auf jeden Fall verloren haben würde ...

Vanessa Jagenberg atmete tief durch. In drei Stunden war alles vorbei. In drei Stunden würde sie endgültig gesiegt haben. Sie hatte gestern abend Eduardo Stermann ihre Bedingungen aufgezwungen, ihn regelrecht damit überfahren. Er war bei weitem nicht so stark, wie sie zunächst geglaubt hatte. Er war vielleicht sogar nur ein Niemand, ein kleiner Trittbrettfahrer, der zufällig Wind von der Sache bekommen hatte und nun seinen Nutzen daraus zu ziehen versuchte. Wer auch immer er war, eines stand ganz sicher fest: Er war schon so gut wie tot.

Die Patientin hatte zu Ende getrunken und gab Vanessa Jagenberg das leere Glas zurück.

»So, und nun entspannen Sie sich erst einmal«, sagte Vanessa Jagenberg und ging zur Tür. »Und vielleicht stellen Sie Ihr Radio für eine Zeitlang ab. Diese hektische Musik macht einen regelrecht nervös!«

»O ja, Sie haben recht, Frau Doktor«, sagte die Patientin und drehte das Radio ab. »Ich höre das gar nicht mehr, aber im Unterbewußtsein bekommt man den Lärm doch immer mit!«

»Genau«, bestätigte Vanessa Jagenberg, »das Unterbewußtsein ist oft viel wacher, als man denkt!« Sie lächelte der Patientin noch einmal zu und ging.

Nachdem sie die Tür leise hinter sich geschlossen hatte, warf Vanessa Jagenberg einen Blick in ihre Mappe. Sie mußte als nächstes zum Zimmer 39 in der dritten Etage. Aber sie hatte keine Kraft. Ihre Hände waren schweißnaß, und sie zitterte. Und da war schon wieder dieses Gefühl, das Gesicht würde gleich wieder auftauchen, schon sah sie es schattenhaft aufkommen.

Vanessa Jagenberg eilte den langen Korridor entlang, dann die Treppe nach unten und erreichte ihr Zimmer, kurz bevor sie glaubte, der Wahn würde sie zerstören. Sie riß die Schublade ihres Schreibtisches auf und griff nach der Ampulle. Es sollte zum letzten Mal sein. Nur noch ein einziges Mal brauchte sie das »Juventin«. Um zwölf Uhr war alles vorbei, dann hatte sie gesiegt. Sie jagte sich die Nadel tief in den Arm und drückte. Nichts geschah. Sie zerbrach den Hals einer weiteren Ampulle und drückte wieder. Die vierfache Dosis mußte doch eine Wirkung zeigen!

Und endlich wirkte sie. Schlagartig und anders als sonst. Keine heiße Welle durchströmte Vanessa Jagenberg, sondern ein Gefühl, als rieselten Eiskristalle durch ihren Körper und als stiege aus ihrem Unterbewußtsein nach und nach eine ungeheuere Klarheit auf. Und da erklang in ihr die lärmende Musik von vorhin. Nein, es war nicht die Radiomusik, es war eine andere Musik. Es war die Musik, die sie bei den letzten Anrufen des Erpressers stets im Hintergrund gehört hatte. Sie kannte diese Musik. Dieses pulsierende, dumpfe Durcheinander von Tönen und Rhythmus. Wo hatte sie eine solche Musik zuletzt gehört? Es war erst vor kurzem gewesen. Im Autoradio? Nein, nicht im Autoradio, aber sicher im Auto. Ja, im Auto, als sie gestern nachmittag über die Rheinbrücke fuhr! Sie hatte das Fenster ein wenig geöffnet und für eine kurze Zeit diese Musik gehört. Sie kam von den Rheinwiesen. Von der Kirmes! Von dort mußte der Erpresser angerufen haben, daran gab es keinen Zweifel!

Eine Viertelstunde später saß Vanessa Jagenberg in ihrem Wagen und lenkte ihn vom Venusberg in Richtung Stadtmitte. Der geladene Revolver lag für alle Fälle im Handschuhfach. Vanessa Jagenberg warf einen Blick auf die Uhr. Bis zwölf hatte sie noch gut zweieinhalb Stunden Zeit. Wenn es ihr unauffällig gelang, herauszufinden, wer Eduardo Stermann wirklich war, dann hatte er verloren, ohne daß sie irgendein Risiko eingehen mußte. Wußte sie nämlich, wer er war, würde nicht er sie überraschen, sondern sie ihn. Alles andere konnte dann planmäßig ablaufen und war eigentlich ein Kinderspiel.

Vanessa Jagenberg trat heftig auf die Bremse. So vollkommen versunken in ihre Gedanken, hatte sie erst in letzter Sekunde bemerkt, daß die Stadtmitte gesperrt war. Ein freundlicher Polizist wies auf ein Verbotsschild. Vanessa Jagenberg nickte ihm zu und mühte sich, verständnisvoll zu lächeln. Es war wieder einmal eine der üblichen Demonstrationen, die zum Regierungsviertel zog. Ein Protest der Bauern, wie es schien. Jedenfalls konnte man viele Traktoren mit Anhängern sehen. Auf großen Transparenten war zu lesen: »Die Europäische Union ist der Tod des Bauern«, und manche der Protestierenden zogen tatsächlich auf Karren schwarze Särge hinter sich her, auf denen in weißer Farbe Totenköpfe und irgendwelche Parolen prangten.

Vanessa Jagenberg überlegte kurz, dann entschloß sie sich, die Sperrung links zu umfahren. Die nächste Rheinbrücke war nur anderthalb Kilometer entfernt, der Zeitverlust nicht sehr groß. Sie setzte den Blinker und fuhr los. Wie angenommen, hatte sie gut zwanzig Minuten später die Kirmes auf dem anderen Rheinufer erreicht und parkte den Wagen unauffällig in einer Seitenstraße.

Die Kirmes war um diese Zeit noch nicht in Betrieb. Hier und da sah Vanessa Jagenberg Leute, die sich an den Geschäften zu schaffen machten. Zwischen manchen Wohnwagen waren Schnüre gespannt, auf denen Wäsche hing. Beinahe hätte man meinen können, dies sei ein kleines, verschlafenes Dorf, wenn nicht oben auf der Rheinbrücke ein nicht enden wollendes Hupen und der Motorenlärm der Traktoren des Protestzuges zu hören gewesen wären.

Vanessa Jagenberg schaute sich um. Wo sollte sie anfangen? Jemanden fragen war zu gefährlich. Womöglich begegnete sie als erstem ausgerechnet Eduardo Stermann und machte damit ihren Plan zunichte. In welchem der vielen Wohnwagen lebte er überhaupt? Zu welchem der Geschäfte gehörte er?

Ein wenig unentschlossen ging Vanessa Jagenberg am Rheinufer weiter, so fiel sie wenigstens nicht auf, eine harmlose Spaziergängerin. In der Nähe der Achterbahn sah sie in einem Wohnwagen am offenen Fenster einen Mann sitzen, der eine Zigarre rauchte und aufgeregt telefonierte. Sie hörte nur Gesprächsfetzen wie: »Das ist das letzte!« und »Hab ich mir schon gedacht!« und »Bringen Sie ihn sofort her!« Weiter hinten, schon fast an der Rheinbrücke, reparierten zwei Männer im Autoskooter-Geschäft die Wagen. Vanessa Jagenberg hörte ihnen eine Weile zu, wie sie sich unterhielten. Keiner von beiden war Eduardo Stermann, sie sprachen ein völlig akzentfreies Deutsch.

Sie überlegte kurz, dann entschloß sie sich, an der Rheinbrücke entlangzugehen. Hinter dem Autoskooter-Geschäft befand sich eine Geisterbahn. Vanessa Jagenberg blieb stehen und schaute zu dem Monster-Affen hoch. Dann schweifte ihr Blick über die bunt bemalten Wände. »Gefährliche Affen-Frau!« stand dort in grün und rot ausfließenden Buchstaben. Und weiter oben: »Eiskaltes Händchen!« und noch weiter oben: »Toter Mann!«.

Vanessa Jagenberg zuckte zusammen. Toter Mann? Hatte dieser

Eduardo Stermann nicht bei dem ersten Gespräch von einem toten Mann gesprochen, der sonst in Ludwigs Sarg lag? Der Gedanke schien auf den ersten Blick irrwitzig, ja beinahe albern, aber er mußte richtig sein. Wo sonst konnte man eine Leiche besser verstecken als in einer Geisterbahn?! In einem Sarg, der dort schon vorhanden war und der keinem auffiel?!

Hinter der Geisterbahn, das konnte Vanessa Jagenberg nach ein paar Schritten sehen, standen zwei Wohnwagen. Die Tür des einen war offen. Am Tisch saßen eine Frau und ein Mann, und sie unterhielten sich. Vanessa Jagenberg ging an der Rheinbrücke weiter und bog dann zu dem Wohnwagen ab. Als sie an der offenen Tür vorbeiging, langsam, scheinbar beim Spaziergang in Gedanken versunken, hörte sie den Mann etwas sagen. Sie verstand wegen des Lärms auf der Brücke nicht, was er sagte, aber sie erkannte seine Stimme. Es war die Stimme von Eduardo Stermann. Ohne jeden Zweifel. Sie hatte ihn gefunden!

Vanessa Jagenberg ging noch ein Stück und warf einen verstohlenen Blick hinter sich. Keiner von beiden schien sie bemerkt zu haben. Und nun galt es, eine unauffällige Stelle zu finden, von der aus sie den Wohnwagen und die Geisterbahn im Auge behalten konnte. Vanessa Jagenberg sah sich um. Vielleicht dort, hinter den beiden Bierständen? Oder besser ein wenig abseits von dem Autoskooter-Geschäft? Unentschlossen schwankte Vanessa Jagenberg zwischen den beiden Möglichkeiten, als sie plötzlich am anderen Ende der Kirmes einen Polizeiwagen entdeckte. Er fuhr, trotz des sehr engen Wegs, ziemlich schnell. Instinktiv trat Vanessa Jagenberg ein paar Schritte zurück. Der Wagen fuhr an ihr vorbei und hielt vor der Geisterbahn. Die Türen flogen auf, und zwei Polizisten, ein in Zivil gekleideter Mann und eine auffallend dünne Gestalt mit blondgesträhnten Haaren stiegen heraus. Der Dünne trug Handschellen.

»Da ist Berthold und Polizei«, sagte Edek, dem vor Schrecken fast das Herz stehengeblieben war. »Ist was passiert!«

Obwohl er das Gefühl hatte, seine Beine würden ihn nicht einen Schritt weit tragen, erhob er sich vom Tisch und ging nach draußen. Es war vorbei. Das Spiel war aus. Er hatte verloren. Der große Gringo war mit einem Schlag nichts als ein kleiner, elender Edek.

»Edek, was ist los?« Mirja stürzte ihm hinterher.

»Weiß nicht«, sagte Edek, »weiß wirklich nicht. Werden wir gleich sehen . . .«

Er ging weiter. Immer weiter. Seiner Verurteilung entgegen. Gleich würden sie ihm Handschellen anlegen und ihn abführen. Ins Gefängnis. Lebenslänglich. Edek ging bis zu den beiden Wagen und blieb stehen. Wortlos streckte er beide Hände aus, damit man ihm die Handschellen anlegte. Es sollte schnell gehen. Wenn es mit einem Gringo zu Ende ging, dann schnell.

Doch niemand beachtete Edek. Statt dessen schauten die Polizisten in Richtung der Achterbahn, von wo aus wild gestikulierend und fluchend Jeschke heraneilte.

»Ist das der Besitzer des gestohlenen Wagens?« fragte der Mann in Zivil Berthold.

Berthold nickte.

Edek ließ die Hände wieder sinken.

»Verdammter Scheißkerl!« fluchte Jeschke ganz außer Atem und packte Berthold an der Jacke. »Wo ist mein Auto? Was hast du mit meinem Auto angestellt?« Er schüttelte Berthold, daß dieser fast ins Stolpern geriet.

»Nun beruhigen Sie sich!« Der Mann in Zivil winkte einen Polizisten herbei, der Jeschke von Berthold trennte. »Sehen Sie nicht, daß der Mann Handschellen trägt?«

Jeschke entdeckte die Handschellen. »So ist es recht!« tobte er los.

»Beruhigen Sie sich!« wiederholte der Mann in Zivil, diesmal mit einer schärferen Stimme. Er holte aus seiner Tasche einen Ausweis und zeigte ihn Jeschke. »Kripo Bonn. Und Ihren Namen bitte?« Er schaute Jeschke fragend an.

»Jeschke, ich heiße Jeschke. Und mir gehört der Porsche. Hab erst heute früh gesehen, daß er weg war. Hab mir gleich gedacht, daß er ihn gestohlen hat. Hab auch gleich die Polizei angerufen.«

»Ja, das weiß ich«, sagte der Kommissar ein wenig ungeduldig. »Ihr Wagen ist übrigens vollkommen in Ordnung. Sie können ihn in Krefeld beim Polizeipräsidium abholen. Ihr Mitarbeiter hier«, er zeigte auf Berthold, »ist nicht sehr weit damit gekommen. Er ist wegen Benzinmangels auf der Autobahn liegengeblieben. Die Kollegen von der Autobahnpolizei haben sich dann seiner angenommen.«

»Du bist entlassen!« sagte Jeschke zu Berthold. »Sofort! Mit Dieben will ich nichts zu tun haben!«

»Na ja«, mischte sich der Kommissar ein, »das mit den Dieben wird noch zu klären sein.«

»Wieso?« wunderte sich Jeschke. »Hat er nun das Auto gestohlen oder nicht?«

»Doch, schon. Aber er behauptet, daß der Wagen nicht abgeschlossen war und daß der Schlüssel im Zündschloß steckte. Sie träfe dann auch eine gewisse Schuld.«

»So? Steckte er?«

»Ja, Chef!« sagte Berthold ziemlich erregt. »Die Tür war offen, und der Schlüssel steckte. Das haben Sie sogar extra gemacht! Damit man den klaut, genau wie das Mercedes-Cabrio. Damit die Versicherung zahlt!«

»Glauben Sie dem Mann kein Wort!« rief Jeschke und ballte die Fäuste. »Er lügt, wenn er nur den Mund aufmacht! Mit Versicherungsbetrug hab ich nichts zu schaffen!«

»Und das Space-Lab?« rief Berthold. »Das haben Sie auch für ein paar Mark gekauft, und dann ist es abgebrannt, und die Versicherung hat gezahlt! Sie haben es mir letztens doch selbst erzählt! Und mit der Geisterbahn ...«

»Das ist unglaublich«, fuhr ihm Jeschke dazwischen. »Das hab ich nie gesagt!«

»Und wer hat mir in München gesagt, daß ich den Reifen durchstechen soll? Und die Plane in Augsburg?« Berthold gab nicht auf.

»Das ist ja die Höhe! Das ist ...«

»Einen Augenblick«, unterbrach der Kommissar den schreienden Jeschke. »Das sind völlig neue Sachverhalte. Dazu werde ich Sie beide noch einmal gesondert vernehmen, da können Sie dann Ihre Aussagen machen. Wir haben es hier jetzt mit einem ganz anderen Problem zu tun.«

»Und mit welchem?« fragte Jeschke plötzlich ganz freundlich. Es war unter diesen Umständen doch wohl besser, wenn er den Kommissar nicht unnötig reizte.

»Das Problem ist folgendes: Ihr Mitarbeiter behauptet, in der heutigen Nacht hier in der Geisterbahn einen Mann umgebracht zu haben. Einen Betrunkenen. Er schildert den Tathergang folgendermaßen: Aus Rache gegen einen gewissen« – der Kommissar blätterte in seinem Notizblock – »einen gewissen Edek und einen Riesen mit unbekanntem Namen, der ihm bei einer Schlägerei am Abend einen Zahn ausgeschlagen hatte, begab er sich nachts gegen zwei Uhr in die Geisterbahn. Er sagt, er habe dort die gesamte Einrichtung zerstören wollen. Dabei sei er von einem Betrunkenen gestört worden, der in einem Sarg seinen Rausch ausschlief. Es sei zu einem Kampf gekommen, im Verlaufe dessen er den Betrunkenen mit zwei oder drei Messerstichen erstochen habe. Das Messer habe er bei seiner Irrfahrt irgendwo auf der Autobahn aus dem Fenster geworfen.«

Der Kommissar klappte sein Notizbuch wieder zu und schaute

sich um. »Weiß jemand«, fragte er, »wer der Besitzer der Geisterbahn ist?«

»Die da!« sagte Jeschke und zeigte auf Mirja, die neben Edek stand.

Der Kommissar bahnte sich den Weg zwischen den vielen Schaulustigen, die mittlerweile von der ganzen Kirmes zusammengekommen waren.

»Sie sind die Besitzerin?« staunte er, als er bei Mirja angekommen war und sah, wie jung sie noch war.

»Nein. Der Besitzer ist mein Vater, aber er liegt im Krankenhaus. Ich führe im Moment das Geschäft.«

»Und Ihr Name ist?«

»Mirja Schneider.«

Der Kommissar wollte sich den Namen aufschreiben, meinte dann aber: »Na ja, die Personalien können wir später noch aufnehmen, das hat Zeit. Sie haben gehört, was ich gerade erzählt habe?«

»Ja.«

»Gut. Haben Sie heute nacht etwas von der Sache mitbekommen?«

»Nein, gar nichts.«

»Sagt Ihnen der Name Edek etwas?«

Mirja schaute zu Edek.

»Ich bin Edek«, sagte der.

»Und der Riese?«

»Ist Wilfried«, sagte Edek.

»Wilfried, und wie weiter?«

»Wilfried Jagenberg.«

»Und wo ist er jetzt?«

»Weiß nicht. In Wohnwagen vielleicht.«

Der Kommissar winkte einen der Polizisten herbei und bat ihn, zum Wohnwagen zu gehen.

»Stimmt es, daß Sie gestern abend in eine Schlägerei verwickelt waren?« fragte er dann weiter.

»Stimmt. Berthold hat Messer gehabt und wollte auf mich stechen. Und dann ist Wilfried gekommen und hat ihn an Bein in Luft gehoben. Und Berthold hat ›Aua, laß los!‹ gerufen. Und da hab ich zu Wilfried gesagt: ›Laß los!‹, und Wilfried hat losgelassen. Und da ist Berthold auf Mund gefallen, und Zahn war rausgeschlagen.«

»Einfach so?« fragte der Kommissar, wobei er ein leichtes Schmunzeln nicht unterdrücken konnte.

»Ganz einfach«, bestätigte Edek.

Der Polizist kam zurück und erklärte, er habe niemanden in den beiden Wohnwagen gefunden.

»Vielleicht ist Wilfried in Stadt gegangen«, meinte Edek.

»Wir werden ihn schon noch finden. Und was geschah gestern abend weiter?«

»Nichts. Ich bin in Wohnwagen und hab geschlafen.«

»Also haben auch Sie nichts von der Geschichte in der Geisterbahn mitbekommen«, meinte der Kommissar.

Edek schüttelte den Kopf.

»Und Sie waren heute noch nicht in der Geisterbahn und haben nichts von einem Toten gesehen?«

»Nein, keinen T-t-toten gesehen . . .«

»Na gut«, meinte der Kommissar, indem er Edek noch einmal aufmerksam musterte. »Also wollen wir uns mal die Geisterbahn anschauen! Könnten Sie vielleicht schon mal für Licht sorgen?«

»K-k-kein Problem«, sagte Edek. Seine Hände zitterten, seine Beine zitterten, alles an ihm zitterte. Er hatte sich schon mit seinem Ende abgefunden, aber daß es so qualvoll langsam gehen würde, hatte er nicht gedacht.

Mühsam ein Bein vor das andere stellend, ging Edek zum Kassenhäuschen und schaltete die Beleuchtung an. Der Kommissar gab den beiden Polizisten einige Anweisungen, und sie verschwanden hinter der Tür mit den bluttriefenden Zähnen. Bald waren ihre Schritte überall in der Geisterbahn zu hören.

Edek stand da und wartete. Sekunde für Sekunde verging. Plötzlich schoß ihm durch den Kopf, daß er sich noch von Mirja verabschieden mußte. Für sie hatte er schließlich alles getan. Sie liebte er über alles. An sie würde er denken, bis er eines Tages einsam im Gefängnis als alter Mann starb.

Er schaute sich um. Mirja stand hinter ihm. Er hatte gar nicht mitbekommen, daß sie ihm gefolgt war. Er nahm ihre Hand und drückte sie. Sie drückte zurück.

»Warum hast du mir nichts von der Schlägerei erzählt?« fragte sie ganz leise und ziemlich enttäuscht.

»Wollte dich nicht erschrecken«, flüsterte Edek zurück, ohne sie anzuschauen.

Die Sekunden verstrichen weiter. Die Schritte der Polizisten waren in der Geisterbahn zu hören. Sie suchten immer noch.

Dann endlich kamen sie zurück. Sie wirkten ratlos.

»Wir haben keinen Toten gefunden«, sagte einer von ihnen zu dem Kommissar. »Und auch keinen Sarg.«

»Sie haben jeden Winkel durchsucht?«

»Absolut. Kein Toter, kein Sarg, nicht eine einzige Blutspur, nichts!«

Der Kommissar schüttelte den Kopf. »Eine merkwürdige Geschichte. Ganz merkwürdig. Die Spurensicherung hat auf den Kleidern des angeblichen Mörders auch kein Blut gefunden. Kein Toter also, kein Sarg . . .« Er überlegte. Dann wandte er sich zu Mirja. »Aber einen Sarg müßte es doch geben. Der war doch schon vorher in der Geisterbahn, oder?«

»Ja, wir haben oben einen Sarg. Der ›Tote Mann‹ liegt da drin.«

»Der tote Mann?«

»Das ist nur ein Puppe.«

»Und wie erklären Sie sich ihr Verschwinden?«

»Ich weiß es nicht.«

»Und Sie?« fragte der Kommissar Edek.

In Edeks Kopf schwirrten die Gedanken. Der Sarg war weg. Onkel Ludwig war weg. Wilfried war weg. Alle Beweise gegen ihn waren wie vom Erdboden verschwunden. Verdammt, er mußte sich jetzt etwas einfallen lassen. Irgendeine gute Geschichte. Irgend etwas, was ihn rettete. Er mußte einfach anfangen zu reden. Wie immer, wenn alles aussichtslos schien. Er würde sich schon etwas ausdenken und es schaffen. Die Chancen standen gut, wirklich gut.

Aber Edek kriegte keinen Ton heraus. Er hatte plötzlich das Gefühl, er könne nicht mit der Geschichte anfangen, solange Mirja seine Hand hielt. Und wenn er sie losließ, dann kam es noch viel schlimmer. Dann stand er ganz allein da. So allein wie noch nie im Leben.

»Äh«, sagte Edek, »Wilfried ist bestimmt mit Sarg und Onkel Ludwig weg ...«

»Mit wem?« wunderte sich der Kommissar.

»In Sarg hat gelegen tote Onkel Ludwig von Wilfried«, erklärte Edek.

»Toter Onkel Ludwig?« Der Kommissar verstand kein Wort. »Wie meinen Sie das?«

»Wie soll ich sagen?« Edek suchte nach Worten. Es war alles so schwierig. Alle Augen starrten ihn an und vor allem Mirjas. Er spürte regelrecht ihre Blicke auf sich. Wo sollte er mit dieser verrückten Geschichte anfangen? Wie sollte er sie erzählen, damit man ihm auch wirklich glaubte?

»Also? Was ist mit dem Onkel?« forderte ihn der Kommissar auf, ein wenig ungeduldig geworden.

»Ist eigentlich ganz einfach.« Edek gab sich einen Ruck. »Also, Onkel Ludwig war früher immer in Urwald. Hat Wilfried so erzählt. Und hat dort gekämpft mit Krokodile und mit Affen und hat gehabt viel Gold aus Goldmine. Und ich hab gesagt: ›Wilfried, du bist verrückt in Kopf!‹ Und dann hab ich und Wilfried geklaut Transporter. Nein, ich hab geklaut allein, und Wilfried ist dann mitgefahren, weil er wollte nicht allein sein. War aber falsche Transporter, äh, weil ich wollte klauen Transporter mit Geld von Jeschke. Aber in Transporter war hinten keine Geld von Jeschke, nur Onkel Ludwig. Und Onkel Ludwig war tot. Ganz tot. In eine Tasche waren Papiere, und da stand, daß Onkel Ludwig soll kommen zu Studenten, damit die ihn zerschneiden und lernen. Und Wilfried hat dann sein tote Onkel mitgenommen, weil er war ganz traurig, und hat ihn gelegt in Sarg von ›tote Mann‹. Und ...«

»Einen Augenblick bitte«, unterbrach ihn der Kommissar, der immer noch nichts verstand. »Sie behaupten also, einen Geldtransporter gestohlen zu haben, in dem sich aber statt des Geldes ein Toter befand?«

»Ist genau richtig!« bestätigte Edek erleichtert.

»Und diesen Toten haben Sie dann hier in die Geisterbahn mitgenommen?«

»Ja, war aber nicht schlimm. Weil er war konser ... konserviert mit Formalin in eine Gerichtsinstitut. Und Wilfried hat Onkel Ludwig Anzug von ›Toter Mann‹ angezogen und grüne Perücke. Und Onkel Ludwig sah besser aus als ›Toter Mann‹, weil Onkel Ludwig hat immer gegrinst!«

»Warten Sie«, unterbrach ihn schon wieder der Kommissar. »Sagten Sie, der Tote sei konserviert gewesen und habe gegrinst?«

»Ja. Immer. Sah wirklich lustig aus, trotzdem er war tot!«

»Wo haben Sie noch mal den Transporter gestohlen?«

»War in Augsburg.«

Der Kommissar schüttelte ungläubig den Kopf. »Jetzt wird mir einiges klar. Eine verrückte Geschichte, kaum zu fassen ... Die Kollegen von Augsburg suchen die halbe Welt nach dem verschwundenen Toten ab, stellen die wildesten Theorien auf, und der fährt einfach mit einer Geisterbahn als ›Toter Mann‹ durch die Lande! Sagen Sie, ist das hier keinem aufgefallen? Wie viele Leute besuchen denn so am Tag die Geisterbahn?«

»Wenn Geschäft gut läuft, vielleicht tausend«, meinte Edek.

»Und keiner hat etwas gemerkt?«

»Keiner. Weil Onkel Ludwig war besser als ›Toter Mann‹, wirklich ...«

»Das glaub ich auf Anhieb«, bemerkte der Kommissar.

»Nein, nicht so«, widersprach Edek, dem die Ironie nicht entgangen war. »Weil Wilfried sagte immer: ›Ist egal, ob ein Mann ist tot oder nicht. Ein toter Mann ist auch ein Mann!‹ Das hat Wilfried gut gesagt.«

Der Kommissar nickte nachdenklich. Dann schaute er sich um und meinte: »Könnten wir uns weiter bei Ihnen im Wohnwagen unterhalten. Hier ist es so fürchterlich laut, und die vielen Neugierigen ...«

»Ja, gehen wir in den Wohnwagen«, sagte Mirja, die die ganze Zeit Edeks Hand festgehalten hatte. Eng umschlossen und ganz warm. Edek sah sie an und lächelte entschuldigend. Mirja lächelte zurück. Fragend, verwirrt, kurz nur. Und doch hatte Edek jetzt das Gefühl, daß alles gleich ganz einfach werden würde. So einfach, wie er es sich zuvor nicht hätte vorstellen können.

»Ach, übrigens«, wollte der Kommissar noch von Edek wissen, bevor sie losgingen, »und wo, glauben Sie, ist der Tote jetzt?«

»Ist bestimmt mit Wilfried weg nach Hause«, sagte Edek. »Zu seine Mutter.«

»Na ja«, sagte der Kommissar, »dann werden wir da wohl auch noch hinfahren müssen.«

Er wies die Polizisten knapp an, im Wagen auf ihn zu warten. Die immer noch zahlreichen Schaulustigen, die ihm, Mirja und

Edek den Weg versperrten, forderte er auf, nach Hause gehen. Es gebe nichts mehr zu sehen. Die Sensation sei vorbei.

Eine der Schaulustigen hatte diese Aufforderung nicht mehr nötig. Vanessa Jagenberg hatte genug gehört. Sie war schon auf dem Weg nach Hause.

8

»Vielen Dank«, sagte Wilfried zu den beiden Polizisten, die ihm gerade geholfen hatten, den Sarg über die hohe Bordsteinkante zu heben, »vielen Dank noch mal!« Er lächelte übers ganze Gesicht.

Die Polizisten lächelten zurück. »Keine Ursache«, sagte der eine von ihnen, »ist ja auch ein echtes Ungetüm, der Sarg!«

»Es ist ein schöner Sarg, nicht wahr?« meinte Wilfried. »Er glänzt so schön!«

Die Polizisten schauten sich an. Einem so merkwürdigen Bauern waren sie bei der Demonstration noch nicht begegnet. Aber der goldene Sarg war wirklich schön, schöner als all die anderen schwarzen Pappsärge, die heute schon an ihnen vorbeigezogen waren. Der Mann hatte sich große Mühe gemacht.

»Na, dann viel Erfolg weiterhin!« sagte der andere Polizist und schaute zu Wilfried hinauf.

»Danke, es wird bestimmt eine schöne Beerdigung werden!« stellte Wilfried fest.

Die Polizisten schauten sich wieder an. Diesem Bauern mußte das Wasser schon bis zum Hals stehen, wenn er über seine Zukunft so bitterböse dachte. Nicht umsonst trug er ein schwarzes Pappschild, auf dem in großen weißen Buchstaben geschrieben stand: »Politiker handeln langsam – Bauern sterben schnell!«

Wilfried lächelte noch einmal zum Abschied. Dann bückte er sich, nahm mit der einen Hand das Seil auf, an dem er den Sarg auf seinen Rollen hinter sich herziehen konnte, balancierte in der anderen Hand das Schild aus, das ihm unterwegs jemand überreicht hatte, und ging weiter.

Die Polizisten waren wirklich sehr freundlich zu ihm gewesen. Alle Menschen waren heute freundlich zu Wilfried. Jedenfalls hätte sich Wilfried heute früh, als er aufgewacht war, nicht träumen lassen, welch schöner Tag ihm bevorstand. Aber schon als er den Wohnwagen verließ und oben auf der Rheinbrücke die vielen Menschen sah, die lärmten, Pappschilder und wehende Transparente und vor allem – Wilfried traute zunächst seinen Augen nicht – Särge mit sich führten, da ergriff ihn ein wehmütig schönes Gefühl. Da wußte Wilfried mit einem Schlag, daß der Tag gekommen war, an dem er Onkel Ludwig beerdigen mußte.

Alles andere ging ziemlich rasch vonstatten. Wilfried wollte zunächst Edek Bescheid sagen. Aber an den heruntergelassenen Jalousien sah er, daß er und Mirja noch schliefen. Wecken wollte Wilfried sie auf keinen Fall. Noch zu gut hatte er Edeks Drohung in Erinnerung, er würde ihm den Kopf abreißen, falls Mirja etwas von Onkel Ludwig erfuhr. Also beschloß er, sich alles genau in seinem Tagebuch zu notieren und es Edek später vorzulesen.

Nachdem er seine Jacke und das Tagebuch geholt hatte, ging Wilfried in die Geisterbahn. Wie staunte er, als er den Sarg nach vorne gefahren und den Deckel offenstehend entdeckte! Onkel Ludwig lag friedlich grinsend da, die Perücke war ihm vom Kopf gefallen, und seine Arme waren auf der Brust gekreuzt. Er sah aus, als wolle er Wilfried sagen, er habe jetzt von seinem irdischen Dasein genug und sei nunmehr für den ewigen Frieden bereit.

Nur Ludwigs Jacke, die gefiel Wilfried gar nicht. Obwohl er sie gestern abend noch sorgfältig genäht hatte, war sie schon wieder am Kragen zerrissen, und vorne klafften in ihr ein paar häßliche

Löcher. War vielleicht heute nacht das Ventil losgegangen, das Edek immer wieder angeschraubt hatte? Nun, das war jetzt egal, es war eben geschehen. Und im Grunde war es auch kein Problem. Anstatt gleich zum Friedhof zu gehen, wie Wilfried es eigentlich vorhatte, würde er eben noch einen kleinen Umweg zum Venusberg machen. Dort würde er für Onkel Ludwig einen ordentlichen Anzug besorgen. Er wußte noch genau, in welchem Zimmer und in welchem Schrank die Anzüge seines Vaters hingen.

Damit war alles Nötige berücksichtigt. Sogar die Frage des Sarges war geklärt. Edek würde ihm bestimmt nicht böse sein, wenn er gleich *den* hier nahm. Schließlich war er sein Freund. Und hatte Edek gestern nicht gesagt, daß Wilfried alles von ihm haben konnte?

Wilfried klappte den Sargdeckel zu und hob den Sarg von den Schienen, so wie er es schon oft beim Abbauen getan hatte. Vor der Geisterbahn angekommen, ging er zum Tieflader und holte eines von den Seilen, mit denen die Geisterbahn beim Transport gesichert wurde. Er befestigte das Seil an dem Sarg, packte ihn und erklomm über eine steile Treppe die Rheinbrücke. Dort setzte er den Sarg wieder ab und reihte sich zwischen die vielen Menschen ein.

In dem Zug ging es recht unterhaltsam zu. Ein Mann sagte zu Wilfried: »Der ganze Weizen ist mir letzten Sommer im Regen abgesoffen, und jetzt wollen die da oben noch die Abgabepreise nach unten drücken!«

»Ja«, bestätigte Wilfried sorgenvoll, »die *triticum vulgare* verträgt nicht viel Wasser, ganz anders als die echte Hirse, *panicum miliaceum*.«

»Einen Agraringenieur hab ich bei mir auf dem Hof auch schon gehabt«, sagte der Mann, »aber für Hirse gibt im Moment der Markt nichts her. Die wächst zwar auch im Regen, aber es lohnt sich nicht.«

Ein anderer Mann meinte mit einem Blick auf den Sarg: »Na, wenn wir vor dem Landwirtschaftsminister mit solch goldenen Schatzkisten vorfahren, dann meint der, es ginge uns Gott weiß wie gut!«

»Es ist nur ein Sarg von der Geisterbahn«, erklärte Wilfried höflich.

»Das ist natürlich eine gute Idee, es denen da oben mal zu zeigen«, sagte der Mann überrascht. »Manchmal glaub ich nämlich auch, daß die Politiker mit uns Bauern einfach so aus Spaß Geisterbahn fahren und sich nachher wundern, wenn es überall Tote gibt!«

Ein anderer Mann wiederum gab, wie schon gesagt, Wilfried ein Pappschild, weil er selbst ein großes Transparent tragen helfen wollte, das sich im Wind blähte. Kurzum – Wilfried hatte sich selten so wohl gefühlt und wäre gerne mit dem Protestzug weitergezogen. Aber heute ging es nicht. Heute hatte er etwas viel Wichtigeres zu tun.

Wilfried blieb stehen und kräuselte die Stirn. Wenn er es recht sah, dann durfte er jetzt nicht mit all den lieben Menschen links abbiegen, sondern mußte geradeaus gehen.

Wilfried verabschiedete sich, was aber in dem gerade wieder ausbrechenden Gehupe unterging, und änderte die Richtung. Bald ging es steil bergauf, und er geriet ziemlich aus der Puste. Aber gleich hatte er es geschafft! Schon sah er den weißen Zaun, der die Klinik am Venusberg von der Welt abschirmte.

Wilfried überlegte. Am besten, er ging noch ein Stückchen weiter. Hinten gab es in dem Zaun ein kleines Tor, und gleich dahinter war das Haus. *Sie* war jetzt bestimmt in der Klinik, wie immer um diese Zeit. Das war auch gut so. *Ihr* wollte er auf keinen Fall begegnen, der Lügnerin, die ihn bestimmt gleich wieder in eines der Häuser schicken würde, wo er nur den Tischtennisball aufheben durfte und wo die Zimmergenossen immer nur den Kopf hin und her warfen ...

Wilfried verspürte einen Anflug von Wut. Dann beruhigte er sich wieder. Es galt, keine Zeit zu verlieren, er mußte sich beeilen.

Wenig später stand er schon vor der Haustür. Sie war abgeschlossen. Wilfried überlegte nicht lange. Er stellte das Pappschild an der Wand ab, lehnte sich einfach gegen die Tür, drückte, und sie flog krachend auf. Er packte den Sarg und trug ihn ins Wohnzimmer.

Hier roch es stark nach kaltem Zigarettenrauch, überall standen volle Aschenbecher und leere Gläser herum, und die schweren Vorhänge an den Fenstern waren noch zugezogen, so daß das Zimmer in einem dämmrigen Halbdunkel lag. Wilfried schüttelte den Kopf. Welch eine Unordnung! Ein Grund mehr, sich zu beeilen!

Er ging rasch in das Schlafzimmer, in dem eine noch schlimmere Unordnung herrschte, und öffnete den Schrank. Mäntel hingen hier, Röcke, Blusen, Hosen, alles, nur kein Anzug. Er schaute sich um. Auf dem Nachttisch stand ein Glas Wasser. Das kam ihm wie gerufen. Er war nämlich auf dem letzten Stück ziemlich ins Schwitzen gekommen und hatte großen Durst.

Wilfried nahm das Glas und trank es aus. Es schmeckte ein bißchen bitter, aber nicht unangenehm. Es tat gut, wirklich gut, schade, daß es nicht noch mehr davon zu trinken gab ...

Er stellte das Glas wieder auf den Nachttisch. Wo waren die Anzüge seines Vaters? Wenn nicht im Schrank, dann vielleicht auf dem Schrank? Er stellte sich auf die Zehenspitzen und schaute nach. Auf dem Schrank lag ein verstaubter Koffer. Wilfried holte ihn herunter und öffnete ihn. Na also! Da waren sie! Die Hemden, die Socken und die Anzüge!

Wilfried nahm den Koffer mit ins Wohnzimmer. Er klappte den Sargdeckel auf, zog Onkel Ludwig die Hose aus und streifte ihm die Hose des Anzugs über. Zufrieden lächelte er. Das sah schon mal sehr gut aus. Jetzt war die Jacke dran. Aber Onkel Ludwig sträubte sich ein wenig. Er wollte nicht so, wie Wilfried es gerne gehabt hätte.

»Wir müssen uns beeilen, Onkel Ludwig«, sagte Wilfried. »Hör auf zu wackeln!«

Onkel Ludwig machte nicht mit.

»Dann müssen wir es eben anders versuchen!« entschied Wilfried. Er packte Onkel Ludwig unter den Armen, trug ihn quer durch das Zimmer und setzte ihn in den Sessel. Dann zog er ihm die alte Jacke aus und die neue an.

Onkel Ludwig grinste. Wilfried fand, daß er nun hervorragend aussah. Einer schönen Beerdigung stand nun nichts mehr im Weg, außer, daß er ihn noch ordentlich kämmen mußte.

In diesem Augenblick fuhr Vanessa Jagenberg vor ihrer Villa vor. Sie hatte den gleichen Weg gewählt wie vorhin, hatte jedoch diesmal sehr viel Zeit verloren, weil sich der Verkehr wegen der Protestaktion der Bauern in ganz Bonn gestaut hatte. Sie sah sofort das seltsame Pappschild, das an der Wand lehnte, und die offene Eingangstür. Hoffentlich war Wilfried noch da!

Vanessa Jagenberg klappte das Handschuhfach auf und holte den Revolver heraus. Leise betrat sie das Haus. Sie entsicherte die Waffe und schlich um die Ecke ins Wohnzimmer. Sie blieb in der Tür stehen und wartete, bis sich ihre Augen an das Dunkel gewöhnt hatten.

Und dann sah sie ihn, Ludwig. Im dämmrigen Halbdunkel des Raums saß er wie vor ein paar Monaten im Sessel. Neben ihm stand Wilfried und kämmte ihm das Haar. Vanessa Jagenberg brauchte erst eine Weile, bis sie sich von dem gespenstischen Anblick erholt hatte. Dann überflutete sie eine Welle von Haß. Es war ihr, als müßte sie im nächsten Moment explodieren und sich selbst, Wilfried, Ludwig, das ganze Haus, die ganze Venusberg-Klinik, ja, die ganze Welt zerstören.

Wilfried, der von Vanessa Jagenbergs Kommen nichts bemerkt hatte, begutachtete noch einmal den Scheitel und gähnte. Er war mit einem Male ein bißchen müde, ziemlich müde sogar... Wahrscheinlich von der ganzen Aufregung. Aber der Scheitel war ihm sehr gut gelungen, keine Frage. Jetzt mußte er nur noch den Kamm ins Badezimmer zurückbringen und dann Onkel Ludwig in den Sarg legen.

Wilfried drehte sich um und entdeckte in der Tür Vanessa Jagenberg. Stumm stand sie da, hielt einen Revolver in der Hand und zielte auf ihn.

Wilfried machte einen Schritt vorwärts. Er hatte jetzt wahrlich keine Lust auf das »Peng-Peng!«-Spiel. Wirklich nicht. Und schon gar nicht mit dieser Lügnerin!

»Keinen Schritt weiter« zischte Vanessa Jagenberg und streckte ruckartig die Hand mit dem Revolver aus.

»Aber Wilfried hat jetzt keine Zeit«, sagte Wilfried ein wenig unmutig. »Ich muß Onkel Ludwig in den Sarg legen, und ich muß ihn...« – ein erneutes, langes Gähnen unterbrach ihn – »ich muß ihn beerdigen.«

»Du Ludwig beerdigen?« Vanessa Jagenberg lachte verächtlich.

»Ja. Ich habe schon einen schönen Sarg besorgt«, sagte Wilfried, der wieder und wieder gähnen mußte und dem fast die Augen zufielen. »Dort steht er...« Er zeigte stolz in die andere Ecke des Zimmers.

Vanessa Jagenberg schaute hin. Tatsächlich. In der Ecke stand der Sarg. Ein grimassenartiges Lächeln zuckte um ihre Lippen.

»Das hast du gut gemacht, Wilfried«, sagte sie. »Wenigstens einmal hast du etwas richtig gemacht! Niemand wird es mir vorwerfen können, daß mir in dieser Situation die Nerven durchgegangen sind. Ich habe gar nicht schießen wollen, nein, nein. Aber du hast mich bedroht. Mit dem Sarg. Mit dem Toten. Welch irrsinnige Situation! Die Rache eines offensichtlich Verrückten an seiner Mutter!«

»Du lügst«, sagte Wilfried und gähnte und gähnte, es war nicht zum Aushalten. »Du bist nicht meine Mutter. Du bist . . .«

Er sprach nicht zu Ende. Die Wirkung des starken Beruhigungsmittels, das Vanessa Jagenberg in der Nacht für sich zubereitet hatte, setzte plötzlich voll ein. Bleiern fielen ihm die Augen zu, und es war ihm, als sinke ein schwerer Schleier auf ihn nieder. Er atmete noch einmal tief durch, dann schlief er schon. Wie nur er es konnte. Im Stehen.

»Ja, ich bin nicht deine Mutter«, brach es aus Vanessa Jagenberg mit einem Male haßerfüllt hervor. Sie schrie die dunkle Riesengestalt beinahe an, die – so schien es ihr – ratlos am anderen Ende des Zimmers verharrte. »Ich habe deine Mutter damals nach dem Flugzeugunglück umgebracht. Mit einem einzigen Schlag habe ich ihr den Schädel zertrümmert. Dein Vater war tot, und sie sollte erst recht nicht mehr leben. Sie wäre genauso gegen meine Pläne gewesen wie dein Vater! Meine geliebte Schwester« – Vanessa Jagenberg lachte höhnisch auf – »meine Zwillingsschwester, wie sie es immer gerne betonte, obwohl ich ganz anders war als sie! Die Wahrheit ist – ich habe sie gehaßt! Gehaßt seit jenem Tag, als sich dein Vater für sie und gegen mich entschieden hat. Ich war die Intelligentere, die Ehrgeizigere, die Bessere. Ich hätte deinen Vater berühmt und reich gemacht. Ich habe ihn wirklich geliebt. Aber er war wie du – stur und verrückt! Der große Wissenschaftler! Der große Retter der Menschheit! Er war ein Narr. Alle waren sie Narren – er, meine Schwester, dein geliebter Onkel Ludwig, alle, ha, ha, alle . . .«

Ein plötzliches Lachen erschütterte Vanessa Jagenberg. Sie sträubte sich dagegen, aber das Lachen drang aus allen ihren Poren, quälte und befreite sie zugleich, machte sie wahnsinnig und berauschte sie gleichzeitig mit einer ungeheueren Klarheit. Dieser

Verrückte war auch schon tot. Er war der letzte, der sich nicht von ihr hatte täuschen lassen. Der letzte, der wußte, daß sie nicht die wirkliche Vanessa Jagenberg, sondern ihre Schwester Iris war. Ja, sie hatte damals ihrer verhaßten Schwester nicht nur den Schädel zertrümmert, sondern auch ihr Gesicht bis zur Unkenntlichkeit verstümmelt. Und nur die Kontaktlinsen in ihren Augen vergessen, den verlöschenden ... Anschließend hatte sie sich in Rio de Janeiro, der heimlichen Hauptstadt der Schönheitschirurgie, ihr Gesicht so korrigieren lassen, daß es aussah wie das Gesicht ihrer Schwester. Schwierig war das nicht gewesen ...

Das Lachen hörte genauso plötzlich auf, wie es begonnen hatte.

»Alle sind auf die Täuschung hereingefallen und haben mir geglaubt, nur du nicht«, sagte Vanessa Jagenberg zu Wilfried. – Draußen, vor dem Haus, fuhr ein Wagen vor. Jemand betrat das Haus. Aber Vanessa Jagenberg hörte das nicht, zu sehr war sie schon wieder in Rage geraten. – »Du hast gewußt, daß ich nicht deine Mutter bin. Du hast es gewußt mit der primitiven Sicherheit eines Kindes, eines Verrückten, eines Schwachsinnigen. Doch damit ist es vorbei! Schau dir deinen heißgeliebten Onkel Ludwig an! Wie schön tot er im Sessel sitzt. Vor drei Monaten saß er noch ganz lebendig da. Er führte sich großartig auf und meinte, mir beweisen zu können, daß ich meine Schwester damals im Urwald umgebracht habe. Und ich ließ ihn glauben, er würde das Geld bekommen, das ich ihm schuldete. Fünf Millionen sollten es sein. Nicht ein Pfennig ist es geworden. Nur eine schöne Portion Gift! Und jetzt ist auch dein Ende gekommen, Wilfried!«

Vanessa Jagenberg richtete den Revolver auf Wilfried.

»Polizei! Lassen Sie sofort die Waffe fallen!!!«

Vanessa Jagenberg schaute sich ungläubig um und erblickte hinter sich einen Mann und zwei Polizisten.

»Nein«, sagte sie ganz ruhig. Dann, bevor jemand eingreifen konnte, zielte sie auf Wilfrieds Brust und drückte ab.

Ein ohrenbetäubender Knall schlug an die Wände des Wohnzimmers.

Wilfried zuckte, als habe ihn etwas erschreckt. Aber er fiel nicht um. Weiter stand seine riesige Gestalt im Dunkel des Raums.

»Du Bestie! Du verfluchte, irrsinnige Bestie!« Vanessa Jagenberg wollte noch einmal abdrücken, doch in der gleichen Sekunde schlug ihr der Kommissar von hinten die Hand hoch, und der Revolver flog zu Boden.

Vanessa Jagenberg starrte Wilfried an. Warum fiel er nicht tot um? Wo war sie hier? In einem Irrenhaus? In einem Alptraum?

Vanessa Jagenberg spürte, wie ihre Knie weich wurden. Sie taumelte.

»Los, holen Sie einen Stuhl!« befahl der Kommissar einem der Polizisten und stützte Vanessa Jagenberg.

Der Polizist holte rasch einen Stuhl. Vanessa Jagenberg sank nieder, während sie mit weit aufgerissenen Augen Wilfried anstarrte. Er stand noch immer da, als sei nichts geschehen. Und jetzt löste sich von seinem schattenhaften Gesicht langsam ein anderes Gesicht. Erst undeutlich, aber dann immer klarer werdend. Ein zerschlagenes Gesicht, ein unförmiges Gesicht, eines, das keines mehr war.

»Nein«, flüsterte Vanessa Jagenberg, »nein, nein, nein.« Aber das Gesicht erfüllte den ganzen Raum und war schließlich überall.

»Die Frau steht unter einem gewaltigen Schock«, sagte der Kommissar zu dem Polizisten, der den Stuhl gebracht hatte. Rufen Sie sofort einen Arzt. Und Sie« – er wandte sich an den anderen Polizisten, der erstaunt Wilfried anstarrte – »Sie schauen endlich nach, was mit dem Mann ist! Warum rührt er sich nicht?!«

Der Polizist löste sich von der Stelle und ging langsam zu Wilfried. Er berührte vorsichtig seinen Arm. Nichts geschah. Verunsichert gingen die Blicke des Polizisten nach oben. In Höhe der riesigen Brust war in der Jacke ein Schußloch zu sehen. Aber keine

Spur von Blut. Statt dessen senkte und hob sich die Brust in einem ruhigen, völlig entspannten Rhythmus wie ein verwunschener, atmender Berg.

»Herr Kommissar...« – der Polizist mußte erst noch schlukken, so unglaublich erschien ihm, was er zu melden hatte – »ich glaub, wie soll ich sagen, ich glaub, der schläft...«

»Er macht was???«

»Er schläft. Ganz tief und fest. Im Stehen... Wie ein Pferd! Wirklich...«

Die Sonne scheint überall

1

Wilfried ließ sich in den Sessel fallen und hörte, wie der Hausmeister der Klinik, der ihn hereingelassen hatte, die Tür hinter sich zuschlug, und wie draußen der Polizeibus wegfuhr, der ihn zurückgebracht hatte. Endlich ließ man ihn in Ruhe. Endlich wollte keiner mehr etwas von ihm wissen! Endlich konnte er machen, was er wollte.

Wilfried holte das Tagebuch aus der Brusttasche der Jacke und schlug es ungeduldig auf.

»*Dienstag*«, schrieb er. »*Wilfried endlich wieder frei, Viele-Fragen-Zeit vorbei!*«

Bei dem Wort »Viele« hatte Wilfried ein wenig Schwierigkeiten mit dem Schreiben. In der Seite befand sich nämlich ein kleines Loch. In jeder Seite, bis auf die letzten drei, gab es so ein Loch. Dort habe eine Kugel gesteckt. So hatte es ihm der Kommissar erklärt.

Wilfried konnte es zunächst gar nicht begreifen. Eine Kugel? Woher?

»Na ja«, meinte der Kommissar, »Sie erinnern sich an nichts, denn Sie haben so unglaublich fest geschlafen. Aber Ihre ... Ihre Tante, kann man wohl sagen, hat auf Sie geschossen. Glücklicherweise steckte in Ihrer Brusttasche das Tagebuch, und die vielen Seiten und vor allem der dicke Blechumschlag konnten die Kugel abbremsen.«

Jetzt verstand Wilfried. Das sah ihr ähnlich! Sogar beim »Peng-Peng!«-Spiel betrog sie, wo sie nur konnte, und machte auch noch sein schönes Tagebuch kaputt. Aber zum Glück war es damit vorbei. Niemand widersprach ihm mehr, wenn er sagte, sie sei eine Lügnerin, und der Kommissar und die anderen Leute sagten nicht mehr »Ihre Mutter«. Man hatte sie in irgendein Haus gesteckt, in dem man auf sie aufpaßte, und Wilfried versichert, er brauche sie nicht wiederzusehen. Und damit genug. Wilfried hatte keine Lust mehr, an sie zu denken. Er wollte sie so schnell wie möglich vergessen.

Das gelang ihm ohne große Anstrengung. Man ließ ihn nämlich kaum in Ruhe. Zuerst stellte ihm der Kommissar alle möglichen Fragen. Wie es in Brasilien im Urwald gewesen sei. Wie er von dem Flugzeugabsturz erfahren habe. Wo er sich anschließend aufgehalten habe. Ob *sie* und Onkel Ludwig Streit miteinander gehabt hätten. Ob er sich erklären könne, warum Ludwig nach Deutschland gekommen sei. Wie er und Edek den toten Onkel gefunden hätten. Wie Onkel Ludwig in der Geisterbahn im Sarg des »Toten Mannes« gelegen habe. Und noch vieles, vieles mehr, es wollte kein Ende nehmen. Dann, als Wilfried schon glaubte, man habe alles erfahren, brachte man ihn weg in ein anderes Haus. Eines, wie er es schon von früher her kannte.

Dort kamen fremde Leute in sein Zimmer, manche in weißen Kitteln, manche nicht, und stellten ihm die gleichen Fragen. Wilfried gab sich große Mühe, höflich zu antworten. Irgendwann aber, als sie wieder und wieder dasselbe von ihm wissen wollten, wurde ihm das zuviel, und er sagte nur noch »ja« oder »nein« oder einfach gar nichts.

Erst als eines Tages gleich nach dem Mittagessen ein Mann zu Wilfried kam, den Wilfried zuvor noch nicht gesehen hatte, wurde er wieder gesprächiger. Der Mann trug eine silberumrandete Brille und hatte eine tiefe, beruhigende Stimme. Er stellte sich vor und erklärte, man habe ihn gebeten, sich ein bißchen mit Wilfried zu unterhalten. Aber nicht über Onkel Ludwig, sondern einfach so. Ob er damit einverstanden sei.

Wilfried nickte. Gegen eine Unterhaltung hatte er nichts einzuwenden.

»Gut«, sagte der Mann und setzte sich. Er schlug die mitgebrachte Mappe auf, nahm einen Kugelschreiber zur Hand und fragte: »Wie heißen Sie?«

»Wilfried«, sagte Wilfried höflich, obwohl er das in letzter Zeit schon so oft gesagt hatte.

»Ausgezeichnet, und weiter?«

»Jagenberg.«

»Ausgezeichnet. Und wie alt sind Sie?«

»Zwanzig.«

»Ausgezeichnet. Und wie groß sind Sie?«

Wilfried stand auf. »So groß!« Er lächelte.

»Ausgezeichnet«, sagte der Mann und schrieb etwas auf. »Wissen Sie, wie viele Zentimeter das sind? Ungefähr?«

»Nein«, sagte Wilfried.

»Aber in Ihrem Personalausweis steht geschrieben, daß es 210 Zentimeter sind!«

Wilfried überlegte. »Ich habe meinen Personalausweis nicht gelesen.«

»Und warum nicht?«

»Weil es kein Buch ist«, sagte Wilfried ziemlich erstaunt. »Wenn Wilfried liest, dann in einem Buch.«

»Interessant.« Der Mann kritzelte mit dem Kugelschreiber in seinen Unterlagen. »Und welche Bücher haben Sie gelesen? Sie dürfen sich übrigens wieder setzen ...«

»Danke«, sagte Wilfried und setzte sich. »Das letzte Buch, was ich gelesen habe, hieß: ›Syllabus der Pflanzenfamilien‹.«

»Der was?«

»Der Pflanzenfamilien. Geordnet nach: *Pandanales, Helobiae, Triuridales, Glumiflorae* ...«

»Langsam! Bitte langsam!« sagte der Mann, der offensichtlich mit dem Schreiben nicht mitkam.

»... also: *Glumiflorae*, dann *Principes, Synenthae, Spathiflorae, Liliiflorae*« – Wilfried mühte sich, langsamer zu sprechen, aber es ging nicht, er geriet gleich wieder in Fahrt – »dann *Scitamineae, Microspermae,* dann die zweite Klasse: *Dicotyledoneae,* dann die Unterklasse: *Archichlamydeae,* dann weiter: *Verticillatae, Piperales, Hydrostachyales* ...«

»Gut, danke«, der Mann schob seine Brille zurecht, »das genügt mir. Ein wirklich interessantes Buch. Ihr Vater war Wissenschaftler, nicht wahr?«

»Ja«, bestätigte Wilfried zufrieden. Er hatte all die wunderbaren Pflanzennamen nicht vergessen. Das freute ihn richtig. Wie schön, daß er sich mal wieder mit jemandem darüber unterhalten konnte! Gespannt wartete er darauf, was jetzt noch kommen würde.

Der Mann blätterte inzwischen in seinen Unterlagen. »Kommen wir jetzt mal zu einem anderen Thema, Herr Jagenberg«, schlug er vor, »zu einem ganz anderen Thema ... Ich nenne Ihnen gleich ein paar Wörter. Sie sagen mir, welches nicht zu den anderen paßt. Einverstanden?«

Natürlich war Wilfried damit einverstanden. Mit Wörtern kannte er sich besonders gut aus!

»Also, hier sind sie: Fenster – Sonne – Treppe – Tür – Schublade. Welches paßt nicht?«

»Fenster!« sagte Wilfried, ohne zu überlegen.

»Und warum?« fragte der Mann.

»Weil ein Fenster durchsichtig ist. Sonne, Treppe, Tür und Schublade nicht!«

Der Mann wiegte den Kopf. »Vielleicht ist ein anderes Wort falsch? Überlegen Sie bitte noch einmal.«

»Gut«, sagte Wilfried und dachte nach. »Dann ist Treppe falsch!«

»Die Treppe? Warum?«

»Das Fenster geht auf, die Tür geht auf, die Schublade geht auf, die Sonne geht auf, aber die Treppe nicht!«

»Nun ja«, sagte der Mann, »das ist alles möglich. Aber gibt es nicht eine logischere Erklärung?«

Wilfrieds Stirn kräuselte sich. Mit dem Wort »logisch« konnte er nicht viel anfangen.

»Vielleicht ist es die Sonne?« meinte der Mann.

»Die Sonne?«

»Ja, die Sonne. Schauen Sie: Die Treppe, das Fenster, die Tür und die Schublade befinden sich im Haus. Und die Sonne, na?« Er schaute Wilfried erwartungsvoll an.

»Die Sonne auch«, sagte Wilfried. »Wenn sie durch das Fenster scheint, ist sie auch im Haus.«

»Ja, aber doch nicht wirklich!«

»Sie ist wirklich im Haus. Es ist ganz warm, wenn sie scheint. Wenn sie untergeht, wird es kalt.«

»Natürlich, natürlich. Die Sonnenstrahlen erwärmen das Haus!«

»Aber die Sonnenstrahlen kommen doch von der Sonne«, sagte Wilfried. Da war er sich ganz sicher.

»Selbstverständlich. Aber Sonne und Sonnenstrahlen sind zwei verschiedene Dinge. Schauen Sie: Die Sonne ist eigentlich ein Stern. Sie explodiert ständig, und ihre Strahlen verstreuen sich überall, im ganzen Weltall!«

Wilfried nickte: »Genau. Die Sonne ist überall. Auch im Haus.«

»So meine ich das nicht, Herr Jagenberg!« Der Mann rückte seine Brille zurecht. »Die Sonne ist nicht überall. Sie ist zum Beispiel, wie soll ich es erklären, sie ist zum Beispiel nicht im Schatten!«

»Da ist sie auch!« widersprach Wilfried heftig. »Die Sonnenstrahlen kommen auch in den Schatten. Aber wir sehen sie nicht.

Nur die Pflanzen. Die Pflanzen brauchen das Licht der Sonne für die Photosynthese. Die Photosynthese ist ein Aufbauvorgang, der nur im Licht möglich ist. Sie läuft in den Chloroplasten ab, die den grünen Farbstoff Chlorophyll enthalten, der wiederum notwendig ist für den Ablauf der Photosynthese. Mit Hilfe des Chlorophylls wird das Wasser in den Pflanzen gespalten. Dabei wird Sauerstoff frei. Ohne die allgegenwärtigen Strahlen der Sonne wäre das nicht möglich.«

Wilfried lächelte zufrieden. Wenn er mal etwas über Pflanzen gelesen hatte, dann behielt er es Wort für Wort. Das war schon immer so, und dafür konnte er nichts.

Der Mann nahm die Brille von der Nase und blinzelte Wilfried eine Weile an. Dann setzte er die Brille wieder auf, räusperte sich und meinte: »Gut, lassen wir das Thema. Sollen die Physiker den Streit austragen, nicht wir Psychologen, nicht wahr . . .« Er lächelte. Dann entschied er: »Kommen wir zu etwas anderem.« Er holte aus seiner Mappe ein Blatt Papier, das er Wilfried vorlegte.

Wilfried schaute. Er sah ein Dreieck, ein Viereck und einen Kreis. Und dann wieder ein Dreieck, ein Viereck und einen Kreis.

»Welche Figur kommt als nächstes?« fragte der Mann. »Nehmen Sie meinen Kugelschreiber und zeichnen Sie die Figur einfach ein!«

Wilfried nahm den Kugelschreiber und malte eine lange, schöne Wellenlinie.

»Könnte es nicht sein«, überlegte der Mann laut, »daß als nächste Figur wieder das Dreieck kommt?«

»Ja«, sagte Wilfried, »das Dreieck kommt bestimmt wieder, aber vorher kommt eine Welle. Die Welle fehlt.«

»Und warum? Das müssen Sie mir schon noch näher erklären.«

»Weil: *der* Strich hier ist gerade, und *der* Strich ist gerade und *der* und *der* und *der*« – Wilfried tippte mit seinem riesigen Finger auf die Linien des Dreiecks und des Vierecks – »aber *der* Strich ist rund. Eine Welle ist gerade und rund.« Wilfried schnaufte. Das war ganz schön schwierig gewesen, aber er hatte es geschafft!

Der Mann schaute ihn an, überlegte und machte sich dann eine Notiz.

»Kommen wir jetzt zu etwas ganz anderem ... Einen Augenblick ...« Er blätterte in seiner Mappe. »Ich nenne Ihnen ein paar Zahlen. Sie sagen mir, wie es weitergeht!«

Wilfried stutzte. Mit Zahlen hatte er seine Probleme. Das würde bestimmt ganz schwierig werden.

»5 – 9 – 13 – 17 ... und weiter?« fragte der Mann.

Wilfried blickte ihm gerade in die Augen. In der Brille spiegelte sich die ganze Zahlenreihe. Wilfried atmete auf. Das war natürlich ganz einfach. Spiegelverkehrt konnte Wilfried lesen wie in seinem Tagebuch.

»21 – 25 – 29!« las Wilfried.

»So???« sagte der Mann erstaunt. »Und weiter: 2 – 4 – 8 – 16 ...?«

»32 – 64 – 128 – 256 ...«

»Interessant«, wunderte sich der Mann. »Und weiter: 2 – 3 – 5 – 7 – 11 – 13 ...«

»17 – 19 – 23 – 29 – 31 – 37 – 41 – 43 ...«

»Ausgezeichnet!« Der Mann klappte die Mappe zu und nahm seine Brille ab. »Es hat mich gefreut, mich mit Ihnen zu unterhalten, Herr Jagenberg. Leider ist meine Zeit um. Ich muß mich jetzt verabschieden!«

Wilfried lächelte und stand auf.

Der Mann auch. Er reichte Wilfried die Hand. Wilfried ergriff sie und drückte sie vorsichtig.

»Es war wirklich interessant, sehr interessant«, sagte der Mann.

»Danke«, sagte Wilfried und strahlte.

»Ich wünsche Ihnen alles Gute. Ich glaube, Sie können hier bald weg.«

Und wirklich. Am Morgen holte der Kommissar Wilfried ab und sagte ihm, man habe keine weiteren Fragen mehr an ihn, er könne gehen. Der psychologische Gutachter habe geschrieben – der Kommissar las von einem Blatt ab –, Wilfrieds Intelligenz sei auf bestimmten Gebieten nicht so hoch, auf anderen dagegen, zum Beispiel auf dem der Mathematik, überdurchschnittlich. Außerdem verfüge er über ein besonderes Verständnis von Logik. In besonderen Fällen der Gehirnschädigung, die bei der Geburt aufgrund von Sauerstoffmangel auftreten können, käme es durchaus zu solch außergewöhnlichen Erscheinungen. Jedenfalls könne er, Wilfried, mit *dem* Grad von geistiger Behinderung, die er ersichtlich für jeden habe, durchaus selbständig leben. Im übrigen sei der Wunsch, einen toten Verwandten zu beerdigen, etwas ganz Normales und könne nicht Gegenstand eines Gutachtens sein.

»So, dann wünsche ich Ihnen alles Gute«, sagte der Kommissar, nachdem er das Blatt in eine Mappe gelegt hatte.

»Danke«, sagte Wilfried, dem besonders der letzte Satz sehr gut gefallen hatte. »Dann kann Wilfried jetzt Onkel Ludwig beerdigen!«

Der Kommissar wurde ein wenig verlegen. »Ja, mit Ihrem Onkel, das ist so eine Sache«, meinte er. »Der ist schon beerdigt . . .«

»Schon beerdigt?« Wilfried ließ die Schultern hängen. »Wilfried wollte Onkel Ludwig schön beerdigen . . .«

»Ich kann Sie verstehen. Aber es war eine Anordnung der Staatsanwaltschaft. Die Lei . . ., das heißt, ich meine, Ihr Onkel Ludwig mußte innerhalb von 48 Stunden beerdigt werden.«

Wilfrieds Kinn begann zu zittern.

Der Kommissar schaute sich unsicher um. »Er ist . . ., er hat einen schönen Sarg bekommen«, sagte er nach einer Weile. »Sie . . . Sie haben mir ja viel davon erzählt, ich weiß. Einen schönen glänzenden Sarg.«

»Und Blumen?« fragte Wilfried mit belegter Stimme.

»Blumen? Blumen auch, klar... Genau, wie Sie es sich gewünscht haben. Jede Menge Blumen...«

»Danke«, sagte Wilfried und fuhr sich mit dem Ärmel über die Nase. »Vielen Dank, daß Sie daran gedacht haben.«

»Na ja, sicher... Ihr Onkel Ludwig muß jedenfalls ein netter Mensch gewesen sein. Schade, daß... Aber es ist ja egal: Ein toter Mann ist auch ein Mann, nicht wahr?« fiel dem Kommissar erleichtert ein.

Wilfried nickte. Das hörte er gerne. Das hatte er dem Kommissar immer wieder erklären müssen, und nun hatte er es verstanden.

Dann kam ein Polizist und meldete, der Wagen sei bereit, er könne Wilfried nach Hause fahren.

Und nun saß er hier. Und schrieb noch zu seiner Erinnerung auf: *»Dienstag, immer noch der gleiche. Der Kommissar ist ein lieber Mensch.«* Die zweite, spiegelverkehrte Hälfte fehlte, weil sich – das wußte Wilfried schon lange – auf »Mensch« nichts reimen wollte.

Wilfried klappte das Tagebuch zu und steckte es in die Jackentasche.

Er schaute sich um. Nein, hierbleiben wollte er auf keinen Fall. Hier fühlte er sich nicht wohl. Das war nicht mehr sein Zuhause. Er mußte weg. Er würde gleich das machen, was er schon immer machen wollte. In den Urwald gehen! Nein. Erst zu Onkel Ludwigs Grab, um nach den Blumen zu schauen. Dann zu Edek und Mirja, um Danke zu sagen. Und dann endlich in den Urwald.

Wilfried erhob sich. Er brauchte einen Koffer. Auf dem Tisch lag immer noch der offene Koffer mit den Sachen seines Vaters, aber der war zu klein. Wilfried brauchte einen großen Koffer, noch besser: eine große Tasche. Die konnte er unterwegs sehr gut als Kopfkissen benutzen.

Wilfried überlegte. Als er hier noch mit Mutter und Vater gelebt hatte, standen Koffer und Taschen unten im Keller.

Wilfried ging in den Keller. Eine Tasche war nirgendwo zu sehen. Nur das Regal, auf dem sich immer noch in beschrifteten Schachteln alle möglichen Pflanzenproben befanden, stand ein wenig schief im Raum. Das sah unordentlich aus. Seinem Vater hätte es nicht gefallen. Kurzentschlossen packte Wilfried das Regal und schob es an die Wand. Es ging nicht. Etwas störte. Wilfried sah hinter das Regal, und sein Herz schlug heftiger. Dort lag Onkel Ludwigs große Urwaldtasche! Die Tasche, die er immer bei sich gehabt hatte! Auf irgendeine wundervolle Weise war sie zu Wilfried gekommen. Genau wie vor einiger Zeit Onkel Ludwig selbst!

Außer sich vor Freude, trug Wilfried die Tasche ins Wohnzimmer und stellte sie auf den Tisch. Er holte aus der Küche eine Flasche Mineralwasser und aus dem Schlafzimmer eine Decke. Das sollte genügen.

Wilfried öffnete die Tasche, und seine Stirn legte sich in Falten. Sie war nicht leer. Sie war voller Geld. Onkel Ludwigs Geld!

Wilfried schaute nach. Es war viel Geld. Er versuchte, es zu zählen, kam aber gleich damit durcheinander, weil es so schwierig war, immer tausend und tausend zusammenzurechnen. Wilfried gluckste freudig. Wenn er es schon nicht schaffte, das Geld zu zählen, dann mußte es ganz schön viel sein. Hatte nicht Edek einmal gesagt, mit zweitausend Mark könne man nach Rio de Janeiro fliegen? Wilfried gluckste noch einmal. Vor ihm auf dem Tisch lagen viel mehr als zwei Tausendmarkscheine! Wahrhaftig, es war ein ganzer Haufen, den er von seinem Onkel Ludwig bekommen hatte! Wilfried raffte ihn zusammen und stopfte ihn in die Tasche. Dann die Decke und die Flasche und dazu noch den Schal, die Zahnbürste und den Rasierapparat, den man letzte Woche für ihn aus dem Wohnwagen geholt hatte. Und damit waren alle Vorbereitungen abgeschlossen. Einer Reise in den Urwald stand nun nichts mehr entgegen!

Wilfried verließ das Haus und stakste munter los. Die Sonne schien warm, und die Vögel zwitscherten. Bald hatte er den Friedhof erreicht. Er blieb stehen und ließ ein Auto vorbei, das vom Friedhof kam. Ein Polizeiauto. Er schaute ihm verwundert nach, dann betrat er den Friedhof. Der Kies der Friedhofsallee knirschte unter seinen Füßen. Am Ende des Wegs bog Wilfried links ab und blieb überrascht stehen.

Neben dem Grab seiner Eltern befand sich ein neues Grab. Es war über und über mit wunderschönen Blumen bedeckt.

Wilfried stellte die Tasche ab und hob eine der Blumen, eine Levkoje, auf. Die *Matthiola* duftete noch ganz frisch. Wirklich wunderbar! Wilfried legte die Levkoje vorsichtig zurück und betrachtete eine Weile gerührt das Blumenmeer. Der Kommissar war ein lieber Mensch, ein ganz lieber Mensch. Er hatte alles genauso gemacht, wie Wilfried es sich vorgestellt hatte.

Und nun war es Zeit, sich zu verabschieden.

»Auf Wiedersehen, Onkel Ludwig«, sagte Wilfried. »Und vielen Dank für die schöne Tasche. Jetzt kann Wilfried in den Urwald gehen. Ganz allein.«

Wilfried nahm die Tasche auf und wollte gehen. Aber plötzlich war es so schrecklich still auf dem Friedhof, so als gäbe es keine singenden Vögel mehr und keinen Wind, der durch die Bäume rauschte.

Wilfried schaute auf das Grab und blinzelte, weil ihm das wunderfarbige Blumenmeer ein bißchen vor den Augen verschwamm. Sein geliebter Onkel Ludwig war tot. Für immer mußte er Abschied von ihm nehmen. Genauso, wie damals von seiner Mama und seinem Papa...

Wilfried wartete, ob es vielleicht besser werden würde. Er wollte doch eigentlich in den Urwald gehen, wie hatte er sich schon darauf gefreut! Aber es wurde nicht besser, überhaupt nicht. Seine Augen brannten immer mehr, und etwas schnürte ihm die Kehle zu. Onkel Ludwig war tot. Und er stand hier ganz allein ... Niemanden hatte er mehr auf der Welt, und niemand hatte ihn. Genau so war es.

Wilfried ließ die Schultern sinken.

»Ich bleibe noch ein bißchen hier, Onkel Ludwig«, sagte er leise. Er versuchte, sich mit einem Lächeln zu entschuldigen, aber es ging nicht. Zu sehr bebte sein Mund, während ihm Tränen über die Wangen liefen und auf seine Riesenhände tropften, in denen er Onkel Ludwigs große Urwaldtasche hielt.

2

Die Lichter flackerten wild und bunt auf, Nebel schoß von oben herab in das bunte Strahlengewühl, und die Musik, unbändig pulsierend, riß Edek wieder mit. Er tanzte. Wie ihm schien, schon seit einer ewig langen Zeit. Es war eigentlich ganz einfach. Und es machte Spaß, sogar großen. Dabei hatte ihn Mirja seit gestern nachmittag überreden müssen, in die Disco zu gehen. Richtig wütend war sie geworden, als er sich immer neue Ausreden einfallen ließ.

Mirja tanzte ganz nah vor ihm. Im Gegensatz zu Edek, der es eisern in seiner Lederjacke aushielt, obwohl der Schweiß in Strömen an ihm herabfloß, hatte sie ihre Jacke ausgezogen. Ihr T-Shirt strahlte unwirklich weiß im Schein der Schwarzlichtlampen, und ihre Augenlider und Lippen, die Edek zum ersten Mal geschminkt sah, leuchteten glänzend auf, wenn sie ins Licht der rhythmisch rotierenden Scheinwerfer gerieten. Von Tanz zu Tanz hatte Edek das immer mehr erregt, und irgendwann, als langsame Musik gespielt wurde und sie eng aneinandergeschmiegt eigentlich nur auf der Tanzfläche standen, hatte er ihr ins Ohr gesagt, er werde sie gleich im Wohnwagen von Kopf bis Fuß und Zentimeter für Zentimeter abküssen.

»Und danach ich dich!« hatte ihm Mirja geantwortet und ihm ganz zärtlich in die Augen geschaut.

Edek lächelte Mirja zu. Er hätte jetzt stundenlang so weitertanzen können. Wie im Rausch. Im Glücksrausch. Ja, er hatte verdammt Glück gehabt. Mehr Glück, als jeder Gringo der Welt vor ihm!

Es hatte schon damit begonnen, daß der Richter an jenem verhängnisvollen Donnerstag vergangener Woche beim Haftprüfungstermin zu Edeks Verblüffung entschieden hatte, daß er nicht in Haft genommen werden sollte.

»Bedanken Sie sich dafür bei der Tochter Ihres Chefs«, hatte der Richter zu Edek gesagt. »Sie hat mir die schlechte wirtschaftliche Situation des Geisterbahn-Betriebs geschildert. Wenn ich Sie in Haft nehmen lasse, geht der Betrieb zugrunde. Das will ich nicht verantworten. Zumal Sie nicht vorbestraft sind und man Sie – soweit ich das bis jetzt überblicken kann – nur wegen eines einfachen Autodiebstahls anklagen wird. Die zufällige ›Entführung‹ einer Leiche und der anschließende Entschluß, den Toten in Bonn zu beerdigen, ist zwar kurios, aber strafrechtlich nicht zu verfolgen. Ich gehe davon aus, daß Sie mit einer Bewährungsstrafe davonkommen werden.«

Anschließend machte er Edek noch die Auflage, während seiner freien Zeit dem Kommissar für die Ermittlungen zur Verfügung zu stehen und sich nach Abschluß des Verfahrens an jedem neuen Ort bei der Polizeibehörde zu melden.

Aber das war erst der Anfang von Edeks unglaublichem Glück. So richtig zum Zuge kam es dann während der Vernehmungen durch den Kommissar. Edek bekam jetzt noch ganz seltsame Gefühle, wenn er sich daran erinnerte. Alles mögliche hatte der Kommissar von ihm wissen wollen, sogar über seine Zeit in Polen und in Texas hatte er sich alle Einzelheiten erzählen lassen. Nur eine Sache, die, vor der sich Edek am meisten fürchtete, die kam nicht zur Sprache: *die Erpressung.*

Edek wunderte sich von Tag zu Tag mehr.

Am Donnerstag, auf der Kirmes, hatte er so viel über den Diebstahl des Transporters und die anschließende Zeit mit Onkel Ludwig in der Geisterbahn zu erzählen gehabt, daß der Kommissar ihn bald unterbrochen hatte. Er sagte, Edek müsse alles gleich noch einmal ordentlich auf dem Polizeipräsidium zu Protokoll geben, hier im Wohnwagen hätte es keinen Zweck. Bei der anschließenden Vernehmung im Polizeipräsidium kam Edek nur bis zu der Stelle, wo Wilfried mit seinen Riesenkräften den Transporter aufgebrochen hatte. Dann durfte er aufgrund der Anordnung des Haftrichters schon gehen – die Kirmes begann.

Freitag vormittag ging es dann bei der Vernehmung recht hektisch zu. Der Kommissar ließ Edek oft allein, kam dann wieder zurück, erzählte, was er von Wilfried über Ludwig Jagenberg und dessen Vergangenheit im Urwald erfahren habe, fragte, ob Edek die Geschichten ähnlich gehört habe, und verschwand dann wieder.

Die Erpressung kam immer noch nicht zur Sprache. Anscheinend schwieg Vanessa Jagenberg darüber, und so lange sie nichts sagte, fand auch Edek es zunehmend vorteilhafter, die Geschichte für sich zu behalten.

Den ganzen Samstag über fürchtete Edek während der Vernehmung, das schreckliche Wort »Erpressung« würde doch noch fallen, und wieder geschah nichts. Endlich, am Sonntag, erfuhr er dann mehr zufällig, warum das so war. Da bekam der Kommissar während des Gesprächs mit ihm einen Anruf. Der Kommissar hörte eine Weile aufmerksam zu, dann meinte er ziemlich enttäuscht: »Und was ist mit dem Geständnis, daß sie ihren Schwager vergiftet hat? Das Motiv hat sie uns ja gleich mitgeliefert – sie hatte ein paar Millionen Mark Schulden bei ihm! Aha, ja ... Und die versuchte Tötung von Wilfried Jagenberg ... Ja, ja ... verstehe ... sie schweigt ... Nicht zurechnungsfähig ... Anordnung einer dauerhaften Unterbringung in einer psychiatrischen Klinik. Warum das? Aha, mhm, Wahnvorstellungen aufgrund schweren Medikamentenmißbrauchs ... Wahrscheinlich bleibende Schäden ... Na ja, dann kann ich die Akte bei mir vorläufig schließen, eine Strafverfolgung wird es in diesem Fall wohl so bald nicht geben. Wenn sie verrückt ist und in einer Anstalt sitzt, kann sie sich doch gar nicht verantworten ... Ja, sicher, sicher, kann man auch anders sehen ... Gut, mache ich ... Ja, dann auf Wiederhören!«

»Ist Vanessa Jagenberg in Irrenhaus?« fragte Edek, kaum hatte der Kommissar aufgelegt.

»Das hätten Sie hier gar nicht mithören dürfen«, sagte der Kommissar ein wenig gereizt, »aber es ist so.«

»Dann ist gut«, sagte Edek erleichtert.

»Warum gut?« wunderte sich der Kommissar.

»Weil, äh, weil Wilfried wird sich freuen. Hat immer gesagt, daß seine Mutter böse ist und lügt ...«, redete sich Edek heraus.

»Na ja, da hatte er nicht ganz unrecht. Immerhin wollte sie ihn töten. Und gelogen hat sie auch, sie ist nämlich gar nicht seine Mutter.«

»Ist nicht Mutter?« staunte Edek.

»Nein, sie ist die Schwester seiner Mutter. Aber keine weiteren Fragen mehr dazu. Ich darf Ihnen eigentlich gar keine Auskünfte geben, schließlich haben Sie mit dem Fall Jagenberg nichts zu tun.«

»Nein, hab ich überhaupt nichts zu tun«, bestätigte Edek mehr als erleichtert. Und beinahe war es ihm in diesem Augenblick, als hätte er wirklich nie etwas mit dieser Frau zu tun gehabt. Die Erpresseranrufe, das viele Pläneschmieden, die Fahrt mit dem toten Onkel Ludwig, Vanessa Jagenbergs Sonnenbrille, Wilfried mit dem Löwenzahn – all das war vielleicht nur ein langer Alptraum gewesen, den er irgendwann einmal vergessen würde...

Und wenn es auch kein Traum gewesen war, er konnte so tun, als ob es einer gewesen wäre. Und überhaupt – wichtig war das alles nicht. Wichtig war, daß er frei war. Keine fünf oder zehn Jahre Gefängnis, kein Lebenslänglich. Im Gegenteil: Der Kommissar meinte sogar zum Abschied, Edek habe durch den Diebstahl des Transporters ein noch viel größeres Verbrechen aufgedeckt, was mit Sicherheit vor Gericht zu seinen Gunsten sprechen würde.

Als Edek dann vom Polizeipräsidium zur Kirmes ging, nein, rannte, um Mirja Bescheid zu sagen, fiel ihm auf der Rheinbrücke noch etwas ein, woran er bis dahin gar nicht gedacht hatte: Was wäre geschehen, wenn er Vanessa Jagenberg – oder wie immer sie auch heißen mochte – tatsächlich begegnet wäre? Sie hätte ohne zu zögern auf ihn geschossen, so wie auf Wilfried. Gar nichts hätte Edek gegen sie mit seinem Spielzeugrevolver ausrichten können. Tot wäre er jetzt. Mausetot wie Onkel Ludwig. Also: Konnte man hier nicht wirklich von einer Riesenportion Glück reden? Einem ganzen Glücksberg? Glücksozean? Edek jedenfalls hätte von der Brücke aus sofort zur Sonne losfliegen können, so leicht war ihm ums Herz.

Die schnelle Musik ging zu Ende, und nun erklang ein langer, vibrierender Ton. Ein langsames Tanzstück war angesagt, schon setzte die flüsternd-melodiöse Stimme der Sängerin ein. Edek nahm Mirja in die Arme und drückte sie fest an sich. Ihr Rücken war naßgeschwitzt, und er spürte unter seinen Händen, wie er sich sanft zum Rhythmus der Musik bewegte.

Mirja schaute zu Edek auf. Sie liebte ihn, diesen Verrückten, der gestern mittag grinsend angekommen war, sehr geheimnisvoll getan hatte und ihr dann eine wunderbare Flasche Parfüm geschenkt hatte. Genau die, die sie in Augsburg in der Parfümerie gesehen hatten. Sie liebte ihn wahnsinnig. Das war ihr in den letzten Tagen immer klarer geworden, obwohl sie eigentlich gedacht hatte, sie wüßte es schon. Sie konnte beinahe noch immer nicht fassen, was er alles angestellt hatte. Einen Transporter gestohlen, einen Toten tagelang in der Geisterbahn aufbewahrt, sich mit Berthold geprügelt, geglaubt, sein reicher Onkel in Texas habe ihm fünf Millionen Mark vermacht, Jeschke mit einem Revolver, dem, der eigentlich auf dem Grund der Isar liegen sollte, aus dem Wohnwagen geworfen ... Und sie hatte von all dem nichts mitbekommen, nicht einen Pieps, nur immer so ein sonderbares Gefühl ...

Mirja schmiegte sich noch enger an Edek. Damit war es jetzt vorbei. Mit all den Verrücktheiten. Jetzt hatte sie alles wieder in der Hand und schaute nach dem Rechten. Und auch in die Zukunft konnte sie wieder hoffnungsvoller blicken. Nicht nur Edek hatte viel Glück gehabt, ihrem Vater ging es auch schon besser. Gerade heute vormittag hatte sie erfahren, daß er Mitte nächster Woche aus dem Krankenhaus entlassen werden konnte. Edek und sie würden nach Augsburg fahren und mit ihm sprechen. Er mußte unbedingt eine ordentliche Entziehungskur in einem Sanatorium machen. Mirja hatte sich schon erkundigt und erfahren, daß die Krankenkasse eine solche Kur bezahlen würde.

Blieb nur noch Jeschke, aber an den mochte sie im Augenblick nicht denken. Der hatte ein Verfahren wegen Versicherungsbetrugs am Hals und machte sich ohnehin in den letzten Tagen auf der Kirmes rar. Und wenn tatsächlich stimmte, daß er die Geisterbahn nur hatte übernehmen wollen, um sie anschließend zu zerstören, dann mußte man abwarten, wie das Gericht darüber urteilte. Vielleicht gab es dann eine Chance, das Geld auf Raten zurückzuzahlen. Oder vielleicht passierte ein anderes Wunder, wie Edek immer meinte ...

Mirja lehnte ihr Gesicht an seine Schulter. Wie schön das war.

Wie oft hatte sie davon geträumt, so mit ihm zu tanzen. So eng. So fest umarmt.

Die Musik wurde wieder schneller, helle Lichter flammten auf. Der Diskjockey kündigte an, es sei der letzte Tanz, die Sperrstunde beginne. Die Discobesucher protestierten lautstark, klatschen rhythmisch und riefen dazu: »Wei-ter! Wei-ter! Wei-ter!« Edek und Mirja klatschten und riefen mit. Der Diskjockey drehte die Musik lauter, die schweren, metallischen Bässe gingen wie eine Walze auf die Tanzfläche nieder, und tausendfach flackernde Blitze umhüllten die ausgelassen Tanzenden.

»O nein!« rief Mirja, als sie draußen waren. »Ich kann überhaupt nichts hören! Meine Ohren!«

Ein warmer Juniregen ging nieder, und die Lichter der Straßenlaternen waren in einen feinen, feuchten Schleier gehüllt.

Edek streckte die Arme aus und lachte. »Es regnet!« meinte er.

Er zog Mirja an sich und küßte sie.

»Das riecht gut!« stellte er fest.

»Ja, es ist ein schönes Parfüm!«

Edek fuhr Mirja durch die Haare, die sich schwer und glatt anfühlten. Sie küßte ihn zart auf die Wange.

»Und jetzt schnell!« Edek nahm Mirja an der Hand, und sie rannten los. Es mußte schon lange geregnet haben, denn überall standen Pfützen, in denen sich die Lichter der Schaufenster spiegelten. Das Wasser spritzte unter ihren Füßen.

»Warte!« rief Mirja. »Meine Schuhe!«

Sie zog ihre Schuhe aus und hielt sie Edek unter die Augen. An dem rechten Schuh hatte sich die durchnäßte Sohle gelöst, an dem linken platzte hinten die Ferse in der Naht.

Edek lachte. Fast bekam er einen Hustenanfall.

»Die haben im Sonderangebot nur fünf Mark gekostet«, meinte

Mirja. »Einmal-Espadrilles für eine Nacht! Hier, auf Wiedersehen!« Sie warf die Schuhe in den Abfalleimer einer Bushaltestelle.

»Ich auch!« sagte Edek, zog seine Stiefel aus und warf sie hinterher.

»Nein! Bist du verrückt? Deine schönen Cowboystiefel!« Mirja holte die Stiefel wieder aus dem Abfalleimer. »Wirf deine Socken weg, die stopf ich nicht!«

Edek schaute auf seine Füße und bekam erneut einen Lachanfall. Seine großen Zehen ragten weiß heraus, er hatte die Socken durchgetanzt! Er zog die triefenden Socken aus und warf sie in den Abfalleimer.

Dann nahm er die Stiefel, und sie liefen weiter Hand in Hand durch den Regen. Bald waren sie auf der Rheinbrücke. Der Fluß rauschte unsichtbar, die Lichter des China-Restaurants waren schon erloschen, und die Kirmeswiese lag im Dunkeln.

»Vorsicht!« sagte Edek auf der Treppe. Sie war glatt.

»Schön so barfuß«, meinte Mirja, als sie unten auf dem Rasen angekommen waren.

»Ja, schön weich«, bestätigte Edek.

Sie gingen langsamer. An der Geisterbahn blieben sie stehen und küßten sich wieder.

»Jetzt komm in Wohnwagen«, sagte Edek, »ich will . . .«

»Pst!« Mirja legte ihm den Finger auf den Mund. »Ich will auch!«

»Äh«, flüsterte Edek, dem plötzlich noch wärmer wurde, als es ihm ohnehin schon war, »du meinst wirklich?«

»Ja, ich meine wirklich! Oder willst du es doch nicht?«

»Doch, ich will« sagte Edek. Er nahm Mirjas Hand, und sie gingen, und das Wasser platschte unter ihren nackten Füßen.

3

Als Edek aufwachte, schien ihm die Sonne durch die Ritzen der Jalousie ins Gesicht. Er drehte sich um und schaute eine Weile Mirja an, die noch schlief. Dann schloß er wieder die Augen. Es war ihm, als sei er seit heute nacht ein neuer Mensch. Und doch auch wieder ganz der alte. Er war eigentlich neu und alt zugleich. Der alte Edek war noch müde und hätte stundenlang weiterschlafen können. Der neue dagegen war hellwach. So wach, daß ihm gleich alles auf einmal einfiel, was in der Nacht geschehen war: die Disco, der warme Regen, die Umarmungen, Mirja, und wie schön es dann geworden war, wie anders ... Nach und nach verlor Edek sich in seinen Erinnerungen und fiel schließlich in einen leichten Halbschlaf. Doch plötzlich – er wußte nicht, war eine Minute oder eine ganze Stunde vergangen – schreckte ihn ein Geräusch auf. Ein Auto war vor dem Wohnwagen vorgefahren, und er hörte das metallische Quietschen von Bremsen. Edek fuhr hoch und hob die Jalousie an. Er konnte nur den hinteren Teil des Autos sehen, aber das genügte. Es war ein Polizeiauto.

Edek sprang aus dem Bett und weckte damit Mirja.

»Müssen wir schon aufstehen?« fragte sie verschlafen und blinzelte in die Sonne.

»Ist wieder Polizei gekommen«, sagte Edek ziemlich beunruhigt. Er sammelte seine Sachen auf. Sie waren noch ziemlich naß, und er hatte Schwierigkeiten, sie anzuziehen.

Jemand klopfte an die Tür.

»Warte!« sagte Mirja. »Laß mich das mal machen!«

Sie stand auf, holte frische Sachen aus dem Wandschrank, zog sich rasch an und ging nach vorne.

Edek kämpfte mit der nassen Lederhose. Blitzartig ging ihm die Frage durch den Kopf, ob Vanessa Jagenberg nun doch alles verraten hatte. Sie war ja letztendlich verrückt, und Verrückte waren unberechenbar, Wilfried hatte es ihm oft genug bewiesen. Edek überlegte fieberhaft, während er an den Hosenknöpfen nestelte. Er würde gleich alles leugnen. Auf jeden Fall. Mit einer Erpressung hatte er nichts zu tun. Beweise konnte es keine geben. Er hatte in seinem Plan doch darauf geachtet.

Mit zitternden Knien verließ Edek das Schlafabteil. Die Tür des Wohnwagens stand offen, und er hörte, wie sich Mirja draußen mit dem Kommissar unterhielt. Ihre Stimme klang ganz und gar nicht aufgeregt. Im Gegenteil, es hörte sich an, als freue sie sich. Verwundert ging Edek zur Tür, und dann sah er ihn, Wilfried. Er stand neben dem Polizeiauto, eine große Tasche an seiner Seite, und wirkte ziemlich übernächtigt.

»Ach, Herr Ostermann! Guten Morgen!« begrüßte ihn der Kommissar freundlich, als Edek den Wohnwagen verließ.

»Ja, guten Morgen«, sagte Edek und versuchte zu lächeln. Er mußte sich erst noch von dem Schrecken erholen.

»Entschuldigen Sie, daß ich Sie schon um diese Zeit geweckt habe«, meinte der Kommissar ein wenig verlegen, »aber ich habe es gerade erklärt.« Er schaute zu Wilfried hinüber, der immer noch regungslos neben dem Auto stand. »Der Friedhofswärter hat uns vor einer halben Stunde angerufen und um Hilfe gebeten. Herr Jagenberg hat wohl die ganze Nacht am Grab seines Onkels verbracht. Als ich ihn fragte, ob ich ihn wieder nach Hause bringen soll, wollte er nicht. Er sagte, er will wieder zurück zur Geisterbahn. Ich dachte, das geht in Ordnung, schließlich hat er ja hier gearbeitet.«

»Klar geht das in Ordnung«, sagte Mirja. »Ich habe die ganzen letzten Tage immer wieder bei der Polizei angerufen und nach Wilfried gefragt. Aber mir wollte keiner etwas sagen! Wenn ich gewußt hätte, daß er wieder frei ist, hätten wir ihn doch abgeholt!«

Der Kommissar nickte verständnisvoll, trat dann näher an Mirja und Edek heran und senkte die Stimme. »Es gab da gewisse Probleme«, meinte er. »Wir mußten erst ein psychologisches Gutachten erstellen lassen, weil Wilfried Jagenberg sich manchmal, wie soll ich sagen, ziemlich auffällig benommen hat. Der Gutachter ist dann aber zu dem Ergebnis gekommen, daß Wilfried Jagenberg zwar bis zu einem gewissen Grad geistig behindert ist, durchaus aber selbständig leben kann.«

Mirja schüttelte den Kopf. »Daß Wilfried ein bißchen anders ist, weiß ich doch auch. Aber ich habe hier noch nie einen auf der Geisterbahn gehabt, der so gut gearbeitet hat wie er. Seitdem er vorne bedient, gibt es mit den Betrunkenen und Randalierern überhaupt keine Probleme mehr. Und wenn wir abbauen, dann schafft der allein in einer Stunde, wofür drei andere fünf brauchen. Nicht wahr, Edek?«

»Wilfried ist beste Arbeiter weit und breit«, sagte Edek. »Kann sogar Monster-Affen tragen allein!«

»Na, dann bin ich ja beruhigt«, sagte der Kommissar. »Ich habe nämlich schon gedacht, daß die ganze Sache wieder von vorne losgeht.«

»Wie meinen Sie das?«

»Na ja, wie soll ich es sagen ... Wenn sich keiner um solche Menschen kümmert, dann geht es manchmal ganz schnell bergab mit ihnen. Die Leute holen uns ein paarmal, und wir kommen auch ... Aber irgendwann ...« Der Kommissar suchte nach Worten und fragte dann ganz unvermittelt: »Sie wissen, daß Wilfried Jagenberg schon in mehreren psychiatrischen Kliniken war?«

»Nur, weil die Jagenberg es so gewollt hat«, meinte Mirja ziemlich erbost. »Edek hat es mir erzählt. Aber das ist ja jetzt egal – Wilfried kann bei uns bleiben. Die Saison hat gerade erst angefangen. Und mein Vater muß noch eine Kur machen, der fällt vorläufig ganz aus. Und danach sehen wir weiter. Wir haben uns immer um die Leute gekümmert, die bei uns waren. Bei so einem großen

Geschäft gibt es auch im Winter genug zu tun. Und bei Wilfried bin ich besonders froh, wenn er bleibt!«

»Gut, dann ist ja alles klar.« Der Kommissar war sichtlich erleichtert. »Da kann ich beruhigt zurückfahren. Sie passen schon auf!«

»Kein Problem!« sagte Edek. »Ich hab schon immer aufgepaßt, daß Wilfried macht keine Dummheiten.«

»Na, wenn das mal stimmt«, lachte der Kommissar. Dann verabschiedete er sich mit einem Händedruck von Mirja und Edek, winkte Wilfried zu, stieg in den Wagen, lächelte noch einmal und fuhr weg.

»Mensch, Wilfried!« – Mirja war sofort bei ihm – »Was machst du denn für Sachen?«

»Ich war bei meinem Onkel Ludwig am Grab«, sagte Wilfried traurig.

»Klar! Aber warum ganze Nacht?« fragte Edek. »Hat viel geregnet. Warum bist du nicht gekommen? Ich hab extra deine Wagen nicht abgeschlossen!«

Wilfried sagte nichts.

»Ist doch egal«, meinte Mirja, »komm erst mal mit. Du hast doch sicher noch nichts gegessen, oder?«

Wilfried schüttelte den Kopf.

»Na also!« Mirja nahm ihn an der Hand, und Wilfried folgte ihr.

Edek bückte sich nach der Tasche. Sie war verdammt schwer. Er schleppte sie bis zur Tür, dann stellte er sie wieder ab.

»Hast du Eisen in Tasche gepackt?« wollte er von Wilfried wissen.

»Nein, nur eine Flasche Mineralwasser, eine Decke, eine Zahnbürste, einen Schal und einen Rasierapparat«, sagte Wilfried. »Wilfried wollte in Urwald gehen, aber dann . . .« Er verstummte.

Mirja schaltete die Kaffeemaschine ein und deckte den Tisch.

»Zieh doch die Jacke aus«, sagte sie zu Wilfried, »die ist ja ganz feucht.«

Wilfried zog die Jacke aus.

»Onkel Ludwig ist tot«, sagte er leise und setzte sich.

»Ja«, sagte Mirja, »ich weiß.«

»Wilfried will nicht allein in Urwald gehen. Wilfried« – er schaute Mirja an – »will hier bleiben. Bei Edek und Mirja ... Alle sind tot. Und Wilfried ist jetzt ganz allein ...« Seine Augen wurden glasig, und sein Kinn begann zu zittern.

»Hey, Wilfried ...« Mirja nahm seinen Kopf in die Arme und drückte ihn an sich. »Ist schon gut ... Du bist doch nicht allein. Du bist bei uns. Was sollen wir hier ohne dich machen?«

»Genau«, meinte Edek, dem auch ein wenig seltsam zumute geworden war. »Wer soll tragen ›Affen-Frau‹ und Sarg von ›Tote Mann‹ und Monster-Affen und Wagen? Ich allein?!«

Wilfried schniefte.

»Na, sag schon!«

»Nein, nicht Edek allein. Wilfried.«

»Gut. Und Freitag ist schon Kirmes in Wiesbaden. Wer soll vorne arbeiten und Chips kassieren?«

»Wilfried.«

»Siehst du! Wilfried muß helfen hier, und Wilfried muß helfen da. Wilfried muß helfen überall!«

»Ja, Wilfried muß helfen überall!« Wilfried atmete tief durch und richtete sich auf.

»So, und jetzt wollen wir erst einmal ordentlich frühstücken!« Mirja nahm die Kaffeekanne und schüttete den dampfenden Kaffee in die Tassen.

In Wilfried war wieder ein bißchen Leben zurückgekehrt. Er trank von dem Kaffee, wie immer ohne zu schlürfen und mit abgespreiztem kleinen Finger, und machte sich ein Butterbrot.

»Heute wird heiße Tag«, stellte Edek kauend fest. »Sonne scheint wie verrückt!«

Wilfried lächelte und nickte zustimmend.

»Ihr müßt mir draußen eine Schnur aufspannen«, meinte Mirja. »Wilfrieds Sachen sind ganz feucht und unsere auch.« Sie warf Edek einen Blick zu. »Nach dieser Nacht...«

Edek wurde rot im Gesicht. »Schnur ist kein Problem«, sagte er. »Ich muß nur suchen.«

»Ja, aber beeil dich. Ich hab so ein Gefühl, daß es heute noch ein Gewitter gibt. Und im Wohnwagen trocknen die Sachen nur ganz schlecht.«

»Wenn es im Urwald geregnet hat und alle Sachen naß sind«, fiel Wilfried ein, »dann macht man ein großes Feuer, damit sie schnell trocknen. Wenn Wilfried später einmal in den Urwald geht, muß er unbedingt noch ein Feuerzeug mitnehmen! Onkel Ludwig hatte auch immer ein Feuerzeug dabei. Am besten, Wilfried kauft gleich morgen ein Feuerzeug, damit er es nicht vergißt!« Wilfried machte sich ein zweites Butterbrot zurecht und biß zufrieden ein großes Stück ab.

»Äh, Wilfried«, wunderte sich Edek, »du hast gesagt, du willst nicht mehr gehen in deine verrückte Urwald!«

»Jetzt nicht«, sagte Wilfried. »Jetzt muß Wilfried die Wagen tragen und den Monster-Affen, und vorne Chips kassieren. Aber später einmal geht Wilfried in den Urwald. Dort gibt es so schöne Pflanzen. Wilfried liebt Pflanzen!« Er grinste breit.

Edek rollte die Augen. Eben noch hatte Wilfried wie ein großes Häufchen Elend dagesessen, und kaum eine Viertelstunde später spukte ihm schon wieder der Urwald durch den Kopf. Es war kaum zu fassen!

Wilfried kaute inzwischen zu Ende und schluckte. Dann meinte er entschieden, so als wolle er sich und Edek endgültig überzeugen: »Später geht Wilfried bestimmt in den Urwald. Wilfried wollte schon immer in den Urwald gehen!«

»Klar«, sagte Edek, um die Sache zu beenden, »und Edek wollte schon immer Rallye machen, und Mirja wollte schon immer nach

Paris gehen in bestes Hotel. Edek muß nur noch Geld finden auf Straße . . .«

»Geld?« Wilfrieds Gesicht erstrahlte. »Edek braucht kein Geld finden. Wilfried hat viel Geld! Für Mirja, für Edek, für alle!«

»Ich weiß«, sagte Edek, »Wilfried hat alles. Und jetzt fangen wir an mit Arbeit.« Er stand auf.

»Ja, es wird wirklich Zeit. Wir haben schon halb elf.« Auch Mirja stand auf und räumte den Tisch ab.

Wilfried schaute sich um. »Wo ist Onkel Ludwigs Urwaldtasche?«

»Urwaldtasche? Hab ich draußen gelassen, mußt du gleich bringen in deine Wagen . . .«

»Denkst du an die Schnur, Edek«, erinnerte ihn Mirja.

Edek öffnete der Reihe nach die Schubladen und fand die Wäscheschnur.

Wilfried war inzwischen schon mit der Tasche zurück. Er stellte sie auf den Stuhl, öffnete sie und holte die Flasche Mineralwasser, die Decke und die anderen Sachen heraus. Dann griff er hinein und hielt Edek eine Handvoll Tausendmarkscheine entgegen.

»Äh, Wilfried . . .« Edek bekam große Augen.

»In der Tasche ist noch viel mehr Geld«, sagte Wilfried freudig. Er packte die Tasche und drehte sie um. Heraus purzelten Bündel über Bündel von Scheinen, der Haufen war schließlich so groß, daß er den ganzen Gang versperrte.

Edek starrte das Geld an.

Mirja ließ den Teller, den sie in der Hand hielt, in die Spüle fallen. Er schepperte laut.

»Ist es viel Geld?« fragte Wilfried.

»Woher hast du Geld . . .?« Edek spürte, wie ihn ein Zittern erfaßte.

»Von Onkel Ludwig!« sagte Wilfried stolz. »Seine Tasche war im

Keller. Und in der Tasche war das Geld. Ich konnte es aber nicht zählen. Du mußt es zählen.«

»Ich b-b-brauch nicht zählen« – das Zittern hatte Edek nun so stark erfaßt, daß er kaum richtig sprechen konnte –, »ich w-w-weiß auch so. Sind b-b-bestimmt fünf M-m-millionen M-m-mark!«

Wilfried lächelte unsicher. Mit einer solchen Zahl konnte er nichts anfangen. »Reicht das für eine Rallye und für Paris?« wollte er wissen.

»Für R-r-rallye und für P-p-paris ...«

»Und für den Urwald?«

Edek nickte schwach.

»Gut«, sagte Wilfried, »dann machen wir eine Rallye und fahren nach Paris und in den Urwald.« Er gluckste freudig. Dann legte sich seine Stirn in Falten. »Aber erst muß Wilfried arbeiten!« Er drehte sich um und wollte gehen.

»Wilfried, warte ...«, sagte Mirja kopfschüttelnd. »Du ... du kannst doch nicht einfach das ganze Geld hier so auf dem Boden liegen lassen! Du mußt es wieder einpacken, du mußt zur Bank gehen, du mußt ... Ich weiß gar nicht, was ich sagen soll ...?«

»Ja, zur Bank gehen ...«, sagte Wilfried.

Er nahm die Tasche, packte die Decke, die Mineralwasserflasche und die anderen Sachen hinein, ging dann auf die Knie und begann das Geld einzusammeln. Aber es wollte irgendwie nicht in die Tasche passen, und manche der Bündel lösten sich unter seinen immer hektischer greifenden Riesenhänden auf und fielen wieder zu Boden.

Plötzlich hielt Wilfried inne. Sein Gesicht war rot geworden, und er schnaufte heftig.

»Was ist denn, Wilfried?« fragte Mirja besorgt.

Wilfried stand auf. Die Tasche kippte um, und die Geldbündel glitten heraus auf den Boden.

»Wilfried will nicht zur Bank gehen«, sagte er. Es klang wütend, aber auch ziemlich verzweifelt. »Wilfried will kein Geld. Nein. Wilfried will hierbleiben. Bei Mirja und Edek. Alle sind tot. Wilfried hat keinen mehr. Wilfried will hierbleiben für immer!«

»Mensch, Wilfried!« Mirja stieg über das Geld und nahm seine Hände, die zitterten. »So hab ich das doch gar nicht gemeint! Ist doch klar, daß du bei uns bleibst! Für immer! Wo sollst du denn sonst hin? Und das Geld laß mal liegen. Das machen wir schon für dich. Da passen wir schon auf!«

»Ja, Mirja und Edek passen auf«, sagte Wilfried immer noch ziemlich erregt. »Und jetzt muß Wilfried endlich arbeiten!« Er drehte sich entschlossen um, verließ den Wohnwagen und schloß die Tür so heftig, daß die Gläser in den Schränken klirrten.

Mirja schaute ihm nach, wie er staksend und weit mit den Armen ausholend zur Geisterbahn lief. Dann gingen ihre Blicke wieder zu dem Geld. »Fünf Millionen Mark«, sagte sie, »es ist kaum zu fassen ... Wie kommt Wilfried auf einmal zu so viel Geld?«

»Ist von seine tote Onkel Ludwig«, erklärte Edek schnell und setzte sich, weil seine Knie immer weicher wurden und er ein mulmiges Gefühl im Bauch bekam.

»So einfach?« meinte Mirja.

»Ganz einfach. Ich hab dir doch schon erzählt, was Kommissar an Telefon gesagt hat.«

»Du meinst, es ist das Geld, das die Jagenberg dem Onkel Ludwig geschuldet hat?«

»Genau. Und jetzt hat Wilfried ganzes Geld bekommen. Müssen wir gleich zählen, wieviel äh ...« – er zögerte – »wieviel ist genau, ob wirklich sind fünf Millionen, oder vielleicht nicht fünf, äh ...« Er sprach nicht weiter.

Mirja schaute ihn erstaunt an. Dann fiel ihr etwas ein. »Du ...?«

fragte sie, indem sie die Arme vor der Brust verschränkte und Edek gerade in die Augen sah. »Woher hast du eigentlich gleich gewußt, daß es fünf Millionen sind? Du träumst von fünf Millionen, dein toter Onkel in Texas vererbt dir angeblich fünf Millionen, Wilfried bringt fünf Millionen? Was ist hier eigentlich los?«

»Ja, äh, was ist los ...« Edek räusperte sich. Sein Hals war trocken wie die ausgedorrte Erde auf den texanischen Feldern. Aber das nutzte ihm jetzt wenig. Er mußte wohl endgültig mit der ganzen Wahrheit rausrücken.

»Äh, also ...«, sagte er, »Ich muß dir noch erzählen Geschichte, ganz verrückte Geschichte ...«

»Das glaub ich auch!«

»Äh, Geschichte ist, wie soll ich sagen, ist einfach die, daß tote Onkel in Texas ist nicht tot.«

»Ist nicht tot?«

»Nein, ist nicht tot und ist nicht reich. Weil ich hab zuerst gedacht, Onkel in Texas ist reich. Hat schöne Auto, hat schöne Haus, hat auch immer so geschrieben nach Polen ... Und er hat auch schöne Auto und schöne Haus, ist aber nicht reich, nur einfache Vorarbeiter auf Ranch. Aber ich hab mich geschämt zu erzählen. Egal, ganz egal ... Damals in Nacht« – Edek schaute zu Boden – »damals in Nacht hab ich nicht gesagt Wahrheit. War nur große Lüge. Aber ich wollte nicht lügen, wirklich, du mußt glauben ... Ich hab nur große Angst gehabt, daß du, na, daß du mich dann nicht mehr liebst ...«

»Nicht mehr liebe?«

»Ja. Weil Wahrheit ist die: Ich hab einmal angerufen bei Vanessa Jagenberg in Klinik und hab gesagt, sie soll abholen tote Onkel Ludwig und verrückte Wilfried. Und Vanessa Jagenberg hat gesagt, sie gibt mir eine Million Mark für neue Sarg. Nein, äh, nicht ganz für neue Sarg ... Egal. Und später hat Vanessa Jagenberg gesagt: ›Fünf Millionen ist auch kein Problem‹, und dann hab ich geträumt in Nacht, daß Vanessa Jagenberg bringt fünf Millionen Mark und …«

»Edek«, unterbrach ihn Mirja, »jetzt mal langsam. Du hast doch nicht etwa versucht, von der Jagenberg fünf Millionen Mark zu erpressen?«

Edek hob bedauernd die Schultern. »Doch, waren fünf Millionen Mark«, sagte er leise, »waren aber nur für dich, für Schulden bei Jeschke und so …«

»O mein Gott!« sagte Mirja. »Du … du bist ja noch viel verrückter, als ich dachte! Du bist ja wahnsinnig!«

»Ja, ich bin wahnsinnig, ganz wahnsinnig in Kopf …«

»Und jetzt? Was passiert jetzt?«

»Jetzt?« Edek zuckte mit der Schulter. »Jetzt geh ich arbeiten …« Er stand auf.

»Nein, du hast etwas vergessen.«

»Ach ja, die Schnur hab ich vergessen …« Edek nahm die Schnur.

»Nein«, sagte Mirja entschlossen, »nicht die Schnur.«

»Äh, nicht die Schnur?«

»Nein. Einen Kuß!«

Edek blinzelte erstaunt. »Du bist nicht böse auf mich?«

»Nein. Ich lieb dich doch, du Wahnsinniger!«

»Ja, Wahnsinniger …«, wiederholte Edek und gab Mirja einen zögernden Kuß auf die Lippen.

»Nein, so nicht!« sagte sie, legte ihre Arme um seinen Hals und küßte ihn richtig.

Edek ließ es geschehen. Er war sicher wieder in einem Traum. Einem ganz verrückten Traum. Oder vielleicht auch nicht. Vielleicht träumte er diesmal ausnahmsweise nicht. Einiges sprach dafür. Zum Beispiel, daß Mirja nicht aufhörte, ihn zu küssen. Und die Morgensonne, die ihm durch die offene Tür ins Gesicht schien, sah nicht wie eine Lampe aus. Und Wilfried lief über den

Platz und trug mit seinen ungelenken Schritten eilig einen Wagen zum Tieflader.

»Hey, Wilfried!« rief Edek. »Immer vier Stück auf Gestell mit Nase nach vorne!«

»Ja!« rief Wilfried zurück. »Und ganz ohne Rampe! Wilfried hat es nicht vergessen!«

Was stimmt nicht mit dem Puppenspieler Moevius?

Christian Waluszek
Das Geheimnis des Puppenspielers
256 Seiten, ab 13 Jahren
ISBN 3 522 16829 1

Soest zu Beginn des 19. Jahrhunderts: der vierzehnjährige Martin hat eine außergewöhnliche Fähigkeit. Er schnitzt aus Holz Figuren, die ihren Vorbildern wie aus dem Gesicht geschnitten sind. Der Puppenspieler Moevius, der seine Begabung entdeckt, überredet Martin, mit ihm zu ziehen.

Aber irgend etwas stimmt nicht mit ihm. Er scheint wie besessen von dem Plan, nach Moskau zu ziehen und dort vor dem Zaren ein Stück aufzuführen, das vor ihm noch niemand gespielt hat.

Ein historischer Roman, spannend wie ein Krimi.

THIENEMANN

Was ist das Geheimnis des Toten auf dem Floss?

Sigrid Heuck
Meister Joachims Geheimnis
224 Seiten, ab 13 Jahren
ISBN 3 522 14690 5

„Es begann damit, daß ich am Ufer des Flusses eine Leiche entdeckte . . . Zwei Männer hielten das schmale Floß, auf dem sie festgebunden war, doch ich konnte von meinem Standpunkt aus nicht erkennen, ob sie im Begriff waren, es an Land zu ziehen oder in die Strömung zu stoßen."

So beginnt das Tagebuch von Peter, der auf einem niederländischen Gemälde des 16. Jahrhunderts ein rätselhaftes Detail entdeckt. Er fühlt sich von dem Gemälde auf seltsame Weise angezogen, und der Wunsch, das Rätsel um den Toten auf dem Floß zu lösen, wird fast zur fixen Idee. Plötzlich findet er sich in einer fremden Welt wieder, die immer stärker von ihm Besitz ergreift.

THIENEMANN

Die Deutsche Bibliothek – CIP-Einheitsaufnahme

Waluszek, Christian:
Wilfried/Christian Waluszek –
Stuttgart; Wien: Thienemann, 1995
ISBN 3 522 16893 3

Einbandillustration: Hubert Stadtmüller
Einbandtypographie: Claudia Seeger
Schrift: Bembo gewöhnlich
Satz: KCS GmbH in Buchholz
Reproduktion: Repro Brüllmann in Stuttgart
Druck und Bindung: Friedrich Pustet in Regensburg

5 4 3 2 1 95 96 97 98